몸, 그리고 말

김주연 비평집

몸, 그리고 말

펴 낸 날 2014년 8월 26일
지 은 이 김주연
펴 낸 이 주일우
펴 낸 곳 ㈜문학과지성사
등록번호 제1993-000098호
주　　소 121-894 서울 마포구 잔다리로 7길 18(서교동 377-20)
전　　화 02) 338-7224
팩　　스 02) 323-4180(편집) / 02) 338-7221(영업)
전자우편 moonji@moonji.com
홈페이지 www.moonji.com

ⓒ 김주연, 2014. Printed in Seoul, Korea

ISBN 978-89-320-2652-7

:: 김주연 비평집

몸, 그리고 말

문학과지성사
2014

먼저 떠나간 김현에게,
르네 지라르 책을 나에게 헌정하면서
제기한 물음들을 기억하며
자네에게 이 책을 바친다. 너무 늦었네.
그러나 이 책 안에도 자네가 만족할 만한
답이 없으니 미안하이.

욕망자본주의를 넘어서

문학평론이라는 글을 쓰기 시작한 지 내년이면 50년이 된다. 이 시점에서 뜬금없이 고인이 된 김현 군이 떠오른다. 그가 간 지도 내년이면 벌써 25년이 된다. 그동안 그에 대한 추모의 글들이나 모임이 적지 않았는데 나는 한 번도 그 비슷한 일에 참여한 일이 없었다. 그런데 지금 와서 왜?

푸코가 생각났기 때문이다. 세상을 뜨기 얼마 전부터 그는 푸코에 열심이었다. 그는 『푸코의 문학비평』(문학과지성사, 1989)을 내놓고 그 이듬해 여름 우리 곁을 떠나갔다. 1990년의 일이었다. 이후 푸코에 관한 저작물은 봇물을 이루어서 20세기 말 한국의 문학비평과 사상은 온통 푸코의 강물을 따라 흐르는 모습이었다. 김현은, 적어도 한국에서는 이 강물의 상류를 형성한 사람 가운데 하나였다. 그를 통해 떠내려온(혹은, '떠내려간') 푸코는 대체 어떤 사람이었고, 그 강의 유역에서 일어난 일들은 무엇이었을까. 그 총체적인 형체에 대한 관심이 새삼스럽게 내게 있는 것은 아니다. 그저 후기구조주의자라는, 널리 알려진 분류로 일단 만족할 뿐이다. 그 이름과 더불어 지금 내게 떠오르는 단어는 '몸'이라는 한 글자다.[1]

과연 몸은 20세기 말 한국 문학의 화두가 되면서 시, 소설, 평론, 그리고 연극에 이르기까지 거친 흐름을 만들었는데 때로 나에겐 그것이 탁류로 느껴질 때도 없지 않았다. 오랜 형이상학, 혹은 공소한 유가의 전통에 대한 반발이라고 하기엔 적잖이 뜨거운 열풍이었던 것 같다. 어느 한 젊은 문학평론가의 다음과 같은 진술은 '도전적'이라는 인상을 넘는 느낌이 들 정도로 이 열풍을 반영한다.

진정한 작가는 몸에 관해서 말한다. 사이비 작가는 정신을 대변할 뿐이다. 그가 만들어내는 '사유의 슬픈 이미지'는 사물을 정지된 상태로 붙잡아 두려는 그릇된 열망에서 비롯된다. 작가는 구축되는 순간 가뭇없이 사라지는 무력한 몸의 언어에 정신을 기탁하는 불확실성의 모험을 자신의 운명으로 기꺼이 받아들이는 자이다. 작가는 자신의 전 의식을 과감히 무장해제하는 실존적 결단과 고독한 실천을

---

1) 푸코M. Foucault(1926~1984)에 대해서는 최근 30여 년 국내에서도 그 연구 및 발표가 활발하게 진행되어 숱한 저서와 논문이 나타났고, 거기에 담긴 내용 또한 깊이와 다양성에서 괄목할 만한 것이지만 여기에 눈을 돌리는 일은 이 글 내지 이 책과 무관하다. 그러나 그 가운데에서 이 글과 직접 연계되는 저서들은 다음과 같다. 『프랑스 철학과 문학비평』(한국프랑스철학회 엮음, 문학과지성사, 2008) 『푸코와 페미니즘』(C. 라마자노글루 외, 최영 외 옮김, 동문선, 1998) 『감시와 처벌』(M. 푸코, 오생근 옮김, 나남, 1994) 『미셸 푸코와 현대성』(오생근, 나남, 2013). 또한 푸코와 직접적인 상관은 없다 하더라도 『몸의 기호학』(한국기호학회 엮음, 문학과지성사, 2002) 『여성의 몸』(한국여성연구소, 창비, 2005) 『섹스의 황도』(장 보드리야르, 정연복 옮김, 솔, 1993) 『서양근대철학의 열 가지 쟁점』(서양근대철학회, 창비, 2004) 『포스트모더니티의 역사들』(아리프 딜릭, 황동연 옮김, 창비, 2005)과 같은 책들은 많이 참고될 만하고, 기타 이와 간접적으로 연관된 참고 서적은 상당하다.

통해 스스로가 말의 주인임을 포기하고, 몸이 들려주는 충실한 언어에 비로소 귀 기울일 수 있게 된다.[2]

표현상 그 논지가 다소 불분명한 곳이 없지 않지만, 앞의 인용은 너무도 씩씩하게 몸과 정신을 이원론적으로 대립시키면서 몸=진정한 작가, 정신=사이비 작가를 도식화한다. 글쎄 신진다운 패기의 소산으로 볼 수도 있겠으나 몸에 대한 호감의 비평적 인식이 상당한 상황에 이르렀음을 보여주는 방증이라고 할 수도 있다. 또한 이 진술은 몸을 둘러싼 오랜 문화적 논의에 있어서 '몸' 쪽의 축이 훨씬 단단해졌음을 말하고 있는데, 그러나 그 담대한 선포는 오히려 '몸' 쪽의 논리가 이제 어떤 지평의 한끝을 보여주는 것은 아닌가 하는 개연성의 반영처럼 보이기도 한다. 사실 니체가 "나에게 있어서 정신은 몸"이라고 선언한 이후 몸의 이론은 얼마나 오래 일방적인 독주를 계속해왔던가. 이 평론서의 출발은 그 피로감에서 태동한다. 몸, 몸…… 정말 피로하다.

그러나 몸에 대한 정당한 사회적 인식을 행한 푸코의 몇몇 생각은 물론 존중되어야 할 것이다. 예컨대 페미니즘이 지니는 저항성에 대한 원천적 지지와 함께 페미니즘 자체의 모순적 구조를 동시에 밝히고자 하는, 일견 모순되어 보이는(그러나 물론 그것은 모순 아닌 겹의 논리이다) 푸코의 논지는 매우 진지하고 정직한 것으로 평가되어야 한다. 그렇기 때문에 푸코는 성과 몸은 순전한 육체적

---

2) 이도연, 「몸의 현상학 혹은 누항(陋巷)의 마리아」, 김용희 소설집 『향나무 베개를 베고 자는 잠』 해설, 작가세계, 2013, p. 234.

산물이라기보다 사회적 산물로 보았는데, 이 역시 깊이 음미되어야 할 대목이다. 말하자면 푸코는 전통적인 개념의 해체와 권력의 다양한 본질에 대한 비판을 통해 페미니즘의 발전과 만나고 있는 한편, 페미니즘이 곧잘 표방하는 생물학적 근본주의에 대해서도 예리한 비판을 행하고 있는바, '몸'의 발견과 그 성격이라는 측면에서 상당한 관심의 대상이 되지 않을 수 없다. 이러한 생각은 '몸'을 '정신'의 맞은편에서 바라보면서 명목과 이상/관념에 대항하는 실재로 파악하고자 하는 사람들에게 다소의 곤혹감을 던져 준다. 동시에 몸을 죄악시하는 신성론자의 건너 쪽에서 몸 자체의 욕망만을 인간성의 본령으로 거듭 강조하는 사람들에게는 다소의 위로로 다가오는 것이 또한 이러한 생각이다. 물론 어린이문학에서는 양자와 비교적 무관하게 중립적으로 이 문제가 논의되기도 한다.[3]

푸코와 페미니즘을 거쳐 감염되고 발화된 '몸 문학'은 후기 산업사회를 살아가는 욕망자본주의와 마침 짝을 이루면서 문학의 모든 장르에서 활발하게 전개되었다. 이 책『몸, 그리고 말』은 그 현장을 들여다보면서 때로 공감하고 때로 함께 흥분하고, 더러는 개탄도 한 일종의 체험적 비평론이라고 할 수 있다. 그러므로 이 책은 청탁에 의해서 간헐적으로 쓰인 평문들의 모음이 아니라, 일관된 주제의식에 따라서 기획되고 집필된, 세기말에서 새로운 세기초에 이르는 한국 문학의 표정 읽기라고 할 수 있다. 물론 이때의 표정은 단순한 겉모습 아닌 내면의 깊숙한 표정이다. 책은 4부로 편

---

3) 김서정, 「자아를 찾는 아이들이 가는 길—몸, 말, 책」, 『동화가 재미있는 이유』, 문학과지성사, 2006, p. 205 참조.

성되었는데, 그중 1부가 몸 자체가 소재나 주제, 혹은 모티프가 된 글들로서 소설, 시 장르의 구분 없이 〈몸을 내세우는 말〉이라는 제목 안에 함께 포괄되었다. 김훈 박범신 권지예 김중혁은 소설가들이며, 이성복 김언 박미산은 시인들이다. 이들에 대한 글들은 모두 나로서는 처음 시도하는 것들인데 박미산을 제외하고서는 하나의 기획 아래 연재 형식으로 쓰인 평문들이다.

나로서도 스스로 흥미로운 점은 지난 시간 크게 관심을 가지지 않았던 작가 박범신과 권지예의 발견이다. 다소 대중적인 인상의 (가령 성적인 소재로 신문연재를 한다든가 하는) 두 작가는 사실 본격적인 분석의 대상으로 삼기에는 부담스러운 형편이었다. 그러나 박범신의 근작과 권지예의 소설들은 몸과 관련한 주목에 충분히 값할 만한 것으로 보인다. 두 작가의 문학이 몸을 활용하면서 발생한 것이라면 김훈과 이성복의 문학은 몸에 대한 비극적 세계관 위에 기초하고 있어서 문학의 본질, 그 운명에 훨씬 더 슬프게 접근해 있다. 물론 이성복의 그것이 사회적 상황과 연관된 몸의 부패에 대한 절망감의 소산이라면, 김훈의 그것은 몸과 성 자체에 대한 절망감으로 그의 소설을 회색빛으로 조용히 물들인다. 몸을 물질로만 바라볼 때 필연적으로 나타나는 애절한 정조일 것이다.

2000년대의 가장 주목받는 소설가 김중혁과 시인 김언의 문학을 몸과 관련된 시각에서 살펴보는 일은, 나로서는 의미 있는 일로 생각된다. 이 두 사십대 작가의 작품들은 기본적으로 기계가 몸을 대체하기 시작한, 혹은 맥루한식으로 말하면, 몸의 연장으로서 기계가 활성화되기 시작한 21세기 문학의 징조들을 예표한다. 이들은 몸에 접근하거나 함몰되기보다는 기계놀이에 차라리 익숙하다. 그러나 기계가 몸을 대신한 세상에서 사람들은 좀비가 되기 십상임을 작가는 보여준다. 그런가 하면 시인은 자신의 몸이 이미 자신의 중심에서 그 자리를 잃었음을 고백한다. 김언론에서 인용되고 있는 시의 일부를 미리 읽어보면 이렇다.

넘어갔다.

오늘부로
내 몸뚱어리
빈집이 넘어갔다

그럼 나는?
당신 몸 밖의 나는?

이십대부터 팔십대까지 펼쳐진 오늘의 한국 문학은, 그러나 그 풍성한 숫자만큼 다양한 스펙트럼을 지니고 있지는 않다는 것이 나의 생각이다(실제로 이 책에서는 젊은 작가와 이른바 원로, 그리고 시인과 소설가라는 구별 대신 그들 작가 세계의 지향점이 분류의 지점이 되었다). 크게 보면 연령대에 관계없이, 그 내용은 두 가지로 대별되는 것으로 보인다. 그 하나는 몸에 대한 긍정적 탐닉 내지 객관적 접근이며, 다른 하나는 그것을 넘어서는 어떤 정신적/영적 초월의 세계에 대한 의지와 동경이다. 거기에는 종교나 신화의 세계도 있고, 아예 몸이 결핍되거나 부재한 환상의 세계도 있을 것이다. 혹은 몸의 취약성에 정면으로 도전하는 과학(의학)의 노력도 포함되리라. 이런 부분들을 묶어서 이 책은 2부 〈몸을 넘어서〉를 내놓는다. 사실 몸에 함몰되다시피 한 거대한 흐름에 비추어 이 부분은 다소 미약해 보이는데, 그럼에도 불구하고 그 극복의 노력은 다양하게 산재해 있다. 나는 그러한 시각에서 몇몇 작가를 주목했는데 소설의 경우 그들은 신경숙 윤흥길 성석제다. 이 중 윤흥길은 기독교라는 분명한 지향점을 내놓고 있고 성석제는 옛이야기, 혹은 지역 삽화를 통해 나름대로의 신화 만들기를 지속한다. 한국의 대표 작가로 떠오른 신경숙은 특유의 결핍/부재의 미학으로 자신만의 소설 공간을 구축함으로써 김언의 시가 '빈집'이라고 말한 '몸뚱어리' 없이도 살아가는 집을 만들어낸다. 이에 반해 김후란 이태수 박라연은 종교적 아우라를 빚어냄으로써 해체적 혼미의 시어들과 어울려 있는 어떤 젊은 시들을 당황케하는 감동을 보여준다. 이들에게서 대두되는 문제는 자연/신과 예술/언어라는 생명의 근본인데, 그것들이 관념적인 서술 아닌 구체적인 묘사와 인식의 통로를 지니면서 설득의 힘을 얻고 있다. 이들이 모두 중진이라는 점을 감안할 때, 문학에서의 천재성 또한 젊은 시절의 휘발성으로만 발휘되지는 않는다는 새로운 인식이 가능해 보인다. 칸트의 천재론은 이제 연륜과 더불어 깊은 심화의 과정을 거치면서 보다 성숙해져야 할 것이 아닌가 생각된다.

질문은 거듭 거듭 제기된다. 과연 문학은 무엇인가. 언젠가 어느 젊은 소설가는 문학이 구원 어쩌고 하는 일은 "완전히 웃기는 일"이라고 코웃음을 쳤다. 그것도 어느 공식석상에서…… 그렇다. 바로 그렇기 때문에 문학은 구원, 적어도 구원으로 가는 제법 진지한 몸짓이 된다. 그렇지 않다면, 그 젊은 소설가의 말대로 그냥 재미

있게 노는 게임 정도가 될 것이며 소설을 포함한 모든 문학 장르는 욕망자본주의에 꼼짝 못 하고 종속될 것이다. 모든 것이 스마트폰으로 환원된 디지털 시대 아닌가. 이제 한국 문학은 이미 이데올로기가 되어버린 욕망자본주의의 풍속을 넘어서는 그림을 요구한다. 비록 건조하고 삭막한 광야와도 같은 풍경일지라도 초월의 상상력이 필요한 것이다. 마치 끊임없는 도전에도 미지의 것으로 남아 있는 카프카의 『성(城)』이 환기하는 많은 의미들처럼.

그 핵심 관념은 다름 아닌 성(城)이다. K라는 인물이 목표로 삼고 있는 것은 **인간 이상의 것이다**. 그가 지향한 것, 비록 헛수고에 그쳤지만 그가 온힘을 기울여서 얻으려 했던 것, 숱한 우회로(특히 여자들)를 거치면서 궁극적으로 도달하려 했던 것, 그것은 바로 성이었다. 성은 그가 동경하는 목적지요 그의 사고의 중심이며 그의 의지의 원동력이었다. 도대체 성이 의미하는 것은 무엇인가?
[……] 성은 항상 인간을 압도하고, 인간을 넘어선 초월적인 곳에 존재한다. 인간은 그곳에 접근하려고 시도하지만 성으로부터 부름 받지 않는 이상 스스로의 힘으로 그곳에 도달하는 것은 불가능하다. 성은 K의 목적지였지만 그는 거기에 도달하는 길을 찾지 못한다. 성은 이렇게 해서 **수수께끼**로 남아 있는 **초월성**의 표현이 된다.[4]

카프카의 장편소설 『성』과 관련된 큉H. Küng의 분석이다. 「근

---

4) 한스 큉·발터 옌스, 『문학과 종교』, 김주연 옮김, 분도출판사, 1997, p. 336(강조는 인용자).

대의 와해와 종교」라는 제목의 글에서 신학자 큉이 말하고자 했던 것은 주인공 K를 비롯하여 사람들 그 누구도 도달하지 못한 성은 결국 초월성의 상징이라는 것이다. 과학·기술·산업·민주주의 등 요컨대 근대의 모든 힘을 불신한 카프카는 니체에 관심이 많았지만 그의 생각에 결코 기울지 않았다. 그러기는커녕 자본주의를 종속의 체계로 바라봄으로써 개인, 가족, 집단이 모두 관료적 권력의 통제 아래 있음을 극명히 보여주었다. 그는 졸라류의 자연주의도 거부하는데 관료조직과 권력체계는 필연적으로 실증주의적·과학적 세계관과 방법론에 연결될 수밖에 없다는 인식이 있었던 것이다. 결국 카프카는 초월해야 했다. 큉은 이러한 카프카의 위상을 "위에 있는 성과 아래에 있는 세력 사이에서 고통받으며, 희망과 절망을 오락가락하다가 갈기갈기 찢겨지는 존재"(같은 책, p. 338)라고 기술한다. 숨 막힐 듯 답답한 이 회색빛 세계는 어떤 식으로든 초월되어야 했다. 성이 거느리고 있는 끔찍한 미로의 환상 역시 그 한 부분이 아닐까. 전통의 기독교에 회의적 신앙인이었던 도스토옙스키에 친화감을 가졌던 카프카의 초월성에 대해 그의 유대인 친구 부버M. Buber가 언급한 진술이 어쩌면 가장 근사한지도 모른다.

"천상의 빛이 암흑에 가려진다. 신의 암흑이 사실상 우리가 살고 있는 세계의 시간을 특징짓고 있다."[5]

---

5) 같은 책, p. 339.

초월의 그림자, 혹은 초월의 부정을 위한 노력도 초월성이라면, 한국 문학에는 그보다 훨씬 밝은 긍정의 초월성도 그 기운이 상당하다. 무엇보다 바람직한 것은, 초월성이 신성을 부르면서 언어에 대한 깊은 인식을 가져오고 있다는 사실이다. 언어가 인간의 존재론적 근원 상황의 표현이라면, 언어가 진실을 담보하지 못하는 인간의 현실은 자연스럽게 인간 조건을 넘어서는 초월에의 동경을 일으킨다. 김언과 이태수의 시는 그 본격적인 논의를 유발할 만하며, 박라연의 시도 조용하게 여기에 헌신한다. 오랜 시력의 원로 김후란의 최근 시가 단정한 묘사를 통해 자연 속에서 신성과 인간성의 교합을 이루고 있는 모습은 다소 뜻밖일 정도로 아름답다.

문학은 언어다. 그러나 이에 대한 깊은 인식은 한국 문학에서 실천적인 성과가 그리 많지 않다. 언어에 대한 인식은 언어에 대한 절망에서 비롯되며, 그것은 필경 예술적 우울의 소산이리라. 이성복의 경우가 그것을 명료하게 보여주는데, 여기서 시인은 언어 대신 '성에꽃' '생매장' '푸른 잎' 등을 일종의 치환물로 내세우는데 그것이 과연 언어의 자리를 대체하는 구원의 힘이 될는지 주목된다. 김후란의 자연이 보다 소박한 자리에서 '몸'을 넘어서고 있다면 이성복의 그것은 훨씬 깊은 곳으로부터 고뇌의 극복을 모색하는데, 그것이 언어에 대한 절망에는 이르지 않는다. 언어에 대한 절망은 이태수에게서 나타나지만 모티프의 발원 과정은 매우 소박하다. 절망의 처절하면서도 구체적인 모습은 김언에게서 가장 리얼하게 드러나는데, 그 소피스트케이트된 절망, 그 이후가 기대된다.

3부, 4부는 가벼운 단상들의 모음인데 3부는 시인들을 바라보는 나의 시선을 고백하는 글들이고, 4부는 보다 고백적인 나 자신의 이야기다. 50년 가까운 세월, 나는 어떤 글에서도 나 자신을 주어로 내세우고 주관적인 나의 감상을 솔직하게 털어놓는 투의 문체를 삼가왔다. 그렇게 하는 것이 독자에게 더욱 가까이 다가가는 일임을 알고 있었으나 나는 오히려 어떤 적절한 거리를 지키는 것이 비평의 길이 아닌가 생각해왔다. 호들갑스러운 문체도 기질에 맞지 않았으나 반드시 바람직한 일도 아니라는 생각이었다. 그러나 복거일 기형도 최인호에 대해서는 그들의 치열했던 삶을 떠올릴 때 감회가 저절로 가슴을 먹먹하게 했고, 고백적인 짧은 글을 쓰게 되었다. 「원고지를 위한 변명」은 말하자면 내 소년 시절과 나의 문학에 대한 최초의 자술로서, 이제 나도 상당한 연치에 이르렀음을 느낀다. 문학은 사람을 살리는 글이라는 자부심이 회복되기를 바라는 마음에서 「사람을 살리는 글」을 썼다. 새로 집을 옮긴 문학과지성사에서 주일우 대표와 이근혜 편집장, 그리고 김덕희 씨의 열의에 힘입어 뜨거운 여름을 보내면서 이 책을 내놓는다. 이분들 모두에게 진심으로 고마운 마음을 전한다.

2014년 8월
김주연

차례

제1부 몸을 내세우는 말

몸의 유물론

—김훈론[1]

1. 죽음과 비애

김훈의 소설들을 읽는 독자는 슬픈 감동을 느낀다. 상실감, 불가피한 운명감이 다가오는 기이한 감동이다.

버려진 섬마다 꽃이 피었다. 꽃 피는 숲에 저녁노을이 비치어, 구름처럼 부풀어오른 섬들은 바다에 결박된 사슬을 풀고 어두워지는 수평선 너머로 흘러가는 듯싶었다. 뭍으로 건너온 새들이 저무는 섬으로 돌아갈 때, 물 위에 깔린 노을은 수평선 쪽으로 몰려가서 소멸

---

1) 김훈에게는 다음과 같은 소설들이 있다. ①『빗살무늬 토기의 추억』(문학동네, 2005) ②『칼의 노래』(문학동네, 2012) ③『현의 노래』(문학동네, 2012) ④『개』(푸른숲, 2005) ⑤『남한산성』(학고재, 2007) ⑥『공무도하』(문학동네, 2009) ⑦『내 젊은 날의 숲』(문학동네, 2011) ⑧『흑산』(학고재, 2011) ⑨『강산무진』(문학동네, 2006) ⑩『김훈, 언니의 폐경』(황순원 문학상 수상작품집, 2005). 이후 본문 인용 시, 해당 번호와 쪽수만 밝힌다.

했다. (②—13)

바람이 불어 공기가 흔들릴 때마다 별들은 바람 부는 쪽으로 쏠리면서 깜박거렸다. 멀리서 가물거리는 별들은 바람에 불려가듯이 사라졌다가 바람이 잠들면 어둠 속에서 돋아났다. 별들은 갓 태어난 시간의 빛으로 싱싱했는데, 별들이 박힌 어둠은 부드러웠다. 별들에는 지나간 시간이나 닥쳐올 시간의 그림자가 없었지만 별들은 그 그림자 없는 시간들을 모두 거느리면서 찰나의 반짝임으로 명멸했다. (③—89)

가을에는 산맥이 메말라서 자등령 숲은 작은 바람에도 버스럭거렸다. 산들의 부푼 기운이 물러서면서 능선의 골세骨勢가 뚜렷이 드러났다. 습기 걷힌 시화평고원은 더 넓어 보였고, 시선이 닿지 못하는 먼 지평선 쪽에서 빛들이 태어났다. 구름이 걷히고 햇빛이 깊은 날, 산맥과 고원은 하루 종일 수군거렸다. 나무와 풀이 말라서, 가을 숲을 스치는 바람소리는 여름의 소리보다 맑고 높았다. (⑦—276)

감동은 일차적으로 작가의 언어, 사물의 미세한 움직임을 객관적으로 묘사하는 듯하면서도 감성의 주관을 풍요롭게 개입시키는 김훈 특유의 아름다운 문장으로부터 빚어진다. 그러나 그 문장은 아무 내용 없는, 오래 쓰여진 레토릭과 결부된 이른바 미의 전범이 되는 문장들이 아니다. 그는 꽃 한 송이, 별 하나를 묘사할 때에도 먼저 그 사물들이 지닌 생명의 깊이와 그것이 지금 작가와 맺고 있는 인생론적 사정에 입각하여 철저히 관찰한 다음, 그것들을 엮어서 묘사한다. 이때 그 인생론적 사정이란 대체로 상실, 그리고 그것이 주는 슬픔인데, 물론 모두 작가의 소멸 의식에서 반영되는 것들이다. 꽃과 바다, 바람과 별, 숲과 나무는 그리하여 아주 평범한──모든 문학작품에서 상투적으로 애용되는──자연들임에도 불구하고 그들끼리 새로운, 독특한 관계를 맺으면서 묘사의 독자적 영역을 개척한다. 그 영역은 바로 소멸이라는 슬픔의 영지다. 김훈의 이러한 묘사가 유발해내는 비애의 감동은, 무엇보다 묘사를 형성하는 언어들의 '기대되지 않는 조합'으로부터 나온다. 가령 몇 대목을 뜯어본다면; 앞의 세 인용 부분 가운데 첫번째 경우, "버려진 섬마다 꽃이 피었다"는 표현은 그 자체로 울음을 머금고 있다. 왜냐하면 '버려진'과 '꽃'은 서로 반대되는 의미의 단어들인데, 한쪽이 유기/절망이라면 다른 한쪽은 절정/희망이므로 이 둘이 한 자리에 오면 희망의 순간도 결국 유기되고 말 것이라는 메시지가 되기 때문이다. 혹은 이와 달리 유기된 폐허에도 아름다움의 순간이 반짝한다는 뜻인데, 이것도 슬픈 일인가. 김훈의 소설에는 아름다움의 소멸 혹은 아름답게 소멸해가는 모습이 반어적 묘사를 통해 이처럼 구체적으로 그려지고 있는 장면, 장면이 이어진다. "시간의 빛으로 싱싱"한 별들을 묘사하고 있는 두번째 예문도 "어둠 속에서 돋아"나는 등 긍정적인 내포를 띠고 있는 것 같지만 종내 "찰나의 반짝임"으로 명멸해버리고 만다. 소멸에 기여하는 것이다.

요컨대 모든 아름다움은 순간이라는 존재를 통해 그 아름다움을 배가시키는 역설을 만드는 한편, 소멸의 비애를 조장한다. 이것이 김훈의 미학이며, 이 미학이 그 소설을 낳는다. 따라서 즐겨 차용되는 역사적 인물들, 흔히 긍정적인 표상으로 고착화된 이순신이나 우륵 같은, 이른바 '위인'들도 이 작가의 소설들 속에서는 비애의 주인공이 된다. 동료, 선후배 장군들의 질시와 조정의 몰이해를 겪었던 이순신과 같은 인물은 작가의 이러한 시선에 절묘하게 걸맞은 인간으로 부각된다. 애국의 용장이라는 일반적인 이미지의 뒷전에서 김훈이 그려낸 독특한 이순신의 모습은, 사면초가에 둘러싸인 인간 이순신의 실존과 그 비애였다. 용장 이순신은 그곳에 없다.

세상은 칼로써 막아낼 수 없고 칼로써 헤쳐나갈 수 없는 곳이었다. 칼이 닿지 않고 화살이 미치지 못하는 저쪽에서, 세상은 뒤채며 무너져갔고, 죽어서 돌아서는 자들 앞에서 칼은 속수무책이었다. (②—106)

그리고 송장으로 뒤덮인 이 쓰레기의 바다 위에서 그 씨내림의 운명을 힘들어하는 내 슬픔의 하찮음이 나는 진실로 슬펐다. (②—130)

하루하루가 무서웠다. 오는 적보다 가는 적이 더 무서웠다. 적은 철수함으로써 세상의 무의미를 내 눈앞에서 완성해 보이려는 듯했다. 적들이 철수의 대열을 정돈하는 밤마다, 적들이 부수고 불태운 빈 마을에 봄꽃들이 흐드러지게 피어 있는 꿈을 꾸었다. (②—318)

『칼의 노래』나 『현의 노래』 그리고 대부분의 소설들이 결국 부각시키고 있는 최대의 관심은 죽음이고, 그것도 무의미한 죽음이다. 더 정확하게 말한다면 죽음의 무의미함이다. 임진왜란이라든가 왕정의 밑바탕에서 행해지는 죽음이 무의미하다는 것이 아니라, 그토록 의미 있어 보이는 죽음조차 무의미한 것이라면, 항차 어떤 죽음인들 의미가 있겠느냐는 본질적인 실존의 문제로서 죽음을 보여주고 있는 것이다. 말하자면 필멸할 수밖에 없는 죽음 일반을 그는 낱낱이 그려냄으로써 삶의 허무를 드러낸다. 그러므로 김훈의 문학은, 짧게 말한다면, 허무의 문학이라고 할 수 있다. 문제는, 그의 허무가 지니는 문학적 의미이다.

김훈의 허무가 죽음에서 비롯된다는 점은 너무도 명백하다. 그러나 그렇기 때문에 그의 허무가 감동을 빚어내는 것은 아니다. 죽음이 허무하다는 것은 필부필부에게도 본능적으로 인지되고 있는 사실이며, 따라서 구태여 깊은 인식의 대상이라고 할 수도 없다. 그러나 이 작가의 경우 '허무'는 깊은 인식의 대상이 되며 그로부터 비애와 감동이 유발된다는 점이 특이하다. 그에게 있어서 허무를 가져온 죽음은 다각도로 분석될 수 있다. 첫째 그 죽음은 당연히 전쟁과 연결된다. 임진왜란에서처럼 전쟁이 필연적으로 생산하는 죽음은 가장 비근한 죽음의 형태로 동서고금 편재해 있다. 그러나 전쟁은 피아간의 증오와 적대감의 살인이라는 면 이외에 아군 자체에 음습하게 도사린 정치적 음모와 분노를 포함하고 있다. 예컨대 이순신의 둘레는 사위가 죽음이었고, 그는 갖가지 적과 싸워야 했다.

그 죽음의 물결은 충忠이나 무武라기보다는 광狂에 가까웠다.

(②—63)

　임금의 사직은 끝없이 목숨을 요구하고 있었고 천하가 임금의 잠재적인 적이었다.(②—66)

　죽이되, 죽음을 벨 수 있는 칼이 나에게는 없었다. 나의 연안은 이승의 바다였다. (②—116)

　그러하더라도 내가 임금의 칼에 죽으면 적은 임금에게도 갈 것이었고 내가 적의 칼에 죽어도 적은 임금에게도 갈 것이었다. 적의 칼과 임금의 칼 사이에서 바다는 아득히 넓었고 나는 몸둘 곳 없었다. (②—121)

　다음으로 죽음은 폭력적 제도나 관습과 깊이 결부된다. 왕조시대의 숱한 제도들이 모두 죽음을 담보로 하고 있지만 그 가운데에서도 임금과 함께 생매장되는 순장제도는 가장 비인간적인 잔인한 죽음의 행사였다. 『현의 노래』는 표면상 우륵의 현과 금을 말하고 있는 것 같지만 기실 가야국의 합법적 살인제도인 순장제에 관한 것이라고 보아도 무방하다. 임금의 죽음과 아무런 연관도 없는 무고한 백성을 산목숨 그대로, 혹은 그냥 죽여서 함께 묻는 야만적인 짓은 아마도 인류가 생각해낸 가장 어리석고 참혹한 살인제도일 것이다.

　한번 장사 때마다 쉰 명 정도의 순장자들이 죽은 왕을 따라서 구덩이 속으로 들어갔는데, 그 쉰 명 안에는 신하와 백성 들의 여러 종자와 구실 들이 조화롭게 섞여 있었다. 문과 무의 중신들이며 농부, 어부, 목수, 대장장이가 구실에 따라 징발되었고 무사와 선비가 있었으며 늙은 부부, 아이 딸린 젊은 부부에 처녀와 과부도 있었다. (③—15)

끔찍한 죽음은 또 있었다. 질병과 기아였는데, 어느 나라 어느 사회에나 있음 직한 이 원인의 죽음은, 그러나 작가 김훈의 시야에 잡힌 왕조시대 죽음의 한 극풍경이었다. 그것은 방치된 백성들이 겪어야 할 보편의 현실로서, 정부라고 할 수 있는 임금과 조정은 처음부터 차라리 무정부 상태였다. 피아간에 창녀보다 못한 대우로 버림받고, 결국은 죽어가는 여성들의 현실 또한 질병의 현장과 다를 바 없었다.

겨울에 이질이 돌았다. 주려서 검불처럼 마른 수졸 육백여 명이 선실 안에 쓰러져 흰 물똥을 싸댔다. [……] 똥과 사람이 뒤범벅이 되어 고열에 신음하며 뒤채었다. [……] 똥물은 점점 묽어져갔고 맑은 물똥을 싸내면 곧 죽었다. (②—206)

해남 어란진의 적진에 끌려온 조선 여자는 서른 명이었다. 적장 구루시마가 세 명을 차지했고 나머지는 적의 장수들에게 나누어주었거나 죽였다. 구루시마는 세 명의 여자를 번갈아가며 선실 안으로 불러들였다. 대낮에도 옷을 벗겼다. 여자 한 명이 물에 빠져 죽자 구루시마는 한 명을 보충했다. (②—104~105)

초산이었는데 태아가 거꾸로 나오면서 발을 먼저 내밀었다. 작은
다리 하나가 밖으로 빠져나온 채 사흘이 지났다. 산모는 사타구니
사이에 아이 다리 하나를 내민 채 핏덩어리를 쏟아내다가 죽었다.
죽음은 널려 있어서 사내들은 울지 않았다. (③―118)

『칼의 노래』가 임진란과 이순신을, 『현의 노래』가 우륵을, 그리
고『남한산성』이 병자호란을, 『흑산』이 천주교 박해 사건을 다루
고 있으나, 실은 이 모든 장편소설들은 그 소재도 주제도 한결같이
죽음이다. 비록 전쟁에서 그리고 봉건조의 처참하고 각박한 제도
와 현실에서 죽음이 산재해 있다고 하더라도, 김훈이 이처럼 죽음
을 열거하면서 소설의 근본적인 모티프로 삼고 있는 이유는 무엇
일까. 그것은 죽음이 무라는 사실, 그리하여 삶 또한 허무라는 사
실의 인식에서 비롯된다. 그러므로 김훈의 소설은 허무의식의 산
물이라고 할 수 있다. 그는 적는다.

나는 죽음을 죽음으로써 각오할 수는 없었다. 나는 각오되지 않는
죽음이 두려웠다. 내 생물적 목숨의 끝장이 두려웠다기보다는 죽어
서 더이상 이 무내용한 고통의 세상에 손댈 수 없게 되는 운명이 두
려웠다. (②―209)

말하자면 그의 허무는 몸이라는 물질의 소멸, 그 이후에는 아무
것도 존재하지 않는다는 몸 유물론의 소산이다.

2. 몸과 소멸

　김훈 소설의 페이소스가 센티멘털리즘을 거부하고 허무의 감동을 유발하는 것은, 순전히 물질과 육체의 와해/소멸의 과정을 지켜보는 그의 옹골찬 시선 때문이다. 그는 세상을 물질과 육체의 실재, 그 실재들이 가득 찬 움직임으로 파악한다. 그런 의미에서 그는 생명의 유물론자이다. 『칼의 노래』의 이순신, 『현의 노래』의 우륵, 『남한산성』의 인조 등 그의 장편소설 대부분은 한 시대를 풍미한 각계의 걸출한 인물들을 주인공으로, 시대와 지도자의 관계를 다루고 있는 듯이 보인다. 그러나 작가의 관심은 그 관계는 물론, 그 인물들을 겨냥하고 있지 않다는 점이 세심하게 관찰될 필요가 있다. 중요한 것은 오히려 그들의 죽음이며, 죽음으로 말미암은, 즉 죽음이라는 고지에서 전망되는 삶이다. 말을 바꾸면 서서히, 혹은 급격히 와해/소멸되어가는 몸 자체다. 몸은 죽음으로 인해 그 존재가 없어져가는 가장 구체적이며 본질적인 실재이며 실체다. 그렇기에 그는 "생물적 목숨의 끝장"이 두렵다고, 본심을 고백한다.

　나는 고쳐 쓴다. 나는 내 생물적 목숨의 끝장이 결국 두려웠다. 이러한 세상에서 죽어 없어져서, 캄캄한 바다 밑 뻘밭에 묻혀 있을 내 백골의 허망을 나는 감당할 수 없었다. (②—209)

　당연히 『칼의 노래』와 『현의 노래』 소제목 가운데에는 유독 '몸'

이 많이 들어 있다.[2] 기쁨, 존재의 증거로 싱싱하게 약동하는 삶의 주체로서, 그러나 그려지지 않는다. 몸은 이슬과 같이 스러져가는 덧없는 존재로 등장하는데, 그것은 필경 죽어 없어지는 덧없는 존재라는 의미 이외에 '하찮은 것'이라는 심한 모멸과 부정의 대상이 되기도 한다. 우선 덧없는 존재―

　　몸이여, 이슬로 와서 이슬로 가니,
　　오사카의 영화여, 꿈속의 꿈이로다. (②―298)

　적장 도요토미 히데요시가 남겼다는 유언시인데, 그의 뜻이 어디에 있든지 이 시는 소설에서 드러난 작가 김훈의 인생관이기도 하다. 그렇듯 그는 생명의 실체로서의 몸에 의미를 둘 수 없었고, 따라서 영적인 존재로서의 인간이나 인간생명에는 무관심하였다. 그러기는커녕 그는 인간의 몸이 지닌, 혹은 몸이 내뿜는 분비물에 흡사 19세기 자연주의자를 연상케 하는 세밀한 묘사를 보여주면서, 몸의 위의(威儀)에 애써 눈을 감았다. 몸은, 아주 많은 경우, 더럽고 별볼일없는 물체에 지나지 않았다. 그는 특히 여성의 몸을 예거함으로써 이 일을 수행하였다. 생리, 오줌, 똥 등의 분비물과 관계된 묘사의 과잉을 이 점과 관련하여 주목할 수 있다.

　아라는 치마를 올리고 속곳을 내렸다. 엉덩이를 까고 주저앉아 가

___
2) 『칼의 노래』에는 「칼과 달과 몸」 「몸이 살아서」 「무거운 몸」 「몸이여 이슬이여」가 있고, 『현의 노래』에는 「몸」이라는 소제목이 나오는데 그 밖에도 몸과 연관된 부분들이 나온다.

랑이를 벌렸다. 허벅지 안쪽에 풀잎이 스치자 팔뚝에 오소소 소름이
돋았다. 아라는 배에 힘을 주어 아래를 열었다. 쏴 소리를 내면서 오
줌줄기가 몸을 떠났다. [……] 아라는 엉덩이 밑에서 피어오르는 더
운 김 속에서 제 몸의 냄새를 맡았다. (③—57~58)

몸은 기껏해야 오줌을 담아두는 곳, 오줌을 내뿜는 곳으로 기능
한다. 그의 장편소설 무대가 왕조시대라는 점을 감안하더라도, 여
성의 몸에만 집중된 몸의 세부 묘사는 이처럼 생식기 쪽에 할애되
곤 한다. 그 이유로 김훈 특유의 에로티시즘이 곳곳에서 형성되고
있는 것도 사실이지만, 그보다는 생산적 측면보다 배출과 소멸의
측면에 그의 몸 이해가 쏠려 있다는 점이 주목된다. 생리 장면도
심심찮게 나오지만 이 역시 생산의 동력과 관계된 듯이 보이지 않
는다. 그것은 차라리 죽음, 혹은 죽음으로 가는 길목에서 발견되는
데 양자의 공통된 분위기로 '비린내'가 등장한다는 점도 흥미롭다.
비린내는 여자의 몸, 생리할 때나 성교할 때에도 나고, 사람이 피
를 흘리며 죽어갈 때도 난다.

그날 밤 비화의 몸은 다급했다. 가랑이 사이에서 초승 무렵의 풋
내가 났고 머리카락에서는 개울물에 흔들리는 풀이며 버들치의 **비
린내**가 났다. [……] 비화의 몸속은 따뜻하고 찰졌다. [……] 소리
가 한번 일어서고 한번 사라지면 정처 없듯이 몸과 몸 사이의 일도
한번 사라지면 가뭇없는 것이라고 우륵은 생각했다. (③—147~48,
강조는 인용자)

시퍼런 칼은 구름 무늬로 어른거리면서 차가운 **쇠비린내**를 풍겼다. 칼이 뜨거운 물건인지 차가운 물건인지를 나는 늘 분간하기 어려웠다. 나는 칼을 코에 대고 **쇠비린내**를 몸속 깊이 빨아넣었다. (②—30, 강조는 인용자)

몸인 물질이 그 생명을 바꿀 때 비린내가 났다. 소설가 김훈의 냄새다. 생명과 관계된 김훈의 비극적 육체관은 오히려 단편 「언니의 폐경」에서 명료하게 부각된다. 여성에게 있어서 생리가 무엇인지, 그것이 삶의 행로에서 어떤 위상과 기능을 지니고 있는지를 분명하게 선언하고 있는 이 소설은 인간의 몸을 처절하게 분쇄한다.

언니는 두 손에 얼굴을 묻고 울었다. 형부의 시신이 회사 로고가 찍힌 넥타이를 매단 채 들것에 실려 내려왔을 때도 언니는 울지 않았다. 언니는 들것에 가까이 가지 않고 멀리 떨어져서 코만 풀었다. 그런데, 난데없이 쏟아진 생리혈을 처리하고 나서 언니는 오래 울었다. (⑩—19)

오십대 자매, 언니는 비행기 사고로 남편을 잃고, 동생은 이혼에 직면한 두 자매를 그린 「언니의 폐경」에서 언니는 남편의 죽음 앞에서 느닷없이 생리혈을 쏟는다. 폐경 이후의 새삼스러운 급혈인지, 이 일을 계기로 폐경에 들어가는지 선후관계가 분명치는 않으나, 어쨌든 폐경은 죽음과 더불어 나타난다. 이때 중요한 것은, 폐경 자체가 아니라 오히려 생리의 급혈이 죽음 옆에서 일어났다는 사실이다. 더불어 살펴보면, 성행위조차 생산적 의미와 관계되기보다는 죽음과 연관된다.

아라의 몸은 쉽게 허물어져내렸다. 아라는 가랑이를 벌려 오줌
을 누듯이 사내를 받았다. 아라의 몸속은 넓어서 끝 간 데가 없었다.
〔……〕 왕을 따라 들어가는 무덤 속의 어둠이 아라의 마음에 떠올랐
다. 〔……〕 이 질퍽거리는 구멍은 대체 무엇인가. (③―128~29)

성교도 오줌 누듯이 하고, 행위를 하면서 뜻 없는 죽음을 생각하
고, 여자의 성기가 "질퍽거리는 구멍"으로 묘사되는 소설. 몸에 대
한 능멸 아니겠는가. 여성의 몸을 생산과 기쁨의 발현체로 인식하
지 않고, 배설의 통로쯤으로 여기는 듯한 곳곳의 묘사는 작가 김훈
이 페미니스트들로부터의 비난은 물론, 육체를 신성시하는 생명론
자들의 거부감을 일으키기에 족해 보일 정도다. 그러나 그것은 몸
의 물질적 허무성에 대한 인식일 뿐, 다른 이념과의 연관성은 없어
보인다.

오줌 누고 똥 싸고 피 흘리는 더럽고 연약한 몸을 지닌 존재가
인간이라는 작가의 의식은, 물론 여성의 몸만을 통해서 부각되는
것은 아니다. 왕조시대 권위의 정점에 있던 왕 또한 오줌 똥 누는
비천한 몸의 소유자 이외 다름 아니라는 의식도 이 작가의 것이다.

가실왕嘉實王은 몇 달째 침전寢殿 밖으로 나오지 못했다. 왕의 항
문은 조일 힘을 잃고 열려 있었다. 창자가 항문 밖으로 삐져나와 죽
은 닭의 벼슬처럼 늘어졌고 오그라진 성기는 흰 터럭 속에 숨어 있
었다. 〔……〕 떠먹인 미음과 국물이 이내 밑으로 흘러내려, 왕의 아

랫도리는 늘 벗겨져 있었다. (③—38)

아마도 이렇게 살았을 것이다. 봉건 왕조시대 우리나라 궁중과 임금의 현실일 뿐 아니라, 어느 나라 어느 임금의 경우도 이와 대동소이했을 것이다. 충격적인 것은, 온갖 법과 제도를 만들고 그 위에 권위로서 군림했던, 때로는 하늘의 적대자를 대신하는 권력으로 받아들여졌던 왕 또한 오줌 누고 똥 싸는 비천한 몸뚱이 이외 별것 아니었다는 인식 아래 그 몸이 추하게 그려지고 있다는 사실이다. 이 점은, 소설가 김훈이 우리나라의 왕이나 왕조시대를 특별한 이념으로 비판하고자 했던 시각이나 이념의 결과와는 무관해 보인다. 그는 그의 소설 10여 권 어디에서도 왕정이나 봉건군주제, 혹은 전근대적 사회에 대한 본격적인 비판을 행한 일이 거의 없다. 그러기는커녕 그 시대를 배경으로 한 많은 작품들, 옛것에 대한 상당한 관심으로 말미암아 복고적 취향을 질문받기도 한다. 옛이야기에 왜 그토록 집착하는가? 하고.

작가에게 복고적 관심이 있다면, 그것은 아마도 사라진 몸에 대한 궁금증 때문이었을 것이다.

누워서 죽은 뼈는, 두개골은 위쪽에 다리뼈는 아래쪽에 팔뼈는 좌우에, 대부분 제자리에 놓여 있었다. 뼈들은 무력해 보였고, 속수무책으로 헐거워서 다시는 부활하지 못할 것이 분명했다. (⑦—306)

작가의 집요한 허무 확인 작업은 젊은이들을 소설 화자로 삼은 작품 『내 젊은 날의 숲』에서도 계속된다. 유골 발굴 작업에 매달리면서 죽은 뼈의 부활은 결단코 있을 수 없다고 몸의 일생에 종지부를 찍는다. 인간 몸의 완전소멸에 굵은 도장을 찍어놓아야 안심이 되는 강박증. 그러나 몸이 자연의 전부는 아닐 터인데……

3. 유물론의 끝, 자연 너머

존중과 외경 대신 능멸과 긍휼의 시선으로 사람의 몸을 바라보고, 대책 없는 죽음을 거기서 읽어내는 소설이 일정한 감동을 빚어낸다는 것은 기이한 일이다. 김훈이 칼을 노래한 데 이어서 현을 노래했다는 사실은 이 즈음에서 의미심장하다. 그는 자신에게 칼이나 현이나 그 의미가 마찬가지였다고 진술하고 있는데,[3] 그 사이엔 기묘한 역학이 개재된다. 무슨 비밀이 거기에 감추어져 있을까.

　—생장은 무리였소. 허나 곧 조용해질 것이니……
　웅웅 소리는 웅웅거리며 퍼져나갔다. 우륵은 악공들의 대열 앞으로 나왔다.
　—북이 길을 열고 피리는 따라라. 쇠나팔은 길을 멀리 뻗게하고 금은 그 사이를 들고 나며 길을 고르게 하라.

---

3) ③—7 참조. "잠든 악기 앞에서, 그 악기가 통과해온 살육과 유혈의 시대를 생각하는 일은 참담했다. 악기가 홀로 아름다울 수 없고, 악기는 그 시대의 고난과 더불어 비로소 아름다울 수 있을 뿐이었다. 그러므로 악기가 아름답고 무기가 추한 것이 아니다. 무기가 강력하고 악기가 허약한 것도 아니며, 그 반대도 아닐 것이다. 〔……〕 칼을 들여다보는 일과 악기를 들여다보는 일이 나에게는 같았다."

북이 울려 새벽 산을 흔들었다. 북소리가 산봉우리들을 멀리 밀어내, 흔들리는 봉우리가 밀려난 자리에서 남은 시간들이 곤두박질로 무너지고 새로운 시간이 돋아나는 환영이 우륵의 눈앞에 펼쳐졌다. (③—111)

순장의 장면 바로 뒤이어 우륵의 음악이 이어지는 장면이다. 땅속의 아비규환을 이루고 있는 죽음의 소음을 가라앉히기 위하여 북과 쇠나팔, 금의 소리들이 동원되고 있고, 악장 우륵이 그 앞에 서 있는 것이다. 우륵이 이 상황을 견딜 수 있는 힘은 "새로운 시간이 돋아나는 환영"뿐이었다. 그러나 과연 예술의 소리가 폭압과 살인의 소리를 상쇄하고 진압할 수 있을까.

소리는 소리의 끝에서 태어났다. 〔……〕 소리들은 여울을 이루며 앞으로 나아갔다.
우륵은 일어섰다. 〔……〕 붉은 허리띠가 너울거렸다. 몸이 소리를 끌고 나갔고, 몸이 소리에 실려서 흘렀다. 우륵은 날이 밝도록 춤추었다. (③—112)

소리가 폭력을 직접적으로 이길 수는 없을 것이다. 그러나 이미 이청준에게서 집요하게 추구되었듯이[4] 그 가능성에 대한 염원은 그치지 않고 있으며, 김훈도 이 점에 있어서 문제의식의 중심에 서

---

[4] 이청준 소설의 주제는 결국 폭력의 현실과 예술적 극복의 관계이며, 이때 예술의 본보기 장르로 판소리가 자주 등장한다. 김주연, 『문학과 정신의 힘』, 문학과지성사, 1990, p. 98 이하 참조.

있다. 그러나 김훈의 소리는 현실을 뛰어넘어 영생하는 초월의 힘을 지닌 것으로는 인식되지 않는다. 그런 의미에서 그는 문학의 힘을 확신하는, 이른바 예술지상주의자는 아니다. 예술도 사람의 몸 안에서 발생하고 그 안을 지나간다는 생각과 더불어, 바로 그 몸 자체가 소멸의 운명을 지니고 있다는 생각 때문이다. 우륵은 제자 니문에게 자주 말한다.

　　—소리는 몸속에 있지 않다. 그러나 몸이 아니면 소리를 빌려올 수가 없다. 잠시 빌려오는 것이다. 빌려서 쓰고 곧 돌려주는 것이다. 소리는 곧 제자리로 돌아간다. (③—224)

　　—쳐다보지 마라, 아라는 죽었다. 소리는 살아 있는 동안만의 소리이다. (③—245)

예술의 기능과 능력마저 이렇게 제한됨으로써 그의 허무주의는 달랠 길이 없어 보인다. 그것은 인간의 몸을 비롯한 모든 사물, 심지어는 비가시적 현상마저 물질시하는 유물론에서 유발된다. 나는 폭넓은 허무주의와 연계된 그의 유물론을 '정신적 유물론'이라 부르고자 한다. 이렇듯 '제한된 예술'의 인식으로 말미암아 유물론의 범주를 벗어나지는 못하지만, 초월성이라고 부를 만한 한 가지 요소가 그에게 있다. 어쩌면 이 부분이 김훈 소설이 주는 감동과 연관될지 모른다. 이런 것이다.

　　—니문아, 이제 신라 왕 앞에서 춤을 추고 소리를 내야 하는 모양

이다.

—여기는 신라의 땅이옵니다.

—그렇구나. 니문아, 죽은 가야 왕의 무덤에서 춤을 추는 것과 산 신라 왕 앞에서 춤을 추는 것이 다르겠느냐?

—아마도 다르지 않을 것입니다. 소리는 스스로 울리는 것입니다. (③—287)

소리의 탈상황성, 혹은 보편성을 말하는 것일 터인데, 그것은 불멸을 신앙하는 예술지상의 확신과는 거리가 있으나, 나름대로 시간과 공간을 일정하게 넘어서는 힘이 있는 것으로 파악된다. 그러나 필경 덧없기는 마찬가지다.

—소리는 제가끔의 길이 있다. 늘 새로움으로 덧없는 것이고, 덧없음으로 늘 새롭다. 아정과 번잡은 너희들의 것이다. (③—313)

말하자면 예술의 자율성이며, 진술의 자동기술성이다. 그러나 그것은 출처와 기원, 발생을 알 수 없는 저 공(空)의 존재론과 맥을 같이한다. 일반적으로 물질인 몸이 끝나는 곳에서 종교에 대한 관심과 인식, 그리고 형이상학이 생겨난다. 그렇지 않은 경우, 예술적 상상력이 화려한 세계를 펼친다. 판타지 문학과 같은 것은 가장 비근한 전형일 수 있다. 그러나 김훈의 경우 그 어떤 것에도 흥미를 보이지 않는다. 그에게 상상력이 있다면, 몇 권의 장편소설들을 통해 이미 그 섬세한 세계를 드러낸 바 있는 역사적 상상력이다.

그 밖에도 작가는 자연, 특히 바다와 숲에 각별한 관심을 표명하는데, 그것은 아마도 물질로서의 인간의 몸이 유한한 반면, 바다와 숲은 상대적으로 훨씬 무한해 보이기 때문이 아닐까 짐작된다. 『남한산성』『칼의 노래』『현의 노래』 등 이른바 김훈 소설의 삼부작이 모두 비극의 역사를 다루고 있는 역사소설이기는 하지만, 한결같이 바다를 무대로 하거나 배경으로 깔고 있다는 점이 이와 관련하여 주목된다.

아마도 삶을 버린 자가 죽음을 가로지를 수는 없을 것이었는데, 바다에서 그 경계는 늘 불분명했고 경계의 불분명함은 확실했다. (②―210)

바다에서, 삶과 죽음은 단순하지 않았다. 삶과 죽음은 서로 꼬리를 물고 있었다. (②―214)

바다는 내가 입각해야 할 유일한 현실이었지만, 바람이 잠든 저녁 무렵의 바다는 몽환과도 같았다. 먼 수평선 쪽에서 비스듬히 다가오는 저녁의 빛은 느슨했다. (②―215)

현실로서의 죽음을 두려워하는 작가에게 삶과 죽음의 경계가 불분명한 바다는 충분히 매력적이리라. 양자는 서로 꼬리를 무는 것으로 보일 정도이니 구원에의 갈망이 심하지 않은 그에게도 바다는 치유력이 있어 보일 법하다. 환상 따위에 미혹되지 않을뿐더러 아예 무심해 보이는 그에게 바다는 "몽환과도 같았다"고 고백되지 않는가. 그러므로 허무와 공으로 끝나는 이 세상에서 바다가 지니는 위력은 그에게 상당한 것이 아닐 수 없다. 심지어 바다에는 삶과 죽음을 넘어서는 어떤 것이 존재한다는 진술까지 나온다.

바다는 전투의 흔적을 신속히 지웠고 함대와 함대가 부딪히던 물목은 늘 아무 일도 없었다. 빛이 태어나고 스러질 뿐, 바다에는 늘 아무 일도 없었다. (②—215)

바다와 함께 김훈이 찾는 것(곳)은 숲이다. 숲으로의 걷기, 탐색이 여러 곳에 나오면서, 『내 젊은 날의 숲』이라는 장편소설도 있다. 젊은 여성을 소설 화자로 하고 있는 이 소설은 수목원을 무대로 삼고 몇 가지의 이야기를 중첩시키고 있는데, 근본 테마는 역시 삶과 죽음이다. 삼부작에서 역사의 비극을 통해 바다의 무심, 그 초월의 자연성에 관심을 가졌다면, 여기서는 그것이 나무와 숲이 된다.

살아 있는 것들이 왜 죽는가. 멀쩡히 살아 있던 것들이 무슨 연유로 죽는 것인가, 삶과 죽음은 반대현상이라고 하는데, 삶과 죽음 중에서 어느 쪽이 자연이고 어느 쪽이 자연이 아닌가. 〔……〕 죽은 나무들은 땅에 쓰러졌다. 죽은 것들은 다들 땅으로 추락한다. 〔……〕 죽음은 존재의 하중을 더이상 버티어낼 수 없는 생명현상이라는 것을 수목원에 와서 알게 되었다. (⑦—266~67)

숲의 구성을 이루고 있는 나무들의 죽음을 보면서 삶과 죽음의 본질을 천착하고 있는 대목인데, 그의 원래 치유의 힘은 숲에 있었다.

5월의 숲은 강성했다. 숲의 어린 날들은 길지 않았다. 나무들은 바빠서 신록의 풋기를 빠르게 벗어났다. 잎이 우거지면 숲의 음영은 깊었다. 〔……〕 숲에서는, 빛이 허술한 자리에서 먼 쪽의 깊이가 들여다보였다. (⑦—143)

바다와 숲은, 강물과 나무보다 포괄적이며 집합적이고, 대규모다. 그런 의미에서 동일한 자연이지만, 작은 세부나 미물에 집착하고 신비화하는 애니미즘과는 사뭇 다르다. 바다와 숲, 그것들은 한 세목 아닌 전체로서 출렁거린다. 또한 그 생성과 소멸이 구체적이지도 않고 단기적이지도 않다. 따라서 사람의 생명과 죽음, 그 이후의 어떤 형이상학적, 종교적 내포와 연관된 요체를 지니고 있다는 믿음이나 지식을 보여주지 않는다. 요컨대 심정적인 치유의 느낌으로서 기능하는 면이 강하다. 김훈이 몸의 유물론 아래에서 허무를 양산하고 있음에도 불구하고, 소멸에 따른 허무감 대신 서늘한 비애의 감동을 빚어내는 까닭은, 아마도 이러한 느낌의 미학 덕인지 모른다. 그러나 이 미학이 죽음 이후의 세계에 대한 사람들의 믿음과 그 축적까지 모두 커버하고 있는 것은 아닐 것이다.

〔『본질과 현상』 31호, 2013년 봄.〕

부패한 몸, 우울의 예술성

—이성복론[1]

1

이성복 시의 가치는, 이즈음 흔해진 말로, 그 진정성에 있다. 그의 시가 고통과 사랑, 그리고 회복을 말하고 있다고 하지만 고통과 사랑, 회복을 말하지 않는 시가 있었던가. 문제는 얼마나 절실하고 치열하게 싸우고 표현했는가 하는 것이며, 그리하여 시적 성취에 도달했는가 하는 것이다. 요컨대 '진짜'냐 하는 것이다. 1980년 『뒹구는 돌은 언제 잠 깨는가』를 첫 시집으로 상자한 이성복은, 출간 즉시 시단 내외로부터 큰 관심을 받으면서 김혜순, 황지우 등과

---

1) 이성복은 35년 동안 7권의 시집을 상자했다. 출간순으로 보면 다음과 같다. ①『뒹구는 돌은 언제 잠 깨는가』(문학과지성사, 1980) ②『남해 금산』(문학과지성사, 1986) ③『그 여름의 끝』(문학과지성사, 1990) ④『호랑가시나무의 기억』(문학과지성사, 1993) ⑤『아, 입이 없는 것들』(문학과지성사, 2003) ⑥『달의 이마에는 물결무늬 자국』(열림원, 2003; 문학과지성사, 2012) ⑦『래여애반다라』(문학과지성사, 2013). 이하 인용 시, 해당 번호와 쪽수만 밝힌다.

함께 1980년대 시단을 이끌다시피 했다. 이후 30여 년에 걸쳐 6권의 시집을 내놓은 그는, 비교적 다작은 아니라 하더라도 우리 시단의 대표 시인으로서 이제 중진의 자리에 들어섰다. 그렇다면 많지 않은 그의 시집들의 어떤 요소들이 그를 주목받는 시인으로 만들어 왔는가 세밀히 들여다볼 필요가 있다. 나로서는 첫번째가 되는 이성복론은 그러므로 조금쯤 흥분되는 진지한 탐구가 아닐 수 없다. 숱한 시인들의 범람 속에서 그를 '진짜' 시인 되게 하는 그 힘은 무엇일까.

> 그해 겨울이 지나고 여름이 시작되어도
> 봄은 오지 않았다 복숭아나무는
> 채 꽃 피기 전에 아주 작은 열매를 맺고
> 不姙의 살구나무는 시들어 갔다
> [……]
> 어머니는 살아 있고 여동생은 발랄하지만
> 그들의 기쁨은, 소리 없이 내 구둣발에 짓이겨
> 지거나 이미 파리채 밑에 으깨어져 있었고
> 春畵를 볼 때마다 부패한 채 떠올라 왔다 (①—13)

첫 시집 첫 작품이다. '1959년'이라는 제목의 시인데, 마치 우울증 환자처럼 우울한 모습으로 시인 자신의 내면을 그리고 있다. 내면은, 사람의 내면은 복잡하여서 논리적으로 파악되지 않을 뿐 아니라, 조리 있고 선명하게 그려지지도 않는다. 내면이 곧잘 시의 대상이 되는 것도 이 까닭이다. 뿐더러 내면의 묘사는 거의 필연적으로 비유를 동반한다. 비유는 은유와 상징에 의존하는 경우가 많은데, 그렇다 보니 상투적인 클리셰나 스테레오타입에 빠지기 십상이어서 시의 감동을 떨어뜨리고 주인공 시인을 천박하게 만들기 일쑤다. 이른바 '진짜' 아닌 '가짜' 시인들이 나오는 것이다. 비유의 진부성은 많은 경우 가짜와 진짜를 가늠하는 척도가 되며, 한 시인이 얼마나 절실하게 자신의 세계를 만들어가는가 하는 진정성의 발로가 된다. 비유는 따라서 기왕에 주어져 있는 은유나 상징을 넘어 훨씬 폭넓은 규모와 의미로 해석되고 사용되어야 할 것이다. 「1959년」은 이런 의미에서 시인의 절실한 진정성의 울림을 띤다. 그 울림은 모순된 부딪힘, 보통의 비유에서는 결코 일어나지 않는 기이한 비유를 통해 발생한다. 무엇보다 "그해 겨울이 지나고 여름이 시작되어도/봄은 오지 않았다"의 첫 구절이 보여주는 모순의 산문적 어법이 그것인데, 겨울 다음에 여름을 열거하고, 봄은 생략 아닌, 아예 "오지 않았다"고 함으로써 시간의 산문적 진행을 시적으로 단절시킨다. 이 단절은 그 자체로 하나의 비유다. 겨울이 지나면 봄이 오고, 다시 여름이 오는 것이 자연의 질서인데, "여름이 시작되어도/봄은 오지 않았다"고 했기 때문이다. 이 작은 단절의 묘사는 최소한 상투적이지 않고, 무언가 시인의 불행과 그 선포를 절실하게 예고한다. 불행의 예고는 이렇듯 자연 질서의 단절이나 파괴, 생략과 비약 등의 비유를 통해 발생하는데, 이것은 신인으로 등장한 이성복 특유의 시적 공간으로서 1980년대 시단의 한 특징으로 자리매김한다. "꽃 피기 전에 아주 작은 열매를 맺는" 자연, 혹은 세상과 자연 질서의 전도는 결국 세상의 질서도 함께 전도되고 있음을 강력하게 암시한다. 내가 말하는 이성복 시의 진정성은 여기서부터 이미 출발한다. 세상은 썩었고, 나는 아프다는 식의 진부함 아닌 자신만의 표현을 위한 굴착을 언어 동굴을 향하여 파헤치기 시작한 것이다.

이성복 시 표현의 특징은 고통 감추기, 혹은 감싸기를 통한 고통의 즉물적 노출이다. 안 아픈 척하면서 아픔을 호소하기, 남의 고통을 무감각적으로 말하는 척하면서 자신의 고통을 말하기, 세상이 썩어 가라앉는 것으로 묘사함으로써 자신의 대책 없음을 드러내는 방법 등은 이성복식의 특유한 표현법이다. 그것이 그를 돋세운다.

누이가 듣는 音樂 속으로 늦게 들어오는
男子가 보였다 나는 그게 싫었다 내 音樂은
죽음 이상으로 침침해서 발이 빠져 나가지
못하도록 雜草 돋아나는데, 그 男子는
누구일까 누이의 戀愛는 아름다와도 될까
의심하는 가운데 잠이 들었다 (①―14)

누이의 연애와 누이의 애인에 대한 질투와 회의를 그리고 있는 「정든 유곽에서」의 첫 부분은 '그 男子'로 표현된 이 세상의 권세와 뻔뻔함, 일상의 반성 없는 횡포를 고발한다. 그것들은 '그 男子'처럼 "音樂 속으로 늦게 들어"와서 마치 처음부터 함께 있었던 것처럼, 혹은 그 분위기를 잘 안다는 듯이 행세한다. "내 音樂은/죽음 이상으로 침침해서 발이 빠져나가지/못하도록 雜草 돋아나는데" 어느 누가 다 잘 아는 것처럼 행동한다는 말인가, 대체. 이러한 진술과 묘사는 세상의 뻔뻔함, 일상의 진부한 수렁을 말하면서 동시에 시인 자신의 예술적 우울을 드러낸다. 우울이야 말로 예술의 한 스탠다드임을, 그 바깥의 많은 것들은 참된 삶의 바깥에 있음을 은밀히 보여준다.

예술, 혹은 시와 우울을 거의 동일시하는 시인의 의식은 물론 이성복이 첫 사례라고 할 수는 없다. 가령 광기에 가깝게 내면화된 경우로 이상이 기억될 수 있고, 훨씬 공격적으로 표출된 김수영도 불러올 수 있다. 그러나 이성복은 이 두 시인 어느 경우보다 매우 얌전하고, 아주 수동적이다. 그런 의미에서 예술적 우울에 훨씬 근접해 있다. 발이 빠져나가지 못하도록 잡초 돋아나는 것이 자신의 시라고 말하지 않는가. 잡초 무성한 수렁을 시라고 인식할 때, 그 잡초와 그 수렁은 일상적인 의미에서의 뜻 아닌, 일종의 예술적 기표라고 보아야 할 것이다. 거기에는 일상의 현실을 오히려 '잡초'와 수렁으로 보는 반어가 숨어 있다. 이성복의 반어는 역설과 더불어 그의 시 거의 전체를 지배하고 있는데, 그 특징은 그것들을 유발하고 있는 현실에 대해서 증오와 적대감 대신 자괴감을 나타낸다는 점이다. 때로 그것은 겸비의 분위기마저 띤다.

아주 낮은 音樂으로 대추나무가 흔들리고
갈라진 흙벽에서
아이 울음 소리

길게 부는 바람 한 가닥 끌어안고
내 지금 가면
땡삐가 나를 쏘리라

아프지 않을 때까지

잎 없는 나를 열어 놓고

땡삐 집이 되리라 (①—49)

「금촌 가는 길」의 끝부분인데, "집에 敵이 들어올 것 같았다/
〔……〕/敵은 집이었다"고 시작하는 이 시가 이처럼 조용히, 그리
고 겸손하게 끝나는 것은 예상과 다르며, 시인만의 독특한 반어 공
간이다. 그 공간 안에서 시인은 자신의 분노를 삭이고 몸을 낮춘
다. 아버지와 어머니에 대한 실망과 힘든 가족의 풍경이 그려지지
만, 시적 자아로 등장하는 화자는 언제나 자신을 감춘다! "너는 내
가 떨어뜨린 가랑잎"(①—51)이라고 말한 아버지로 인한 자학이라
고 하기엔 아들인 시인은 충분히 순종적이며, 이미 시적 내성화를
통해 순화의 길을 걷는다. 제3시집 『그 여름의 끝』에 수록된 「낮
은 노래」 1, 2, 3의 연작시는 이러한 정황의 발전이다.

　나의 하나님, 신부인 나의 잠자리는 젖어 있습니다 오, 근원 가까
이 흐르는 물, 나의 기다림은 낮게 흘러 두 개의 맑은 호수를 이루었
습니다 다만 미지와 미지라고 불리는 당신의 두 눈, 수심 깊이 곱게
씻긴 다갈색 자갈돌을 보기도 하였습니다 나의 하나님, 그러나 나의
기다림은 낮게 흘러 흐려질 것입니다 다만 당신 자신으로서의, 당신
의 하나님 (③—62)

시인은 여기서 '기다림'이 '호수'를 이루었다고 고백한다. 그는

기다렸나. 누구를? 주목되는 것은 이즈음부터 문득 '당신'을 부르며, 혹은 '당신'이라고 적는, 일종의 서간체를 문체로 시를 쓰는 일이 잦아졌다는 사실이다. 이 사실은 시인의 시가 사랑의 시로 바뀌고 있음을 알려준다.

부르지 않아도 당신은 옵니다
생각지 않아도, 꿈꾸지 않아도 당신은 옵니다
당신이 올 때면 먼발치 마른 흙더미도 고개를 듭니다
[……] (③—16)

놀라운 변화다. 우울하게 위축된 자아가 어떻게 이렇게 부드러워지고, 따뜻해졌는가. 물론 그 사이에는 제2시집 『남해 금산』이 있다.

한 여자 돌 속에 묻혀 있었네
그 여자 사랑에 나도 돌 속에 들어갔네
어느 여름 비 많이 오고
그 여자 울면서 돌 속에서 떠나갔네
떠나가는 그 여자 해와 달이 끌어주었네
남해 금산 푸른 하늘가에 나 혼자 있네
남해 금산 푸른 바닷물 속에 나 혼자 잠기네 (②—90)

시 「남해 금산」 전문인데, 여기에는 사랑과 이별이 모두 함축되었을 뿐 아니라 그것들의 매개물로서의 자연-사물들도 적절하게 등장하면서 우울의 예술적 승화 과정이 독특한 모습을 드러낸다. 여자는, 시인이 사랑하는 여자다. 그러나 돌 속에 묻혀 있어서 접근과 소통이 불가능하다. 『뒹구는 돌은 언제 잠 깨는가』에서의 우울과 치욕, 비참은 말하자면 이 불가능이 초래한 감정이다. 그러나 시인은 이제 알았다! 그 스스로 돌 속에 함께 들어가면 된다는 것을. 그러나 그 속에 들어갔다고 해서 남녀의 사랑스러운 화평이 보장된 것은 아니다. 여인은 돌 속에서 나와서 떠나가버렸기 때문이다. 그리하여 시인은 다시 혼자가 된다.

그러나 이 과정의 체험은 놀라운 것을 체득게 한다. 돌은 세상이며 여인은 세상 속의 여인이었다는 것, 만남은 시인 역시 세상 속으로 함께 들어갔을 때 이루어질 수 있었다는 것, 이별이 불가피하게 찾아왔을 때, 시인은 독존하는 자아로서의 자신을 발견하게 되었다는 것 등은 내면의 동굴에서 세상과 마주할 수 없었던 연약한 자아의 눈뜸이다. 그것은 뒹구는 돌의 '잠 깸'이라고 할 수 있다. "푸른 바닷물 속에 혼자 잠긴" 자아는 그리하여 이제 외롭지 않다. 그는 새로운 주체이며, 느낄 뿐 아니라 행동함으로 얻어내고 받아들이는, 사랑할 줄 아는 주체이다. 우울한 내면이 성장한 사랑의 자아이다. "멀리 있어도" 당신을 아는 나다(③—16). 마침내 제3시집 『그 여름의 끝』은 비록 "낮은 노래"(③—62~64)이지만 사랑의 노래들로 출렁거린다. 그러나 온전한 사랑은 이별과 더불어 성숙한다고 했던가. 『그 여름의 끝』에는 사랑의 환희와 함께 이별, 혹은 서러움이 깔려 있고, 그것들은 사랑이라는 커다란 원을 완성을 향해 끌고 간다. 마치 한용운의 「님의 침묵」 어느 대목을 연상시키는 다음 구절은 이성복 사랑시의 완성감을 절절히 느끼게 한다.

당신이 슬퍼하시기에 이별인 줄 알았습니다 그렇지 않았던들 새가 울고 꽃이 피었겠습니까 당신의 슬픔은 이별의 거울입니다 내가 당신을 들여다보면 당신은 나를 들여다봅니다 〔……〕 (③—96)

아직 그대는 행복하다 괴로움이 그대에게 있으므로 그러나 언젠가 그가 그대를 떠나려 하면 그대는 걷잡을 수 없이 불행해질 것이다 괴로움이 그에게로 옮아갈 것이므로 (③—97)

언젠가 이성복은 "요즈음 나는 '당신'이라는 이름으로 불리는 '세계' 앞에 서 있다 '당신' 앞에서 나는 여지껏 경험해보지 못한 경건한 느낌을 갖는다"(시론 「집으로 가는 길」, 『나는 왜 비에 젖은 석류 꽃잎에 대해 아무 말도 못 했는가』, 문학동네, 2012)고 고백한 일이 있는데, 말하자면 당신은 이 세상일 수도 있고, 애인일 수도 있으며 시인의 관념이 만들어낸 어떤 추상의 형상일 수도 있다. 분명한 것이 있다면 시인의 마음을 그것이 열어주고 있다는 점이다. "'당신'은 내가 찾아 헤매던 '숨은 그림'이고, 나의 삶은 '당신'이라는 집으로 가는 길이다"(「집으로 가는 길」). 결국 시인은 내면 깊숙한 곳에서 '우울'이라는 자장의 진동을 거쳐 지각 표면으로 돌올하게 부상한 다음 '당신'이라는 시적 이상을 지향하고 있는 것이다. 그 '당신'의 정체는 비록 불명일지라도 그것을 바라보고 달려가는 동력은 사랑이다. 사랑은 많은 난관을 넘어서는 힘이기에 이별을 끌어안고 때로 서러움의 눈물마저 흘린다.

아직 내가 서러운 것은 나의 사랑이 그대의 부재를 채우지 못했기 때문이다 봄하늘 아득히 황사가 내려 길도 마을도 어두워지면 먼지처럼 두터운 세월을 뚫고 나는 그대가 앉았던 자리로 간다 나의 사랑이 그대의 부재를 채우지 못하면 서러움이 나의 사랑을 채우리라

서러움 아닌 사랑이 어디 있는가 너무 빠르거나 늦은 그대여, 나보다 먼저 그대보다 먼저 우리 사랑은 서러움이다 (③—106)

서러움이 이루지 못한 일로 인한 한의 소산이라면, 서러움인 사랑은 필시 이루지 못한 사랑의 분비물이리라. 이때 이루지 못했다는 생각과 감정은 그 자체가 억압이 되며, 그 억압에 핍박이라도 받은 듯 억울하고 서럽다. 그러나 서러움은 우울함과는 다르다. 우울이 내면의 들끓음과 관계된다면, 서러움은 적어도 사랑하는 두 사람 사이에서 발생하며 거기에는 정신적 육체적 교감과 왕래가 있다.

어두운 물 속에서 밝은 불 속에서
서러움은 내 얼굴을 알아보았네
[……]
서러움이 저를 알아보았을 때부터
나의 비밀은 빛이 되었네 빛나는 웃음이었네
하지만 나는 서러움의 얼굴을 알지 못하네
그것은 서러움의 비밀이기에
서러움은 제 얼굴을 지워버렸네 (③—105)

「숨길 수 없는 노래」 1, 2, 3 연작을 통하여 시인은 서러움이 사랑의 다른 얼굴임을 토로한다. 이제 그는 선망하였던, 가까이 갈 수 없었던, 의심하였던 사랑의 본체가 서러움임을 깨달으면서 사랑을 깨닫는다. 그 속으로 들어가본다. 그러나 가본 그곳에 있는 사랑은 '없는 사랑', 즉 '그대의 부재'인 것을. 사랑은 두 삶이 부딪히면서 발생하지만, "그 사이엔 아무도 발 디딜 수 없는 고요한 사막"이 있다. 그리하여 그는 알 듯 말 듯한 오묘한 사랑의 정의를 내놓는다.

　　내 지금 그대를 떠남은 내게로 오는 그대의 먼 길을 찾아서입니다
　　(③—107)

　사랑이 쉽게 올 수 있는가. 아니, 쉽게 오는 것이 사랑이겠는가. 시인은 '뒹구는 돌' 시절의 고통을 반추하며 사랑의 무게를 존중한다. 먼 길을 찾아 가까이 있는 그대를 떠나야 하는 사랑! 이성복의 여름은 거기서 끝난다.

　　그 여름 나는 폭풍의 한가운데 있었습니다 그 여름 나의 절망은 장난처럼 붉은 꽃들을 매달았지만 여러 차례 폭풍에도 쓰러지지 않았습니다.

　　넘어지면 매달리고 타올라 불을 뿜는 나무 백일홍 억센 꽃들이 두어 평 좁은 마당을 피로 덮을 때, 장난처럼 나의 절망은 끝났습니다.

"예술도 노동"이라고 갈파한 이가 로댕이었던가. 폭풍에도 쓰
러지지 않은 백일홍이었던 시인은 "우박처럼 붉은 꽃들을 매달고"
버티면서 승리한 것이다. 이성복에게 있어서 예술은 싸움이었다.
폭풍과 싸우는 여름 나무! 넘어지면 매달리고 타올라 불을 뿜는 나
무 백일홍! 그 처절한 싸움의 끝에 고통을 환희로 바꾼 시인 이성
복의 미소가 있다. "두어 평 좁은 마당이 피로" 덮힐 때, "절망은
끝났다"고 외치는 시인의 목소리는 노동과 예술, 싸움과 예술이 함
께 걸어가는 처절한 아름다움의 울림이며, 예술적 우울의 힘이다.

2

이성복 시의 본질이 있다면, 아무래도 유년성을 지적하지 않을
수 없다. '유년성'이라고 이름 붙였지만, 이것이 '아이다움'이라거
나 '어린애 같다'는 말로 옮겨지기에는 마땅치 않은, 그냥 '유년성'
이다. 초기 시들을 강력하게 포박한 시적 우울증 역시 유년성의 소
산이었고 이제 후기로 접어든 『호랑가시나무의 기억』에서도 그것
은 은밀하게 잠복된 상태를 떠나지 않는다. 「호랑가시나무의 기
억」에는 그 첫머리에 다음과 같은 주목할 만한 고백이 나온다.

먼지 낀 유리창 너머로 보이는 풍경(짐 실은 트럭 두 대가 큰길가
에 서 있고 그뒤로 갈아엎은 논밭과 무덤, 그 사이로 땅바닥에 늘어진

고무줄 같은 소나무들) 내가 짐승이었으므로, 내가 끈적이풀이었으므로 이 풍경은 한번 들러붙으면 도무지 떨어질 줄 모른다 (④—74)

큰길가에 서 있는 짐 실은 트럭 두 대, 갈아엎은 논밭과 무덤, 고무줄 같은 소나무들 황량하고 범상한 어느 시골의 풍경이다. 그러나 이 풍경은 성인이 된 시인의 시야와 뇌리에 그대로 남아 있다. 시인의 표현에 의하면 그가 "짐승이었으므로", "끈적이풀이었으므로" 그러하다. 어느 아이인들 짐승 아니고, 어느 아이인들 끈적이풀 아니랴. 그러나 시인은 자신이 그렇다고 진술함으로써 자신의 의식이 유년에 머물고 있음을, 그리고 그 기억에 의해 세상이 인식되고 있음을 드러낸다. "호랑가시나무, 내 기억 속에 떠오르는 그런 나무 이름, 오랫동안 너는 어디 가 있었던가"(④—75) 찾아 부른다. 그러나 그 기억은 시인의 의식/무의식에 온존되어 있다. 초기의 고통, 분노, 수치도 이 의식이 단서가 되지 않았던가. 뒤돌아가본다면,

어느날 갑자기 여드름 투성이 소년은 풀 먹인 군복을 입고 돌아오고
조울증의 사내는 종적을 감추고 어느날 갑자기 일흔이 넘은 노파의 배에서
돌덩이 같은 胎兒가 꺼내지고 죽은 줄만 알았던 삼촌이 사할린에서 편지를
보내 온다 어느날 갑자기, 갑자기 옆집 아이가 트럭에 깔리고
〔……〕(①—71)

더러운 현실과 부조리한 세상에 대한 묘사와 시인의 분노로만 읽히기 쉬운 이러한 시(「그러나 어느날 우연히」)도 유년의 겁먹은 기억이 모티프일 것이다. 풀 먹인 군복을 입고 돌아온 소년, 트럭에 깔린 옆집 아이는 유년의 학살 아니겠는가. 돌덩이같이 죽은 태아야말로 시대가 죽인 그 학살의 무참한 표징일 것이다. 시인은 그리하여 가해자의 얼굴로 투영된 세상으로의 진입을 두려워하고 어른으로의 성장을 거부하거나 지체시킨다. 아버지에 대한 증오 역시 시인의 개인적 모티프 차원을 넘어, 아버지로 대표되는 세상의 가학성에 대한 거부로 보다 폭넓게 이해되는 것이 좋을 것이다.

우리는 어디에서 왔나 우리는 누구냐
우리의 하품하는 입은 세상보다 넓고
[……]
손은 罪를 더듬고 가랑이는 병약한 아이들을 부르며
소리 없이 운다 우리는 어디에서 왔나 우리는 누구냐 (①—105)

그에게서 아이들은 늘 병약하고, 아이들과 시인 사이에는 공감대를 넘어 공명판이 함께 통한다. "아주 낮은 音樂으로 대추나무가 흔들리고/갈라진 흙벽에서/아이 울음 소리"(①—49)가 들린다. 시의 근본 모티프로 성장한 아이, 즉 유년성은 마침내 「호랑가시나무의 기억」에서 아이들에 대한 연민이라는 시인 의식을 넘어 시인 자신 자기 아이들을 시의 대상으로 하는 현실적 구체성 속으로 주저 없이 들어간다. 파리 체류 시절 고국의 가정과 자녀들을 그린 여러 작품들에서 시인은 영락없이 자상한 아버지가 된다. 우선 연작시 「높은 나무 흰 꽃들은 燈을 세우고」에서.

나의 아이는 언제나 뭘 물어야 대답하고 그것도 그저 "응" "아니요"라고만 한다 그때마다 나는 가슴이 답답하고 저 아이가 딴 아이들처럼 자기 주장을 하고 억지도 썼으면 좋겠다는 생각을 한다 [……] (④―29)

여기 와서 제일 허전한 순간은 잠잘 때이다 아이들 이불을 덮어주고 불도 꺼주어야 할 텐데…… [……] 아이들은 지금 잠자고 있을 때가 아니다 지금쯤 동네 앞길에서 오만 고함을 다 지르며 신나게 놀고 있을 거다 (④―30)

지금 환한 대낮에 푸른 나무들을 바라보며 나무들의 긴 그림자 밟으며 지금쯤 아이들이 무엇 하나 생각해보지만, 아마도 깊은 밤 깊은 잠속에 들어 있을 아이들 생각하면 나는 가끔 무섭기도 했다 [……] (④―31)

세상에는 아내가 있고 아이들이 있다 이런 세상에, 어쩌자고, 이럴 수가 세상에는 아내와 아이들이 나를 기다리고 있다 (④―32)

「높은 나무 흰 꽃들은 燈을 세우고」 연작시 거의 절반에 가까운 시들에 등장하는 아이들, 그것도 시인 자신의 자녀들은 무슨 의미를 갖는 것일까. 그 시들은 차라리 가벼운 수필이라고 불러도 무방할 정도로 담백하다. 세상에는 아내와 아이들이 있다는데, 거기 무슨 해석이 요구되랴. 그러나 굳이 생각해본다면, 아내와 아이들이야말로 "검은 세상"으로부터 보호되고 지켜져야 할 실체요 가치라는 사실이 문득 뼈저리게 인식된다. 이러한 인식은 그로서는 완성을 향한 성숙이며 상처투성이의 그가 치유되고 있다는 증거가 된다.

　지금 이곳엔 자지러지는 새소리와 흰 꽃들, 이것은 한 무리의 잠인가, 꿈인가 나무들의 검은 둥치를 이기는, 이겨내는 흰 꽃들, 삶은 치유받을 대상이 아니었다 치유받아야 할 것은 나였다 나는 이제 속눈썹을 버린다 (④—45)

　속눈썹을 버리고, 치유받은 몸으로 바라본 세상은, 그러나 태양이 상처받고 있는 기이한 세상이다. 이미 「호랑가시나무의 기억」에서 기이한 천국이 소개되었지만 제5시집 『아, 입이 없는 것들』에 이르면 천국은 진흙(⑤—97)이 된다. 이미 제4시집 해설에서 오생근이 분석해낸 물질화의 기운은 『아, 입이 없는 것들』에서 훨씬 구체화되면서 육체적/물질적 상상력의 전개가 실감 있게 펼쳐진다. 속눈썹을 버리고 들어간 검은 세상의 실상이다. 그 안은 어둡기 짝이 없다.

　옥산서원 앞 냇물에 던져진 햇빛 한 덩어리
　살얼음 끼어 흐르는 물에 진저리치는 핏덩이
　저 안이 저렇게 어두워 바라보는 저희의
　육체가 진저리치는 오후, 기슭엔 천렵 나온 (⑤—12)

햇빛을 "한 덩어리"로 묘사하는 데에서 비약적으로 전환된 시인의 물질적 상상력이 우선 놀랍다. 다음으로 놀라운 것은, 햇빛이 핏덩이처럼 붉은데도 그 안이 어두워 보인다는 비극적인 세계 인식이다. 이 시에 앞선 「1 여기가 어디냐고」에서 이미 "붉은 해가 산꼭대기에 찔려/피 흘려 하늘 적시고"라는 구절을 통해 붉은 태양의 작열하는 모습을 피 흘림으로 묘사하지 않았는가. 이러한 인식의 연장에서 육체에만 집착하는 사람들의 모습과 그 현실을 차라리 "춥다"고 그는 적는다. 햇빛 "한 덩어리" 솟아 있는데 그 안은 어둡고 춥다는 것이다. 이 시는 다시 이렇게 계속된다.

사내들 개 잡아 고기 구우며 농지거리하는,
농지거리하며 지나가는 아낙들 불러 세우는
겨울 오후, 밥알처럼 풀어지는 저희의 추운
하루 오, 육체가 없었으면 춥지 않았을 것을 (⑤—12)

육체가 없었으면 춥지 않았을 것이라는 가정의 희망을 통해 이성복은 증오, 분노, 수치, 그리움과 같은 추상적 감정의 시적 상황에서 매우 물질적인 공간으로 들어선다. 위축과 상처의 내면을 털어버리고 (시인은 이것을 치유받았다고 표현한다) 세상에 나선 그로서 처음 만나게 된 것이 육체라는 사실은 아주 자연스럽지만 그 자각은 후회스럽다("오, 육체가 없었으면 없었을 구멍" ⑤—13). 이러한 시적 인식은 "삶은 치유받을 대상이 아니었고 치유받아야 할 것은 나였다"(④—45)는 진술이 아이러니였음을 말해준다. 말하자면 치유받지 않았다면 육체와도 부딪히지 않았을 것이라는 반어, 그리고 회한 속의 진실이다. 육체는 포스트모더니즘의 화두이고, 이에 경도된 많은 젊은 시인들의 동굴이다. 그러나 이성복에게 있어서 육체는 사랑이 그렇듯 서러움의 대상, 아주 이따금 미움의 대상일 뿐 결코 그에게로 미혹되지 않는다.

(몸아, 너는 추워하는구나
氷河 속에 웃고 있는 흰 수선화)
[……]
(몸아, 어떤 거미가
네 신경과 실핏줄을 엮어 짰니?)
[……]
(몸아, 네 흘린 흰 피는
이른 아침 창문에 성에꽃이 되는구나) (⑤—21)

「11 네 흘린 피는」 속에 나오는 몸은 이렇듯 춥고, 피 흘리는 안타까운 존재다. 동시에 추위 가운데에서도 웃고 있는 흰 수선화이며, 그 피가 창문에 피는 성에꽃이 된다. 요컨대 희생을 감수하며 살아가는 열매일 뿐, 욕망의 주체가 아니다.

3

최근에 상자된 제7시집 『래여애반다라』는 이성복 시의 한 절정을 보여주면서, 시가 예술일 수 있는 한 전형을 동시에 보여준다. 시인이 시집 서문에서 밝혔듯이 '래여애반다라'는 "이곳에 와서, 같아지려 하다가, 슬픔을 맛보고, 맞서 대들다가, 많은 일을 겪고, 비단처럼 펼쳐지다"라는 뜻이라는데, 그 적정성 여부와 상관없이 그것은 시인의 지향을 반영한다. 예술이 슬픔에 맞서서 비단을 펼쳐내는 일 아닌가. 문제는 과연 얼마나 아름다운 비단이 우리 눈앞에 펼쳐지느냐 하는 것 아닐까. 한 편의 시를 읽어보고 싶다.

> 추억의 생매장이 있었겠구나
> 저 나무가 저리도 푸르른 것은,
> 지금 저 나무의 푸른 잎이
> 게거품처럼 흘러내리는 것은
> 추억의 아가리도 울컥울컥
> 게워 올릴 때가 있다는 것!
> 아, 푸르게 살아 돌아왔구나. (⑦—130)

「來如哀反多羅 1」의 전반부다. 이 시에는 지금까지의 고통과 증오, 수치가 일거에 푸르른 나무로 집약된다. 그것들은 물론 해소 아닌 '생매장'의 형태로 집약된다. 없어졌으면서도 없어지지 않는 형태, 생매장! 그렇다, 예술은 생매장인 것이다. 그 위에서 푸른 나무가 자라나는 것이다. 고통으로 신음하고 고통을 노래한 숱한 한국 시들의 숲을 헤치고 우뚝 솟은 한 그루의 푸른 나무, 이 시에서 나는 우울을 에너지 삼아 예술로 살아난 탁월한 시인의 개선가를 듣는다. 아, 이성복, 그대 "푸르게 살아 돌아왔구나"!

허옇게 삭은 새끼줄 목에 감고
버팀대에 기대 선 저 나무는
제 뱃속이 온통 콘크리트 굳은
반죽 덩어리라는 것도 모르고 (⑦—130)

후반부는, 생매장 내부의 모습이다. 얼마나 아프고 얼마나 답답하겠는가. 그러나 푸른 나무는 "온통 콘크리트 굳은/반죽 덩어리"를 제 배 속에 안고 자라난다! 그리하여 예술은 삶과 죽음을 한꺼번에 껴안고 그 둘이 어울려 만든 형식의, 제3의 생명체가 된다. 릴케의 「고대 토르소」를 연상시키는 일련의 연작시들, 가령 「이별 없는 세대」 1, 2, 3, 4, 「그림에서」 1, 2, 「조각에서」 1, 2 들에서도 그 견고한 모습들이 나타난다.

〔『본질과 현상』 33호, 2013년 가을.〕

좀비가 된 몸, 그리고 말

—김중혁론[1]

지금 나는 수백 명의 좀비들 사이에 서 있다. (③—372)

1. 설정(設定)의 세상

김중혁은 디지털 시대의 착한 키즈다. 디지털은 오늘날 사회 전반을 대체로 망라하는 방대한 세계다. 그러기에 디지털 시대의 키즈 아닌 젊은 작가도 있담? 하는 질문이 곧 튀어나올 수 있다. 그러한 질문은 정당하다. 김애란과 한유주, 김태용과 박형서, 김사과와 최제훈 그 누군들 디지털 시대를 사는 소설가들이 아니라고 말할 수 있겠는가. 그러나 이들 이름들과 김중혁 사이에는 느낌만으로도 문득 구별되는 어떤 변별적 분위기가 있다. 디지털의 가장 큰 특징이라면 기계로부터 촉발된 영상, 스마트폰, 그리고 그 융

---

[1] 이 글에서 언급하는 김중혁의 작품은 다음과 같다. ①『펭귄뉴스』(문학과지성사, 2006) ②『악기들의 도서관』(문학동네, 2008) ③『좀비들』(창비, 2010) ④『미스터 모노레일』(문학동네, 2011) ⑤『1F/B1』(문학동네, 2012). 이후 본문 인용 시, 해당 번호와 쪽수만 밝힌다.

합으로서의 게임일 것이다. 작가 스스로 즐겨 들어가는 '웹진소설'
은 미디어, 대중과의 만남, 그로 인한 이른바 '인기의 확장' 이외
에 게임적 요소도 상당 부분 있을 것으로 생각된다. 김중혁은 바
로 이 게임적 요소를 소설에 받아들이고 있는, 혹은 소설이 일종의
게임화되고 있는 한 전형으로서의 의미를 갖추어가고 있다는 점에
서 디지털 시대의 키즈라고 말할 수 있는 것이다. 10여 년간의 창
작 생활을 통해 내놓은 세 권의 소설집과 두 권의 장편소설 가운
데(2013년 현재) 첫 장편소설『좀비들』은 그 특징이 가장 두드러진
다. 이 소설을 따라가다 보면, 문득 활자로 된 소설을 읽는 것인지
환상 속의 게임을 즐기고 있는 것인지 착각이 들 정도다. 좀비라
는 것이 원래 그렇듯이 현실 세계와는 전혀 무관한, 그렇기 때문에
현실성을 운운할 여지가 없는 완전 가공의 이야기이지만 거기에는
또 다른, 기묘한 리얼리티가 존재한다. 좀비라? 작가와 더불어 우
선 그 게임 여행을 떠나보자.

먼저 '김중혁의 좀비'는 어떤 성격의 것들인지 알아둘 필요가 있
다. 그럴 것이 오늘에 와서 괴짜, 기인, 더 심하게는 '멍청한 놈'을
일컫는 다소 광범위한 뜻 이외에, 좀비란 원래 마법으로 되살아난
시체를 의미하기도 하기 때문이다. 장편소설『좀비들』의 좀비는
후자이다. 즉 시체라는 것이다. 문제는 이 시체들이 살아 있다는
사실이며, 동시에 그들은 "시체라는 점만 제외하면 살아 있는 사
람과 똑같다는" 역설의 주인공들이라는 점이다. 출발은 이렇다.

좀비와 대면한다는 건 허공을 들여다보는 일이고, 깊은 구멍을 들
여다보는 일이고, 죽음과 마주하는 일이다. (③—105)

결론 부분을 다소 앞당겨 비약한다면, 좀비란 이 세상에 존재하는 실물 생체가 아니라는 사실을 작가가 미리 밝혀두고 있다는 점을 환기할 필요가 있다. 그들은 죽음의 세계-환상 속의 세계-게임 속의 세계에서 활동하고 있는 것이다. 그렇다. 그들은 죽어 있지만 활동한다. 그것이 가능한 세상은 게임 속뿐이며, 그것이 가능한 자들은 좀비뿐이다. 그리하여 우리는 게임 속과 같은 소설 속에서 좀비들을 만난다. 왜 작가는 구태여 그 공간 속에서 좀비들과 함께 놀고 싶어 하는가. 그 이유는 나중에 확인하자. 그러나 그 배경은 처음부터 은밀하게 깔려 있다.

세상의 모든 것이 1과 10 사이에 있다는 생각이 들었다. 자동차의 상태는 7이었고, 체력은 4였고, 내 생활은 1이었고, 자신감은 0이었다. 기분은 1과 4 사이에서 오락가락했다. 〔……〕 숫자란 내가 바꿀 수 있는 것이 아니라 주어지는 것이란 생각이 들었고, 1이 2가 되기를 기다리며 멍청히 앉아 있을 수밖에 없었다. 그러나 숫자는 좀체 변하지 않았다. (③—9)

충격을 온몸으로 끌어안는다는 설명이 좋았다. '허그쇼크(Hug shock)'라는 제품의 이름도 마음에 들었다. 〔……〕
허그쇼크는 내 생활을 바꾸었다. (③—12~13)

나에게 삶은 일직선이었다. 〔……〕 나는 내 삶의 다음 도미노가 궁금한 뿐이다. (③—14)

암흑의 공간이 떠올랐다. 그런 공간이 떠오르자 이상하게 마음이 편안해졌다. 만약 그런 곳이 있다면 거기에 숨어 있고 싶었다. (③—21)

어느 토요일, 홍혜정과 뚱보130이 연표 퀴즈쇼를 하고 있을 때였다. 나는 혼자서 주방을 어슬렁거리다 냉장고에 붙은 표를 발견했다. 표에는 사람들의 이름이 빼곡하게 적혀 있었다. 한 줄에 한 명씩.
〔……〕
"다이토라는 게임이에요" (③—43)

홍혜정 덕분에 나는 고리오 마을에서 살게 됐다. 〔……〕 고리오 마을이 자동화 마을로 변하고 (③—45)

다이토는 고리오 사람들의 사망 순서를 맞히는 게임이었다. 매년 1월 1일 고리오쎈터에서 다이토가 시작된다. 〔……〕 복권을 구매한 사람은 그 자리에서 마흔 명이 어떤 순서로 죽을지 결정하고 그 순서를 복권에 적어넣는다. 〔……〕 그해 죽은 사람의 순서를 가장 정확하게 맞힌 사람이 1등이 되는 것이 다. (③—65)

'좀비'로 들어가는 배경은 이쯤의 인용문으로 설명된다. 요컨대 숫자 사회에 지친 소설 화자, 즉 주인공은 무기력에 빠진다. 그의 생활은 일직선으로 연결된 도미노 같아서 허그쇼크와 같은 충격

없이는 따분할 따름이다. 숫자 사회로 나타나는 오늘의 사회는 학교 성적으로, 주가지수로, 예금 액수로, ARS전화로, 아파트 평수로, 평가 지수로, 투표율/득표율로, 무엇보다 스마트폰 속의 설정으로 그 실상이 끊임없이 나타나고 반복된다. 『좀비들』의 주인공은 늘 기분이 다운될 수밖에 없으며, 충분히 무기력할 만하다. 숫자로 연결된 사회와 삶은 주인공의 고백대로 일직선일 수밖에 없으며 결국 다음 번에 올 도미노의 내용이나 궁금할 뿐이라는 생각은 현실성이 강하다. "좀체 변하지 않는" 이 같은 삶에서의 탈출과 변화는 우선 허그쇼크에서 비롯되었고, 고리오 마을이라는 다소 비현실적인 지역으로의 이동에 의해 새롭게 정착된다. 고리오 마을로의 이동은 그에게 있어서 막연히 동경되었던 일종의 '암흑의 공간'이었고 거기서 '마음이 편안해졌다'고 하지 않는가. 주인공의 조용한 외침을 다시 들어보자.

만약 그런 곳이 있다면 거기에 숨어 있고 싶었다. (③―21)

그곳은 숫자가 지배하지 않는, 이른바 문명의 그물이 온 세상에 쫙 깔려 있는 곳으로부터 벗어난 곳. 지배문화의 용어로 바꾸면, '주변문화subculture'일 수밖에 없는 음지이다. 정신사적 맥락에서 풀이하면, "모든 밤을 낮으로 바꾸었다"[2]고 호언장담했던 계몽성의 촉수가 뻗히지 못하는 비합리의 땅, 밝은 지상 아닌 어두운

---

2) 『월간 베를린Berlinische Monatschrift』 1784년 4월호, p. 408; 김수용, 『독일 계몽주의』, 연세대학교출판부, p. 51에서 재인용.

지하이다. 주인공 '나'는 숫자로 명기되는 지상의 합리적 세계에서 스스로 물러난 것이다. 그가 발견하고 이주한 고리오 마을은 그러므로 주변문화가 중심문화를 형성하는 빛나는 어두움의 세상이며, 작가는 여기서 낮에 대항하는 밤의 질서를 작동시킨다. '다이토 게임'은 그 질서의 현장이다. 죽는 사람의 순서를 알아맞히는 '잔인한' 이 게임으로 고리오 마을은 합법적인 질서성을 부여받는데, 여기서 질서성이란 말하자면 죽은 자들, 즉 좀비들이 주인공들이 되어서 움직이는(움직일 수 있는) 권리를 갖는 공간이 있다는 뜻이다. 그리하여 중심문화/지배문화가 갖는 현실성/리얼리티 대신에 주변문화로서의 리얼리티를 게임으로 설정해놓고 진행하는 소설의 전개가 가능해진다.

"잔인할 수도 있겠죠. 그냥 게임이라고 생각해요"
[……]
귓속에서 홍혜정의 목소리가 계속 들려왔다. '고리오에서 살다보면 게임을 이해할 수 있을 거예요. 고리오를 잘 모르기 때문에 이상하게 보이는 거예요.' (③—66~67)

고리오 마을의 질서가 마을의 바깥 사람들, 그러니까 전통과 습관의 내부에서 평범하게 살아가고 있는 보통 사람들에게는 당연히 이상해 보인다. 가령 동성결혼을 하고, 커밍아웃을 하는 사람들을, 소수의 그들을 제외한다면, 누군들 이상하게 생각하지 않을 것인가. 그러나 고리오 마을의 촌장 격인 홍혜정의 말대로 그들은 그 마을을 잘 모르기 때문에 이상하게 볼 뿐이다. 결국 뚱보130과 홍혜정의 딸 홍이안, 그리고 '나' 등 바깥의 세 사람은 이 '이상한 마을'과 싸우면서, 동화되면서, 새로운 체험으로 거듭나면서 이 마을과 어울리고, 또 거기서 떠나간다. 그렇다면 김중혁은 좀비라는 주변문화를 통해 어떤 문학적 메시지를 내보내고 있는가.

　내 주위에서 수백명의 좀비들이 나를 바라보고 있었다. 좀비들과 나는 삼 미터 정도 거리에서 서로를 바라보았다.
　〔……〕
　"우웨에에에"
　그들은 소리에 반응했다. 내가 소리를 지르면 그들도 소리를 질렀다.
　〔……〕
　나는 좀비들의 움직임을 살피며 천천히 움직였다. 트렁크 쪽으로 천천히 걸어갔다. 턴테이블에 얹힌 LP를 뒤집었다. 〔……〕 스톤 플라워의 노래가 흘러나왔다. 좀비들이 움직이기 시작했다. (③─374~76)

　생명이 없는 좀비, 전망이 없었던 화자 '나' 이렇게 둘은, 그러나 소설의 결구에서 생명과 전망을 아주 작은 수준으로나마 되찾고 있다. 그런 의미에서 무엇보다 주목되어야 할 점은 소설의 모티프들이 이른바 '설정(設定)'에 의해 시작되고, 설정에 의해 진행된다는 사실이다. 이때 그 설정은 스마트폰에 적혀 있는 '환경설정'의 바로 그 '설정'이다. 설정이란 자연스러운 진행이 아닌 인위적인 조작이므로 저 19세기 중반 니체 이래 끊임없이 약화/소멸되어온 자연의 그림자는 마침내 꼬리를 감춘다. 그 대신 그 자리에 인공의 위엄이 완벽하게 나타난다. "언제 우리는 순수한, 새로이 발견된, 새로이 구원된 자연으로 인간의 자연화를 시작하게 될 것인가?"[3]라고 마지막 기대를 자연에 걸었던 니체의 한 가닥 소망도, 말하자면 희미해진 것이다. 『좀비들』에서 고리오 마을의 모든 사건들이 다이토라는 게임에 의해 벌어지는 것은 '설정'의 전형적인 실례이다. 사실 이 작가의, 작중현실은 거의 모두 이 같은 '설정'의 결과들이다. 그런 의미에서 소설의 리얼리티는 문학적 리얼리티라기보다 게임의 리얼리티인 것이다. 고리오 마을이 자동화마을이며 누가 먼저 죽는가 하는 것을 내용으로 하는 내기가 게임 아닌 현실에서 가능한 일이겠는가. 그러나 게임에서는 얼마든지 가능할뿐더러, 잔인하면 잔인할수록 "말이 안 되면 말이 안 될수록" 재미있는 것이 게임이며, 그 속성이다. 그렇게 '설정'되어 있기 때문이다. 홍혜정이라는 나이든 여성도, 케겔과 제로라는 노인도 이미 고리오 사건을 위한 모티프용 배역으로 설정되어 있었기에 현실성이 없어 보이는 이야기도 진행될 수 있었다. 소설 화자 채지훈을 제외한 여러 인물들이 이 소설에서 마치 『반지의 제왕』의 골룸처럼 사람도 아니고, 짐승도 아닌 존재들로 출몰하고, 마지막 구조조차 거짓말처럼 이루어지는 것도 모두 그렇게 설정되어 있기 때문이다. 그것은 모두 '환경설정'이다. 그리하여 마침내 선악을 판별하는 기계의 개발까지도 예견된다.

<hr />

3) 김주연, 『고트프리트 벤 연구』, 문학과지성사, 1981, p. 39에서 재인용.

"스마트 불릿이 개발되면, 진짜 죽어야 할 놈들만 죽는 거지."
(③—310)

2. 소리/비트를 통한 구원

지윤서 주위로 키가 일 미터쯤 되어 보이는 괴식물들이 우두커니
서 있었다. 괴식물들은 차우영을 구경하고 있었다. 〔……〕 차우영
때문에 움직임을 멈췄던 괴식물이 물이 끓는 듯한 소리를 내며 다시
움직였다. 〔……〕 괴식물은 조직적으로 움직였다. 〔……〕 괴식물은
지윤서의 몸에 빨판을 붙여 게걸스럽게 모든 걸 빨아들이고 있었다.
〔……〕 괴식물이 빨판을 떼면 지윤서의 몸에서 작은 핏줄기가 분수
처럼 솟았다. (⑤—123~24)

기본적으로 김중혁은 괴물에 관심이 많다. 최근작 「바질」에서
'바질'이라는 허브 식물이 단시간에 무서운 속도와 규모의 덩굴숲
으로 창궐함을 보여주면서 그 숲에 갇힌 채 멀리 보이는 도시로 돌
아가고 싶어 한다. 그렇거나 구형 타자기에 집착하면서도 이를 '회
색 괴물'이라고 부르며(「회색 괴물」) 가게에 앉아서도 손님이 없을
때면 마술 연습을 하는, 다소간에 괴기 취미를 갖고 있는 자들이
소설의 주인공들이다. 먹고 사는 생존의 문제, 사랑이나 연애와 같
은 깊은 인간적 정서 등 사람들의 전통에서 벗어나 있는 그들은 넓
은 의미의 기계 전반이 관심 대상이 된다.[4] 전통의 관습 안에서 당
연시되어온 사물들의 상당 부분은 따라서 당연히 괴물시되곤 한

다. 의식이 많이 박제된 상태에서 진행되는 시대의 소설이라고 하
더라도 최소한의 의식은 그 대상들과 숙명적인 싸움을 벌이기 마
련이다. 전통과 관습은 물론 괴물시되었고, 선험적으로 받아들여
진 동시대의 기계들도 때로는 괴물이었다. 근본적인 변화가 예견
되지 않는 이러한 세상은 늘 따분했고, 이 따분함이 말하자면 '적
이었다.'

　—적이라는 건 아무 데도 없어. 만약 적이라는 게 있다면 따분함
속에만 있는 거야. 그것만 이긴다면 전쟁에서 이긴 거나 마찬가지
지. (①—291)

　이와 비슷한 고백이나 대화, 지문들은 작품 도처에 편재해 있으
며, 그런 의미에서 그의 소설 전체는 따분함, 지루함과의 싸움이
며, 그 즐김이다. 또는 그로부터 유도되는 몇몇의 고안(考案)들이
다. 그 고안들은 크게 두 쪽에서 발생하는데, 한 쪽은 청각을 통한
것이며 다른 한 쪽은 시각을 통한 것이다. 먼저 그것은 청각을 통
해서 집중 발생한다. 소리에 대한 예민하고도 열광적인 반응이 그
것이다. 첫 소설집 『펭귄뉴스』에 수록된 데뷔작 중편 「펭귄뉴스」부
터 이러한 세계는 강렬한 메시지로 다가온다. 〈비트 마니아〉〈라디

---

4) 김중혁 소설에서의 사랑이나 연애는 전통적 정서와 많이 다르다. 이른바 '쿨'할 뿐 아
니라, 섹스와 대체로 분리된다. 예컨대 이렇다. "그녀와 나는 초밥을 다 먹은 후 당연
히 그래야 하는 것처럼 섹스를 했다. 그건 일종의 법칙 혹은 후식 같은 것이었다. 초
밥에는 당분이 부족하기 때문에 당분을 보충하기 위해 키스를 하면서 그녀의 입 속에
있는 당분을 모두 빨아먹은 후 내 정액 속의 당분을 그녀에게 투입해야만 한다" (①—
151).

오의 비트〉〈비트 없는〉〈비트통신〉〈비트 동시상영관〉〈오프비트〉
〈사라져버린 비트〉〈100만 배의 비트〉〈온 더 비트〉〈1969년의 비
트〉〈비트를 찾아서〉〈나의 아름다웠던, 한 때의 비트〉등등의 소
제목을 깔고 있는 이 작품은 '펭귄뉴스'라는 제목 대신 '비트뉴스'
라는 제목이 어울릴 정도로 '비트'에 함몰된 이야기다. 비트란 무
엇인가, 작가 자신 그 개념에 대해 분명히 설명하고 있지는 않다.
그 대신 설명을 넘어서는 많은 다른 묘사와 서술, 그리고 함축들이
있다.

오후 내내 그녀의 목소리를 듣는 일만 계속 반복했다. 그녀의 목
소리는 녹음을 한 후에 들어도 여전히 묘한 여운이 있다. 그녀의 목
소리에는 정말 교묘한 비트가 숨어 있다. (①—273)

나는 천천히 그녀의 목소리를 되짚으면서 손가락을 움직였다. 혈
관들이 도드라지고 몸 깊은 곳에서 무엇인가 천천히 솟구치기 시
작했다. 내 몸에서 냄새가 맡아졌다. 그녀의 목소리가 울리는 비트
를 따라 손가락들이 살아 움직였다. 나는 손을 더 빠르게 움직이며
그녀의 모습을 머리 속에 떠올렸지만 아무것도 떠오르지 않았다.
(①—274)

그녀의 가슴에서 쿵쿵쾅, 쿵쿵쾅, 하는 떨림이 전해져왔다. 어쩔
수 없는 것이라 생각한다. 비트는 어쩔 수 없는 것, 이라고 생각한
다. 비트는 그녀의 가슴에서부터 시작되었다. 그녀의 입술에서도,
그녀의 다리에서도, 그녀의 허벅지에서도, 그녀의 무릎에서도, 그녀

의 깊은 곳에서도 비트를 느낄 수 있었다. 그녀의 몸 전체는 비트 그
자체였다. 비트뿐이었다. 오직 비트. (①―328)

펭귄의 그 걸음걸이에서 느껴지는 언밸런스한 비트에서 아이디어
를 얻었다는 얘기를 들었습니다. (①―339)

―난 여태껏 두 가지 종류의 사람들밖에 만나보질 못했어. 비트가
느껴지는 인간과 비트가 느껴지지 않는 인간, 이렇게 두 종류뿐이었
지. 그런데 당신에게는 좀 다른 비트가 느껴져. (①―343)

자, 다시 물어보자. '비트'란 무엇인가. 인용문들이 명백히 말해
주고 있듯이 그것은 '감동'인데, 소리를 통한 감동이니 '울림'쯤으
로 옮겨놓으면 좋을 것이다. 작가의 표현 그대로 따라간다면 '묘한
여운'이리라. 덧붙여 말한다면 성적 흥분을 일으킬 수 있는 소리일
수 있다. 그럴 것이 소설의 주인공은 여자친구의 집에서 그녀의 애
완견이 짖는(혹은 긁는)소리 때문에 번번이 성관계에 실패하기 때
문이다. 그러나 라디오의 여성 진행자의 소리에서는 강렬한 성욕
을 느끼는데, 이때 그는 그녀의 목소리에 '비트'가 있다고 진술한
다. 물론 이때의 성욕은 자기 자신을 살리는 더 정확하게는 자신의
따분함을 부수는 기능을 할 뿐, 상대 여성에 대한 사랑으로 연결되
는 것은 아니다. 그녀의 목소리를 들으면서 자위를 할 경우에도 그
녀의 모습은 떠오르지 않았다는 정직한 고백은 이런 의미에서 주
목된다. 그러나 이와 반대로 '그녀의 몸 전체는 비트 그 자체였다'
고 고백될 때 그는 성교에서 "심장이 폭발해버리는 게 아닐까 싶

을 정도"의 과격한 감동을 경험하는데, 이는 김중혁 소설에서 매우 드문 일이다.

라디오의 음악 프로그램을 진행하는 사회자 여성에게서 드물게 만나게 된 비트의 행운은, 김중혁에게서는 음악 자체로부터 주어지는 것이 일반적이다. 그 음악도 주변의 것들이 가능한 한 배제된 순수 상태에서의 음악이다. TV보다 라디오가 선호되는 이유도 이와 관련지어 생각될 수 있다. CD보다 LP에 대한 애정도 비슷한 이유로 추측해볼 수 있다. 그렇다면 '디지털 시대의 착한 키즈'라는 나의 설정은 잘못된 것인가. 그럴 수 있다. 그러나 그렇지 않을 수도 있다. 이에 대해서는 결론 부분에서 상론하기로 한다.

여기서는 소리/음악이 과연 작가의 따분함과 지루함, "지나치게 모든 것이 제대로 돌아가는 듯한, 모든 톱니바퀴들이 1밀리미터의 오차도 없이 맞물려 나가는 듯한"(①—281) 세상에서 그를 과연 구원해낼 수 있겠냐는 것이 문제이다. 이 문제에 대한 답은 『악기들의 도서관』이라는 노골적인 제목의 소설집과 더불어 그 안에 수록된, 예컨대 다음과 같은 지문들이 보여주는 긍정성이 시사한다.

소나타, 콘체르토, 심포니, 다시 소나타로 이어지는 강행군이었다. 누구의 곡인지, 누구의 연주인지도 모른 채 하루 24시간 음악을 들었다. 뼈가 붙는데 음악만큼 좋은 게 없다니까, 라고 그녀가 말했지만 가끔씩은 뼈가 붙는다기보다 살이 우그러드는 듯한 느낌이었다. 그래도 내가 살아 있다는 느낌은 확실히 들었다. 입원실을 떠돌아다니던 음표들이 내 뼈처럼 느껴졌다. (②—110)

교통사고의 부상으로 입원한 주인공의 생각인데, 이 생각은 물론 주장이라기보다는 그저 느낌이다. 그러나 이 느낌이 이 작가의 소설 거의 전편을 지배한다. 「악기들의 도서관」의 경우, 온갖 종류의 악기에서 나오는 소리를 녹음해서, 사람들에게 그것을 대여한다. 그들은 악기를 사거나 빌려 가는 대신 소리만을 빌려 가는 것이다. 물론 이때 소리를 사 가는 것과 빌려 가는 차이가 무엇인지에 대해서는 설명이 없지만 이로 말미암아 많은 사람들이 훨씬 더 많이 소리와 접하게 되었다는 사실이 중요하다. 소리, 그것도 '비트'가 담긴 구원의 가능성은 『좀비들』에서 확실하게 부각된다. 이 장편소설은 42살의 형이 1만5천 장의 LP를 유산의 전부로 남겨놓고 죽은 데에서 시작하며 그 LP 속의 스톤플라워의 음악이 좀비들을 이끌고 그들의 마을을 벗어나는 데에서 끝난다. 보다 자세한 분석이 필요하겠으나, 앞서 살펴보았듯이 음악/소리가 죽은 좀비들을 살려내고 있는 것은 분명하다.

사실 김중혁의 모든 소설들은 '음악소설'이라고 불러도 틀리지 않는다. 처녀작 「펭귄뉴스」가 비트마니아를 표방하면서 소리와 음악 속에 따분한 일상을 벗어나는 구원이 있음을 직접적으로 보여 준 이후 다른 작품들은 그 커다란 변주를 형성한다. 여기저기 등장하는 라디오와 레코드에 대한 해박한 지식과 선호는 그 압도적인 현장들이다. 디자인과 설계도, 미술에 대한 간헐적인 관심도 결국은 음악을 통한 울림과 감동의 유발을 위한 우회로, 혹은 더 큰 설계일 따름이다. 세 권의 소설집 가운데 한 권이 『악기들의 도서관』 아닌가. 그가 이렇듯 소리—그중에서도 아름다운 음악—에서 유일한 감동을 느끼고 구원감을 찾아내는 까닭은, 음악 고유의 힘, 즉 '망각'과 '기억'의 능력 때문일 것이다. 이 부분에 대해서는 보다 자세한 분석이 요구되는데,[5] 어쨌든 김중혁의 음악이 여기에 닿아 있는 것은 틀림없어 보인다.

3. 자연에서는 멀어져 가지만,

낭만파들은 이제 좀비가 되었는가. 이른바 주변문화의 발호와 더불어 문학의 주변문화 흡수 현상은, 거의 문학 자신의 주변문화화를 재촉하고 있는 느낌이다. 「펭귄뉴스」라는 비일상적인 조어로부터 「1F/B1」이라는 특이한 제목에 이르기까지 김중혁이 내놓고 있는 일련의 소설들은 거의 대부분 주변문화의 분위기를 연상시킨다. 이와 관련하여 이 글의 모두에서 나는 이 작가를 디지털 키즈라고 불러보았다. 그러나 그의 작품들을 훑어보고, 다소 깊이 들여다본 뒤에는, 반드시 그렇게만 볼 수도 없다는 느낌으로 후퇴하였다. 그의 소설이 의지하고 있는 틀은, 소설이라기보다 게임에 가까운 어떤 것이고 게임이 디지털 문화의 지식인 것은 분명하지만 그럼에도 작가의 정서와 그 지향은 늘 유보적이라는 점이 나의 판단을 유예시킨다. 이 유예는 매우 기분 좋은 유예여서, 가능한 한 오

---

5) F. 니체는 '망각의 음악Musik des Vergessens'이라는 말로서 음악이 지닌 망각의 능력을 평가했다. 모든 세계와의 연관성을 해체시키면서 삶의 가장 고양된 순간을 표현하는 예술양식으로 본 것이다(『즐거운 학문』 〈니체 전집〉 2권, C. 한저출판사, 1977, p. 241 참조). 아울러 E. 슈타이거가 말하는 서정시의 본질인 '기억' 또한 망각 가운데에서 집중되는 시와 음악의 능력이다. 김중혁 소설 ①—9와 ③—378의 '기억'은 그의 문학이 단순한 서사 위주가 아님을 보여준다.

랫동안 이 정지된 공간에 머무르고 싶다. 왜냐하면, 이 유예와 정지야말로 변해가는 문학의 모습을 전통의 가치 속에 붙잡아놓고 싶어 하는 안타까운 머뭇거림이니까. 문학의 문학된 아름다움은 이 머뭇거림에 있는 것이 아닐까.

펭귄의 그 걸음걸이에서 느껴지는 언밸러스한 비트에서 아이디어를 얻었다는 얘기를 들었습니다. 자세한 건 저도 모르겠습니다. (①—339)

악기 소리 주크박스를 만든 것이 과연 잘한 일이지는 아직까지도 판단이 서질 않는다. 나는 그저 모든 일을 흘러가는 대로 내버려두었고, 지금에 이르렀을 뿐이다. 뮤지카는 예전보다 비좁아졌고 사람들이 많아졌다. 악기 소리를 대여하는 사람들 때문에 일도 더 많아졌다. 물론 악기를 사는 사람은 크게 늘지 않았다. (②—138)

악기는 사지 않고 악기 소리를 대여해 가는 것도 일종의 언밸런스한 비트라면 그 모습은 아마도 펭귄의 그것과 비슷하리라. 게임에 관한 관심도 음악의 그것에 못지않은데, 다이토 게임, 모노레일 게임 등 여러 가지이지만 기본 인식은 이렇다.

"[……] 게임이란 말야, 어떤 일을 누가 더 잘하는가를 겨루는 게 아니라 제한된 환경 속에서 누가 오랫동안 살아남는가를 겨루는 거라고 할 수 있어."(④—12)

'설정'의 중요성이 강조되는 것이다. 확실히 이 작가에게는 무한 경쟁이라는 이 시대 지배문화의 관습적 룰이 타당해 보이지 않고, 따라서 관심의 대상도 되지 않는다. 조건이 모두 다른 상황에서의 경쟁이란 기본적으로 공정하지 않으므로 '환경설정'이야말로 올바른 토대라는 생각인 듯하며, 그런 의미에서 게임이 그에게는 매력적으로 인식된다. 이 문제는 장편소설 『미스터 모노레일』에서 본격적으로 다루어진다.

『미스터 모노레일』에서 모노레일 게임은, 그러나 기본 환경설정을 무시하는 것을 본령으로 삼음으로써 그 게임의 매출액이 신장되고, 사업은 성공하는 것으로 나타난다. 파괴와 일탈, 편법을 콘텐츠화함으로써 "숨어 있는 인간의 악마성을 끄집어내는 주술"(④—22)이라는 평을 들었다. 말하자면 인간의 악마성을 건드림으로써 주변문화적 편향성과 연결되었고, 그것이 대중적 흥미를 촉발시켰던 것이다. 게임은 그 내용이 일반적으로 폭력적이며 잔인하기도 하다. 크고 작은 싸움이 저장되어 있기 때문인데, 자칫 폭력 유도적인 기제로 비판받기도 하지만 카타르시스적 기능으로 옹호되기도 한다. 이런 이유로 게임을 심지어는 만화와 더불어 예술 장르의 일종으로 받아들이자는 주장을 낳기도 하는데 『미스터 모노레일』 『좀비들』의 장편소설은 바로 그 게임의 틀에 얹혀 있는 것이 사실이다.

김중혁은 어쩌면 디지털 키즈가 아닐는지도 모른다. 그러나 그가 아날로그 어덜트이든, 디지털 키즈이든, 혹은 그 사이의 '유예된 사춘기'이든, 아니면 이 모두를 껴안고 있는 멀티 퍼스나이든, 인공보다는 자연에 오히려 거부감을 지니고 있는 '도시세대'인 것만은 분명하다. 그의 현실감은 도시와 기계, 문명과 복잡에 있으며, 인공적인 모든 것들에게서 편안함을 느낀다. 자연은 이에 비해 알 수 없는 것, 신비한 것, 무서운 것, 위협적인 것으로 간주된다. 힐링의 효과로 받아들여지고 있는 허브마저 그에게는 공포스러운 어떤 것으로 그려진다. 단편 「바질」은 그 가공스러운 모습이다.

박상훈은 덤불 속을 들여다보았다. 덤불은 수백 수천 겹이었다. 한낮이었는데도 속이 들여다보이지 않았다. 박상훈은 덤불의 중심을 보기 위해 수풀에다 고개를 바싹 붙였다. 더 깊이 보기 위해 두 손으로 옆을 가렸다. 짙은 향이 코를 찔렀다. 풀냄새였지만 너무 짙어서 뭔가 썩는 냄새처럼 느껴졌다. 〔……〕
사방의 덤불들이 화가 난 것처럼 몸을 곧추세우고 있었다. 괴식물에서 뻗어나온 덩굴은 빈틈을 노리며 바닥을 어슬렁거리며 기어다니고 있었다. 박상훈은 빨리 이곳을 벗어나고 싶었다. 여기서 몇십 미터만 기어나가면 도시였다. 박상훈은 멀리 까마득하게 펼쳐진 도시와 고층빌딩을 보았다. 박상훈은 방금 거기서 왔다. 박상훈은 돌아가고 싶었다. (⑤—103, 127)

오늘날까지 살아남아 도시인들을 위로하여준다는 허브식물인 바질마저 자동 번식에 의해 오히려 사람들을 위협한다는 이 그림 속에는 도시의 일상 속에 새로운 인류로 정착한 김중혁과 그의 도시 이웃들의 겁먹은 표정들이 산재해 있다. 그의 최근작 제목이 '1F/B1'인 것은 따라서 우연이 아니다. 이 소설집은 수록작 거의 모두 이러한 메시지를 때로 은밀하게, 때로 노골적으로 드러내고 있는 도시행장기다. 인공으로서의 도시를 엔조이하는 그의 바람과 지향은 예컨대 이런 주석의 말을 통해서도 인지된다.

'CI+y=:[8]:'는 그해 가을 발표한 내 논문의 제목이다. 상교동의 골목에서 발견한 낙서였는데, '시티는 스케이트보드'라는 뜻을 재미있게 표현한 것이다. 스케이트보드를 타고 있는 두 개의 발, 도시와 스케이트보드 사이에 있는 '='의 속도감이 보기 좋았다. 논문의 주제는 스케이트보드 길이 많아져야 도시에 새로운 문화가 생긴다는 것이었는데, 평가는 그저 그랬다. (⑤—39)

사실 김중혁은 거의 모든 작품들에 음악을 개입시키고 있고, 게임을 등장시키고 있어서 그의 소설을 '음악소설' '게임소설'이라고 불러도 무방한 경우가 꽤 많다. 그러나 특징적인 것은 거기에 완전히 몰입하지는 않고 있다는 점이다. 음악의 경우에 있어서도 '비트'가 있을 때에는 감동적으로 반응하지만 그렇지 않을 때에는 분석적이기까지 하다. 게임에 있어서도 성향은 비슷하다. 가령 이렇다.

주사위의 명령대로라면 모노는 지금 베니스에 있어야 했지만, 게임을 하다보면 수많은 변수가 생기게 마련이고, 돌발상황도 생기게 마련이니까, 목적지에 가장 먼저 도착하는 게 게임의 재미가 아니니까, 상관없었다. (④—333)

그렇다, 김중혁은 아직은 '변수'와 '돌발상황'을 변명으로 삼는다. 더 정확하게 말한다면, 이 변명은 변명 아닌 기대일 수 있다.

'가장 먼저'가 게임의 재미는 아니지만, 주사위의 명령이라는 설정 안에 있어야 하는 것이 또한 게임의 출발이기 때문이다. 결국 작가는 설정과 변수 사이를 왕래하고 있는 셈이다. 나로서는 이 같은 왕래가 김중혁 소설의 매혹이라고 생각한다. 작가 자신의 표현에 따르면 '엇박자'인데, 그것은 소설을 문학되게 하는 행복한 엇박자이다. 소설은— 문학은 그(그 사회)가 비록 비판(혹은 환영)받아야 마땅하다고 생각된다고 하더라도 그 어느 한쪽에만 편집적으로 매달리지 않는다. 오늘날 문학이나 인문학의 위기가 여전히 논의의 대상이 된다면, 그것은 깊이 생각하는 '성찰'이 위기에 처했기 때문일 것이다. 문학은 어느 쪽에 편집적으로 쏠리는 대신, 거리를 갖는 성찰의 능력이다. 아날로그와 디지털의 혼잡 가운데에서 '생각'하며 앉아 있는 모습은 유예이며 엇박자이다. 엇박자의 아름다움이다.

　합창을 하고 있었다. 하지만 합창이라고 하기에는 서로의 음이 맞질 않았다. 박자도 일치하지 않았다.
　[……]
　어둠 속이어서 그런 것일까. 노래는 아름다웠다. 서로의 음이 달랐지만 잘못 부르고 있다는 느낌은 들지 않았다. 마치 화음 같았다. (②—280)

작가는 수백 명의 좀비들 사이에 지금 서 있다. 그러나 좀비는 아니다.

[『문학과사회』 99호, 2012년 가을.]

기계가 된 말, 그리고 몸

—김언론[1]

1. 언어가 실재를 반영할 수 있을까

주목받는 소장 시인 김언의 시는 언어와 언어 사이, 혹은 침묵과 침묵 사이의 시다. 최근 시단 일각의 활동과 더불어 그는 이런 의미에서 더욱 섬세한 분석의 대상이 된다. 그러나 종교적인 사색과 인식의 한가운데에서 가령 이태수 같은 시인이 언어의 의미를 뒤집음으로서의 침묵으로 들어간다면, 언어 그 자체의 권능과 절망을 말하고 있는 시인은 김언이 거의 유일하다. 이런 의미에서 그는 오히려 첼란Paul Celan(1920~1970)에 가깝다.

창살 사이 둥근 눈.

---

[1] 1998년부터 시를 쓰기 시작한 김언에게는 ①『숨쉬는 무덤』(천년의시작, 2003) ②『소설을 쓰자』(민음사, 2009) ③『거인』(문예중앙, 2005; 2011 복간) ④『모두가 움직인다』(문학과지성사, 2013) 등 4권의 시집이 있다. 이하 본문 인용 시, 해당 번호와 쪽수만 밝힌다.

섬모충 눈꺼풀
위로 노저어
시선 하나 열어 준다.

홍채(虹彩), 꿈 없이 흐릿하게 헤엄치는 여인,
가슴잿빛 하늘은 가까이 있으리

무쇠꽂이에서 비스듬히
그을음 내는 관솔
빛 감각에서
너는 영혼을 알아본다
(나 너 같다면. 너 나 같다면,
우리는 '한' 계절풍 아래
서 있지 않았던가?
우리는 이방인.)

돌바닥 무늬, 그 위로
꼭 붙어 나란히 양(兩)
가슴잿빛 물줄기,
두
입 가득한 침묵.[2]

---

2) 파울 첼란, 『아무도 아닌 자의 장미』〈혜원세계시인선〉 6, 고위공 옮김, 혜원출판사,

「언어창살Sprachgitter」이라는, 제목도 야릇한 첼란의 시다. 대체 무슨 뜻인지 쉽게 이해되지 않는 시다. '창살'이란 창문에 쳐진, 흔히 감방 같은 곳에 쳐진 쇠창살을 가리키는 것인데, 이 구체적 보통명사가 '언어'라는 추상과 만나면서 문제는 어려워진다. 생각건대 '언어창살'이란 언어 자체가 창살과 같은 속박이라는 뜻, 혹은 긍정적으로는 구조적인 질서를 언어가 지녔다는 뜻이리라. 속박으로서의 언어라면, 이 시의 첫 행 "창살 사이 둥근 눈"에서 살＝속눈썹으로 해석되며 둥근 눈은 바로 그 속눈썹 사이에 갇혀 기능을 상실한 것으로 분석된다. 직선과 원의 결합이라는 기하학적 구조의 결과물로도 이해된다. 그런가 하면 제2연은 눈꺼풀의 작용을 정밀한 현미경 관찰 형식으로 해부한다. 앞의 두 행은 섬모동물의 운동을 은유하며, 제3연은 바다의 이미지가 지닌 신화적 의미를 띠고 있는 것으로 풀이된다. 제3연 2행, "가슴잿빛 하늘은 가까이 있으리"라는 구절은 감각에서 정신으로 이전되는 마음의 개화에 의해서 하늘이 다가오는 것을 예고하는 것이 된다. 이런 식으로 해석 가능한 이 난해한 시는 결론적으로 두 사람 사이의 무언의 대화를 뜻하는 침묵, 그것도 완전한 침묵이라는 역설적인 언어를 보여주는 것으로 풀이되는데, 요컨대 언어의 힘과 한계에 대한 성찰 아니겠는가. 첼란의 시들은 언어에 대한 성찰로 가득한데, 결국 그는 언어가 삶과 진실을 완벽하게 담지 못함에 절망하였던 것으로 보인다. 과연 언어는 어디까지 진실과 함께 갈 수 있을 것인가.

2000, p. 142 참조.

김언의 시도 근본적으로는 첼란의 고민과 같은 길에 있는 것으로 보인다. 10년간에 내놓은 4권의 시집은 모두 이러한 사색과 관계된다. 첫 시집『숨쉬는 무덤』에서 그는 이렇게 썼다.

넘어갔다.

오늘부로
내 몸뚱어리
빈집이 넘어갔다

그럼 나는?
당신 몸 밖의 나는? (①—13)

나는 밖이다
이렇게 말하는 나는 밖이다
속에서 나를 끄집어내는 순간
이 순간에도 나는 밖이다
[……]
증오가 자라고 독이 자라고
속에 죽음이 가득 차는 순간
이 순간에도 나는 밖이다
이미 밖이다. (①—14)

첫 시집의 첫 두 작품인데, 말하자면 데뷔부터 강한 선언으로 출

발한 셈이다. 두 시는 이를테면 경계인에 대한 질문을 가정한 존재
론이다. 모든 존재는 개념화되고 규정될 때 그 개념과 규정을 배반
하고 경계를 넘는다. 가령 어떤 사람이나 사물에 대해 그(그것)는
이러이러하다고 규정을 한다면, 그 순간 그(그것)는 그것이 아닌
어떤 다른 것으로 넘어간다. 존재에 대해 조금이라도 깊이 있는 사
색과 천착을 해본 사람이라면 이와 비슷한 경험을 했을 것이다. 경
계는 있으나 경계는 사실상 없다는 것이다. 그렇다면 경계는 언어
상의 존재일 뿐, 현실에서의 경계는 없다. 언어는 결국 현실의 반
영이 되지 못하고 언어라는 카테고리 안에서만 현실성을 지닌, '언
어적 존재'인 것이다. 나는 그러므로 '속'이며 동시에 '밖'이다. 문
제는, 그럼에도 불구하고, 이 언어를 통해 끊임없이 현실에 대해—
사물과 현상에 대해 말해야 하고, 말할 수밖에 없다는 사실이다.
통하지 않는 양자—언어와 현실—를 계속 소통시키는데, 그 양자
는 소통되지 않는다. 달리 어떤 방법이 없다. 언어와 현실의 불통
은, 현실 안에서도 모든 관계들을 불통시킨다. 가령 이렇다.

[……] 거울 속의 나를 몽땅 끄집어냈는데도 밖으로 잠긴 문을
내가 열지 않는다 입 속에 귀를 잔뜩 집어넣는데도 안에서 끓어오르
는 소문을 내가 모른다, 모른다 한다 (①—15)

겨우 연애 한번 실패한 걸 가지고
내가 죽었다고 하는 사람들이 있다
그래서 친구 몇 명 잃은 걸 가지고
내가 정말 죽어야 한다고 생각하는 사람들이 있다

내가 몇 년째 사람구실을 못한다고 해서

죽어야 한다면

죽었다고 한다면

지금 내 앞에 살아있는 나는 뭔가 (①—32)

불통은 여러 가지다. 의도적으로 타자와의 관계를 차단하거나, 하고 싶어도 연결이 되지 않는 경우가 가장 상식적인 예일 것이다. 그러나 김언의 시에서 나타나는 불통 현상은 상당히 특이하다. 우선 그의 불통은 시인 자신의 의도적인 범주 혼란에 의해 야기된다. 예컨대 인용 전자에서처럼,

　　ⅰ) 시인은 "거울 속의 나를 몽땅 끄집어낸다."

　　ⅱ) "밖으로 잠긴 문을 내가 열지 않는다."

　　ⅲ) 입속에 귀를 잔뜩 집어넣는다.

　　ⅳ) 안에서 소문이 끓어오른다.

　　ⅴ) 나는 그 소문을 모른다.

'나'는 거울 속에 있다가 밖으로 나오지만, 나오지 못한다. 왜냐하면 밖으로 잠긴 문을 '내'가 열지 않기 때문이다. 여기서 내가 그 속에 들어 있었다는 거울과 밖으로 나왔다는 거울이 동일한 거울인지는 불분명하다. 말하자면 범주, 즉 카테고리가 동일한지 여부는 의도적으로 은폐되어 있다. 이러한 은폐는 서로 다른 카테고리를 하나의 카테고리에 있는 것처럼 자리매김함으로써 각각의 카테고리가 지니고 있는 동일한 정체성을 인정하지 않겠다는 의도이

다. 결국 그의 불통은 여기서 범주의 강한 부정임이 드러난다. 범주를 혼란시키는 시인의 작업은 입속에 귀를 집어넣는 형태로 이어지며, 그 결과 거기서 발생하는 소요를 알면서도 시인은 애써 모른다고 주장한다.

다른 한편 인용 후자의 경우는 아이러니, 즉 반어를 이용하여 자신의 생각과 세상 사람들의 생각이 근본적으로 차단되어 있음을 알린다. 사람들은 시인의 실연에 시인이 죽었다고 하는가 하면, 친구 몇 명 잃은 걸 보고 아예 죽어 마땅하다고 말한다. 비교적 평이한 반어로 된 이 시의 제목은 '책을 덮고서'인데, 아마도 책 속의 세상과 밖의 세상이 너무 다른 것을 표현한 것이리라. 그러나 시의 끝부분에서 "겨우 죽음 몇 번 본 걸 가지고/내가 바뀔 거라고 믿는 사람들이 아직도 있다"고 말하는데, 그것은 사람의 존재가 지닌 강인성 혹은 시적 자아가 간접화된 죽음보다 훨씬 강함을 보여주는데, 이 또한 자아와 세상의 차단/불통에 의해 그 설득력이 강화된다. 인용된 두 편에 의해 확인된 시의 현실은 세상의 말들이 지닌 무책임한 허구(후자), 그리고 구분, 구획된 카테고리의 허구(전자)인데, 특히 전자의 경우 입이나 귀는 실재에 있어서보다 언어를 통해서는 훨씬 호환 가능한 세계에 밀접해 있음을 보여줌으로써 실재와 언어의 괴리를 암시한다.

2. 진지함에서 관대함으로

김언 시의 의도적 불통은 마침내 심각한 언어인식으로 나아간다. 언어란 대체 무엇인가? 하는 질문/회의는 그의 의식 세계 전체를 지배한다. 첼란이 언어를 그물망이 촘촘한 조직이자 결국 창살의 속박이라고 인식하였다면 김언은 일단 매우 무서운, 위력 있는 힘으로 언어를 인식한다.

> 내가 덥다고 말하자 그는 문을 열었다.
> 내가 춥다고 말하자 그는 문을 꼭꼭 닫았다.
> 내가 감옥이라고 말하자 그는 꼼짝 말고 서 있었다. (②—11)

> 나는 모든 것의 촉각을 곤두세운다. 촌각을 다투는 윤리의 싸움은 나의 입에서 크게 벌어진다. 누군가가 죽었다면 그건 나의 혀가 잘못 발음됐기 때문이다. 그는 실수로 나의 혀를 잘못 놀렸다. (②—12)

세번째 시집 『소설을 쓰자』에 수록된 첫 두 편의 작품 「감옥」과 「입에 담긴 사람들」의 첫 부분들인데, 이들 시행들은 명백하게 언어에 관한 시인의 깊은 인식을 토로한다. 그것은 언어의 힘에 관한 것인데, 특이한 것은 이 일이 '윤리의 싸움'으로 시인에게 의식되고 있다는 점이다. 말하자면 혀를 함부로 놀려서 말이 잘못 나갈 때 얼마나 위험한 일이 발생할 수 있겠는가 하는, 오랜 관습적·전통적 언어신중론이다. 사실 그것은 새삼스러운 인식은 아니다. 그러나 문제는 간단치 않다. 「입에 담긴 사람들」의 후반부다.

그는 소문 속에서 돌아왔다. 입을 다물면 곧 사건이 될 사람과 사

람들로 그득하다. 군중의 일부가 되기 위해 나는 여기 왔다. 사건의
일부가 되기 위해 나는 생각을 하고 있거나 아니면 듣고 있을지도
모른다. 귓속으로 침이 고이듯이 (②—12)

무슨 말인가. 입을 열어 혀를 놀릴 때 사건이 일어나는 것이 아
니라, 오히려 입을 다물 때 사건이 일어난다. 언어는 신중해야 하
지만, 지나치게 신중하여 침묵할 때 사건이 생긴다. 침묵인 언어는
사건이 되고 윤리에 반한다는 것 아닌가. 게다가 시인은 "사건의
일부가 되기 위해 나는 생각을 하거나"라고 적고 있다. 시인은 언
어와 사건 사이에서 갈등하고 있는 것이다. 그렇다면 그에게 사건
이란 무엇이며 언어는 이때 어떻게 작용하는가.

이 소설의 등장인물이 그들의 주요 서식지다. 사건과 사건을 연결
하는 등장인물은 광대하고 모호하고 그만큼 일처리가 늦다. 기다리
는 것은 사건이다. (②—14)

시인에게서 사건은 '현실'이라는 일반적인 상황과는 다르다. 그
것은 인물/사건 할 때의 사건처럼 소설 속의 어떤 요소, 혹은 일어
났거나 일어날 수 있는 어떤 특정한 일로 부각된다. 그 사건은 대
개의 경우 "여전히 본성이 암흑"인 인간들에 의해 "난장판에 가
깝"게 일어나는 일들인데, "하나의 사건을 위해서 우리들이 모였
다"고 할 만큼 블랙홀처럼 사건에 빨려드는 경향이 인간에게는 있
다. 시인 역시 거기에 곧잘 빨려드는데, 그러면서도 그는 약간의
심리적 저항을 느낀다. "종결된 사건은 더 이상 책을 만들지 못한

다"(②—15)는 진술이 의미하듯, 그 사건은 별 의미가 없다. 심하면 사건은 그저 소설이 될 뿐이다.

　자신의 몸이 공간이라고 생각하는 사람은 이제 책을 덮고 한 권의 소설이 될 것이다. 그것은 밤하늘의 천체처럼 빛나는 궤도를 가지지 않는다. 스스로 암흑이 되어 갈 뿐이다. 소문처럼 텅 빈 공간을 이 소설이 말해주고 있다. 등장인물은 거기서 넓게 발견될 것이다. (②—15)

　여기서 언어, 사건, 그리고 이들과 더불어, 혹은 이들 사이에 있기 마련인 자아와의 관계에 대한 김언 시인의 독특한 관계 설정이 이루어지며, 그것은 이 시인의 시학과 세계가 될 것이다. 이와 관련하여 제3시집 『소설을 쓰자』에는 중요한 대목이 나온다.

　나는 문장 안에서 단어를 대신할 수 있다. (②—19)

　문장이나 단어나, 넓게 보면 모두 언어라는 동일한 카테고리 안에서의 개념인데, 위 시행에서 양자는 분리되어 있다. 물론 문장이 단어보다 더 크고 넓은 개념이지만(문장은 단어와 단어들로 이루어져 있다!) 단어 대신 시인 자신이 그 자리에 앉을 수 있다는 고백은 놀랍다. 언어와 사건 사이에 자아가 들어갈 수 있다는 것은 결국 문장이 언어 아닌 자아로 구성된다는 이야기인 것이다. 이에 대한 설명은 다음과 같다.

발이 있으니 걸어 다니는 동물처럼 행동하는 동사가 될 수도 있다. 아무거나 집어도 그걸 나라고 대신할 만한 특별한 원칙과 필연적인 이유가 없는 문장을 폐기할 수도 있다. 또는 그 반대일 수도 있다. (②—19)

발은 동사를 대신한다. 나를 대신할 만한 문장이 아니면, 나는 그것을 폐기할 수 있으므로, 나는 문장을 대신할 수도 있다는 것이다. 요컨대 문장은 그것을 쓰고 버리는 주체가 자아이므로, 자아는 문장을 대신할 수 있다. 하물며 그 안에서 단어쯤 얼마든지 대신한다. 그렇다면 시인은 언어보다 그 발화와 관조의 주체로서 자아를 더욱 존중하는 셈이다.

과연 그런가. 언어와 실재의 관계에 대한 시인의 깊은 관심은 사실상 그의 현실 인식과 관계된다. 많은 시인들이 그렇듯이 김언도 현실의 부조리에 회의하는데, 그러나 그는 많은 시인들이 절망하듯이 쉽게 절망하지는 않는다. 절망하지 않는 곳에서 시인이 가는 길, 갈 수 있는 길은 그러나 그리 많지 않다. 유모어로 절망을 극복하는 방법, 풍자와 야유로 현실을 힐난하는 방법 등은 유능한 시인들이 걸어간 좋은 선택이었다. 그러나 현실에서 시인만의 흔적을 독자적으로 남기는 일은 손쉬운 일이 아니다. 시인은 자신만의 세계가 있어야 하지 않겠는가. 언어는 여기서 태동된 김언의 자아가 만난 출구이자 벽이다.

우리는 높은 건물을 허락하지 않는다. 공터로 방치된 공간도 없다. 건물을 비워 놓은 곳은 오로지 길이어야 한다. 길을 닦아서 공기와 빛이 드나들게 하는 것, 그 길을 따라서 상가가 들어서고 노동자들이 지나가고 마침내 군대가 지나가는 것이 이 도시가 만들어 낸 우리들의 목표다. 〔……〕 미로의 중심에는 유곽이 있고 유곽의 중심에는 새까만 음부를 드러낸 우리들의 사생활이 있다. 〔……〕 침실보다 더 아늑한 허벅지 틈에서 중요한 문장들이 마침표를 찍어 간다. (②—24)

현실은 이처럼 부조리하지만, 시인은 거기에 항거하지 않는다. 오히려 시인의 자아는 그 부조리한 가운데에 앉아 있다. 그 부조리는 현실이며, 헤겔의 말처럼 가장 현실적인 것이 가장 합리적으로 받아들여진다. 부조리는, 그러니까 결과적으로 조리다. 그러나 김언은 그 자리에 안주하지 않으며, 이 안주할 수 없음으로부터 그의 시, 보다 구체적으로는 언어에 대한 그의 생각이 자라간다.

공기와 빛이 드나들어야 할 길로는 노동자들과 군대가 지나가며, 뒷골목에서는 시위대와 진압군이 마주친다. 편안해 보이는 사생활은 아늑한 허벅지 틈에서 보장되며, 결국 거기서 "중요한 문장들이 마침표를 찍는다." 모순되어 보이는 이러한 풍경은, 그러나 그 모순스러움으로 인하여 안락한 질서가 역설적으로 성립된다. 시인은 바로 여기서 안락한 질서의 가슴속을 파고든다. 그는 그것을 뒤집거나, 언필칭 그 허위성을 고발하는 대신 그것을 늘어놓는다, 아주 압축해서. 그 모든 문제를 하나의 단어, 혹은 하나의 문장으로 압축할 수 있는 언어의 성을 찾아내고, 쌓아 올리고 싶어한다. '소설을 쓰자'는 시집 제목도 그 염원을 반영하는 것이 아닐까. 막상 시「소설을 쓰자」에서는 "감정의 폭이 자주 변하는 남자의 내면을 한 단어로 붙잡아 둘 것"(②—161)이라는 표현을 통해서만 압축의 언어에 대한 희망을 나타내고 있지만, 사실 김언의 시 전체가 그 같은 압축 의지로 요약된다. 어떤 언어가 그러할지 몇몇 시를 통해서 말한 일이 있다.

오늘은 한 사람씩 아름다운 문장을 써 오는 시간
에이는 수학 공식을 써 왔다
이보다 더 간결하게 만들어야
아름다운 시라는 공식을 돌려보냈다 (②—134)

이 시에는 25명의 학생들이 각기 A, B, C, D…… 등의 이름으로 등장하여 나름대로 아름다운 문장을 써오는데, 그 답안은 A의 수학 공식을 비롯하여 B는 투명하고 맑은 유리, C는 나무 판때기, D는 커다란 바윗덩이…… 등등이다. 무엇이 가장 아름다운 문장인지 그 정답은 이처럼 다양하고 각색이다. 그러나 역설적으로 이 다양함에 진실이 숨겨져 있고 시(문학)는 그렇기 때문에 즐거움을 누린다. 언어와 실재의 관계에 대한 철저한 인식은 문학을 만나면서 느슨해지는 셈이다. 양보의 모습으로 문학은 각양각색의 다양을 포괄한다.

밝히는 대로 걷고 숨쉬는 대로 말하고 이제는 참을성을 기르는 것
그럴 수 있다는 것 오줌을 참듯이
똥 마려운 계집애의 표정을 이해한다는 것
발개진다는 것 벌게진다는 것 이것의 차이를

저울에 달아 본다는 것 눈금을 타고 논다는 사실

시소게임 하듯 사랑이 먼저냐 사람이 먼저냐

단어 하나에도 민감한 사상을 다 용서할 것 (②—120)

「문학의 열네 가지 즐거움」이라는 시 중반부인데, 김언의 시 어느 곳에서보다 널널한 융통이 널려 있다. 문학은 치열하고 고지식한 것이 아니라, 오히려 관대하고 넓다. 소설이 그렇듯이 재미있으면 된다. 단 "너무 긴 소설" 아니고 "너무 짧은 소설"도 아니고 "엉성한 짜임새의 스토리를 누구보다 경멸하고 오해하는 친구의 아버지"(②—162)가 되는 소설이다.

3. 서로 무관한, 정직성

김언의 시는 두번째 시집 『거인』을 복간하면서, 좀더 구체적으로는 '공포'의 이미지 조성과 더불어 홀연히 난해해진다. 무엇에 대해서 시를 쓰는지, 무슨 말을 하려고 하는지 쉽게 이해되지 않는 것이 사실이다. 이를 풀기 위해서는 이 시인의 대타(對他)의식, 누군가 상대방과의 관계가 전제되어 있다는 의식을 시의 모티프로 찾아내야 하며, 그것이 끈질긴 싸움의 형태로 매복되어 있다는 점을 발견해야 한다. 그는 누군가를 의식하고 그와 싸우고 있는 것이다. 누군가? 아니면 무엇인가? 그는 이렇게 싸운다.

ⅰ) 그는 괴롭게 서 있다. 그는 과장하면서 성장한다. 한나절의

공포가 그를 밀고할 것이다. 한나절이 아니라 한나절을 버틴 공포 때문에 그는 잘게 부수어진다. 거품과 그의 친구들이 모두 다른 이름이다. 그것은 목적을 가지지 않는다. 공포 때문에. (③—13)

ii) 그것은 국경 근처에 있거나
    눈앞에 있다
    나는
    문 앞에 있다
    너는 등 뒤에 있다
    내 말은 총을 겨누고 있다
    입을 봉해버릴 것처럼, (③—14)

iii) 당신이 만들어놓은 수많은 한숨 때문에 굴뚝은 올라간다. 그
     렇지 않으면 숨이 막혀버릴 당신 때문에 또 지하실을 마련해두
     었다. 그곳에서 사라지는 자들의 한숨이 짙은 담배 연기를 만
     들어낸다. 〔······〕 그들이 다시 입을 열 때 당신은 공포와 한숨
     이 뒤섞인 어떤 장소를 방문한다. (③—16)

iv) 나는 천천히 집어삼켰다
    아무 소문도 새어 나오지 않도록
    누군가의 귀에서 내가 확인되도록
    여러 사건들이 이루어놓은 나의 몸과
    마음과 이따위 상처받기 쉬운 건물들

사이로

무수하게 많은 증거들이 떠다닌다 (③—18)

나는 두려운 것이다. 두려움-공포는 '내'가 누군지 확실히 자리
잡지 못한 상태에 있다는, 말하자면 존재론적 두려움이다. 그러나
그것을 '공포'라고 말하는 것은 시인의 과장이다. 그러나 이 과장
이 곧 시가 된다. 우선 시인은 "괴롭게 서 있기" 때문에, 또 "한나
절을 버텼"기 때문에 스스로 공포스럽다. 그것이 그렇게 공포스러
운 일인가 되묻는 일은 부질없다. 공포스럽든, 그것이 과장이든 아
무튼 그렇기 때문에 시인으로서의 자의식이 생겨난다. 따라서 웬
만한 타인은 적대적으로 받아들여진다. "나는 문 앞"에 있고 "너
는 등 뒤"에 있다고 하지 않는가. 거기다가 "내 말은 총을 겨누고"
있다니 상당한 적대감이다. 문제는 항상 타인-상대방에 있다. "당
신이 만들어 놓은 한숨" 때문에 숨이 막히고, 굴뚝이 올라가고, 지
하실이 필요하다. 요컨대 '당신' 때문에 '나'는 "공포와 한숨이 뒤
섞인 어떤 장소"가 되는 것이다. 그 '너', 그 '당신'이 누군지 알아
보는 일도 중요하지만 김언에게서 보다 긴요한 것은 시인 자신이
이 같은 존재론적 위기감에 빠져 있다는 사실이며, 이 위기감이 자
신의 존재감을 형성하고 있다는 점이다. 시 「발음」에서 정직하게
고백되듯이 "누군가의 귀에서 내가 확인되도록" 시인은 "천천히
집어삼켰다"고 하지 않는가. (무엇을? 아마도 말일 것이다.) 그리하
여 시인은 마치 유령처럼 어슬렁거린다. 존재하지 않는 것처럼 존
재하기 딱 좋은 모습이 유령 아닌가. 김언은 마침내 유령이 된다.
정확하게 말한다면, 되고 싶어 한다.

그렇다면 얼굴이 생길 때도 되었는데
얼굴 다음에 표정이 사라집니다
윤곽이 사라진 다음에 드디어 몸이 나타났어요
내 몸이 없을 때 더없이 즐거운 사람
〔……〕
허공과 바닥을 섞어가며
흙발과 진흙발을 번갈아가며
공기가 움직일 때 나도 따라 걷는 사람 (③—20~21)

그러나 위의 시 「유령—되기」에서 사실상 중요한 부분은 "내가 유령인 것은 중요하지 않아요/내가 어느 시대를 살고 있느냐, 그게 문제겠지요"이다. 앞뒤로 두 번씩 반복해서 나타나는 이 대목은 두번째 시집에서도 은밀하게 잠복해 있는 시대 현실에 대한 그의 민감/불감의 반응이다. 데모가 그치지 않는 시대, 그 현실 속을 지나오면서 어떤 결정적인 표정도 짓지 않은 그로서는 무표정의 알리바이를 유령을 통해서 내놓고 싶어 했을 수 있다.

ⅰ) 감정의 동료들은 여전히 집이 되기를 거부하지요
　　 돌, 나무, 사람들의 데모 행렬엔 누군가
　　 흘러 다니는 내가 있어요 (③—20)

ⅱ) 대사관 앞에서도 고요와 함성이 난무하는 시위 현장에서도
　　 대리석보다 더 단단한 그들의 핏줄을 의심하게 되었다. 〔……〕

정신 나간 몸이 우리의 가장 작은 공화국이 되어 버렸다. 달아
나지도 붙잡지도 못하는 나는 나의 가장 작은 원소를 보고 있
다. (②—23)

김언은 원래 자기 자신, 그것도 자신의 정체성에만 완강한 집착
을 가진 시인이었다. 첫 시집 『숨쉬는 무덤』은 그랬다. 그 시집의
뒷글에서 시인 자신이 진술하였듯이 시인은 자신의 내부에, 자신
이 죽였다고 생각하는 사물이 함께 존재한다는 사실 때문에 끊임
없이 자신을 바라본다. 그는 말한다. "시인은 벌레 한 마리도 죽인
적이 없다. 그가 죽이고 살린 것은 단지 언어다. 사물이 아니라 사
물이라는 언어다."

　　당신, 저무는 하늘을 덮고 가는 사람
　　조그만 기억에도 바스라지는 사람
　　보이나요,
　　이게 내 얼굴입니다 (①—61)

그랬었다. 그러나 시대 현실 속에서 잠깐 흔들리더니 유령의 모
습으로 무표정을 가장하다가 최근의 시집 『모두가 움직인다』에 이
르러서는 아예 사물과의 관계 맺기에서 적극적으로 물러선다. 자
아가 언어를, 그리고 언어 속의 사물을 죽일 수도 살릴 수도 있다
는 생각을 철회한 듯이 보인다. 그 대신 사물의 사물됨을 바라봄으
로써 자아와의 관계를 '냉담'(④—64)하게 지킨다. 『모두가 움직인
다』는 새로운 시학이라고 할 수 있는 이러한 모습으로 신선한 시

세계를 펼친다. 신선한 냉담이다.

제4시집에 수록된 시의 제목들만 보아도 이러한 냉담의 분위기는 서늘하다. 자, 보자: 「혼자 있었다」「겨우 두 사람 있는 대화」「이탈」「영점」「공허한 문장 가운데 있다」「식물의 인간성」「무슨 소용이 있을까?」「거의 비어 있다」「냉담자」「한없이 무관해지는」「이 용기의 용도를 모르겠다」「외로운 공동체」「이미 사라진 주어를 어떻게 찾을까?」「말 없는 발」 등등.

이러한 제목들이 연상시키는 시의 세계는 '용도 없음'의 세계이다. 릴케가 그의 「두이노의 비가」 제1비가에서 노래했듯이 '이용할 수 없음Brauchen-nicht'의, 바로 그 세계이다. 모든 사물은 그 사물 자체로 순수하기 때문에 그 누군가에 의해서 이용될 수 없다는 것이다.[3] 가령 「이 용기의 용도를 모르겠다」의 한 부분을 읽어보자.

혼자 있기는 마찬가지인 그릇에 담겨 물은 이동한다. 얼음도 이동한다. 이 용기의 용도를 모르겠다는 표정으로 들어앉은 공기를 바라보고 있다. 쏟지도 않았는데 태어나는 물건을 엎지르고 있다. (④-100)

사물시가 누군가의 이용을 거부하는 자신의 순수성/독립성을 강조한다면, 김언의 이 시는 사물의 이치를 그대로 설명한다. 물은

---

3) 릴케에 의해서 사물시Dinggedicht로 불리운 이 시는 말라르메에 의해서 순수시로, G. 벤에 의해서는 절대시로 변주되어갔고, 김춘수에 의해서도 순수시라는 이름으로 이미 시도된 바 있다. 김언의 '냉담시'는 이런 일련의 개념들과 비슷한 듯하면서도 사뭇 다른 양상을 띠고 있다.

물로서 용기와 상관없이 이동하는 것이다. 이 시에서 특이한 것은, 용기의 용도를 모르겠다는 표정의 주어가 없다는 사실인데, 그가 물인지 용기인지, 아니면 시의 화자나 시적 자아인지 불분명하다. 「이미 사라진 주어를 어떻게 찾을까?」를 읽으면, 주어는 이미 사라진 것으로, 말을 바꾸면, 자아는 그 자리가 불필요한 것으로 인식된다. 시인은 찾을까 고민 중이라고 했으나, 그 말은 주어가 사라졌음을 확인하는 일 이외 다름 아니다. 여기서도 주어(자아)는, 그것 없이도 잘 굴러가는 사물과 세태의 모습을 나열함으로써 '자아의식'의 결여와 같은 현학적 관념을 빌리지 않더라도, 그 자체가 이미 현실임을 보여준다. 이러한 현실은 이제 자연의 순리를 뛰어넘어 인간의 의지나 능력과 관계없는, 그러니까 기계의 세계에서 자동화의 능력과 더불어 주어(자아)를 퇴거시키고 소멸시키는 상황으로까지 나아간다. 따라서 주어(자아) 입장에서도 그 현실과의 무관함을 표명하게 된다. 「한없이 무관해지는」은 이러한 상황의 압축이다.

음악도 귓속에서 공간을 차지한다는 생각은 내 생각이 아니다
머릿속에 시간을 저장하는 공간이 있다는 가설도 내 생각과는 거리가 멀다
나는 생각 없이 담배를 피우고 습관적으로 버튼을 누른다. 키를 누른다. (④—98)

사실일 것이다. 네번째 시집 제목이 말하듯이 '모두가 움직'이므로 특별히 '자아'라고 할 것이 없는 세상이 되어가고 있다. 나는 나

대로. 너는 너대로. 민주주의라는 이름 아래 모든 권위는 해체되고 가정마저 뿔뿔이 제각각이다. 이들 옆에서, 아니 그 위에서 이들을 관리하는 것은 기계다. 그러니 서로서로 무관해질 수밖에 없다. 기이하게 소피스트케이트된 세상에서 김언은 매우 정직한 시인이다. 많은 허위/허세의 포즈들이 난무하는 시들 사이에서 정직한 시를 만나는 일은, 그런데 왜 즐겁기만 하지는 않을까. 그를 향하여 헤쳐 들어가는 일이 피곤하기 때문일까. 기계에 제압당한 언어를 굴리는 일은 씁쓸하다.

[『본질과 현상』 35호, 2014년 봄.]

몸과 예술가

─박범신론[1]

1. 정욕과 예술

문학의 힘도 정욕이며 문학의 죄도 정욕이라고 했던가. 그 누가 정욕의 사슬에서 자신을 끊을 수 있겠느냐는 자탄을 한 이는 파우스트였다. 그러나 역설적으로 괴테는 그 정욕의 힘으로, 더 정확하게는 정욕과 자책, 그에 대한 참회의 힘으로『파우스트』를 썼고, 팔십여 평생의 광대한 창작 수업을 수행하였다. 정욕은 실로 광대한 에너지이며 그로부터의 참회와 갈등은 때로 위대한 예술을 낳는다. 이런 넓고 깊은 들과 골짜기를 아우르는 것이 이른바 '예술가소설Künstlerroman'이다. 예술가소설이란, 글자 그대로 예술가

---

1) 이 글에서 언급하는 박범신의 작품은 다음과 같다. ①『촐라체』(푸른숲, 2008) ②『고산자』(문학동네, 2009) ③『은교』(문학동네, 2010) ④『나의 손은 말굽으로 변하고』(문예중앙, 2011). 이하 인용 시, 번호와 쪽수만 밝힌다. 물론 박범신에게는 이 소설들 이전의 많은 작품들이 있다.

의 삶을 다루는 소설인데, 예술가의 삶이란 그 자체로 예술의 본질
과 고뇌를 증거하는 현장이어서, 말처럼 그렇게 쉽게 다루어지는
경우가 드물다. 대체 예술가란 누구인가. 한 소설가에 의하면 그는
이렇게 묘사된다.

"〔……〕 피카소는 우리들을 통과하며 예술을 꽃피웠어요. 그게
의미없는 일이라고, 누가 부정할 수 있겠어요?"
그 말에 여섯 여자가 고개를 끄덕이며 잠잠해졌다.[2]

내 끊임없는 영감의 샘물, 벨라. 아마 당신이 없었다면 나의 〈연
인들〉 시리즈에서 사랑에 빠진 연인들의 아름다운 모습을 창조해
내지 못했을 거요. 당신만큼 처음부터 내 마음을 사로잡고 변치 않
는 연인이 세상에 존재할 수 있다니. 나는 그것 하나만으로도 내 삶
은, 내 예술은 축복받은 거라 생각하오.[3]

첫 인용은 평생 일곱 명의 여인을 애인으로 삼았거나 지나쳤던
화가 피카소를 여인들의 입을 통해 그려본 묘사이며, 둘째 인용은
역시 화가 샤갈이 병으로 죽은 첫 아내를 그리워하는 장면이다. 두
인용은 모두 소설 형태로 쓰인 글이라는 점 외에도 여성과의 사랑
이 예술의 원천이었다는 고백이라는 점에서 공통되는데, 그 사랑
은 그리 간단치 않다는 점에서 주목된다. 말을 바꾸면, '사랑'은 그

2) 권지예, 『사랑하거나 미치거나』, 시공사, 2005, p. 80.
3) 같은 책, p. 163.

렇게 사랑스럽기만 한 것이 아니어서 때로 고통스럽다. '때로'가 아니라 고통일 경우가 대부분인데, 그럴 것이 예술가에 있어서 사랑은 억압과 함께 오며, 그것이 고뇌를 가져오기 때문이다. 피카소와 샤갈은 왕성한 정욕과 아득한 그리움으로 그려져 있지만, 사실상 그 현장은 그들에게 끊임없는 억압으로 작용하였고, 그 고뇌의 산물이 예술로 나타났던 것이다. 문학의 경우도 이러한 상황은 거의 모든 작가에게 나타나며, 아마도 괴테의『파우스트』속에서의 파우스트는 가장 전형적인 예일 것이다. 그러나 신기하게도 한국소설에 있어서 이러한 의미의 예술가소설은 지금껏 드물게 존재한다. 다수일 것 같은데 거의 없는 듯하다. 소설가나 화가, 음악가가 주인공인 소설 자체가 희소하고, 그들이 이성 간의 사랑 때문에 고뇌하는 작품은 의외로 드물다. 주변적인 삽화 아닌, 그 자체가 작품의 주제가 됨으로써 예술과 사랑 사이의 관계가 진지하고 심도 있게 성찰되는 경우가 왜 드문 것일까. 최근 화제로 떠올라온 박범신의 장편소설『은교』는 그런 의미에서 주목된다. 예술가의 사랑과 예술과의 관계를 다루었다는 점에서 단순히 통속으로만 볼 수 없는 사례로 나에게는 생각된다. 이 점, 최근에 범람하다시피 하는 성을 주제, 혹은 소재로 삼고 있는 많은 소설들과 구별된다.

『은교』가 예술가소설의 인상을 주는 것은, 주인공 세 사람 가운데 한 사람은 시인, 한 사람은 소설가라는 사실로 우선 입증된다. 게다가 다른 한 사람은 발랄한 십대 후반의 처녀다. 더욱 확실하게 주목되어야 할 사항은, 그들 세 사람 사이에는 예술과 애욕 이외 다른 어떤 문제도 개입되어 있지 않다는 것이다.

'사랑에는 나이가 없다'고 설파한 것은 명저 『팡세』를 남긴 파스 칼이고, 사랑을 가리켜 '분별력 없는 광기'라고 한 것은 셰익스피 어다. 사랑은 사회적 그릇이나 시간의 눈금 안에 갇히지 않는다. [……] 서지우는 죽어도 좋을 무가치한 인간이었다. 그는 문학이 무 엇인지도 모르면서 작가로 살았고, 끝끝내 내 시를 한 편도 이해하 지 못했다. 대체 시를 이해하지 못하는 작가를 어떻게 용인할 수 있 단 말인가. (③—12~13)

이 인용은 이 장편소설의 앞날을 압축해서 예시하고 있다. 그것 은 첫째, 사랑은 나이와 상관없고 물불을 가리지 않는 성질을 갖고 있어서 이 작품도 그와 같은 진행을 보여주리라는 것, 둘째, 인용 의 주인공들이 대문호이듯이 이 작품의 주인공들도 작가이리라는 것, 셋째, 소설 화자인 한 문인에 의해서 다른 문인이 이미 증오의 대상으로 비난되는바, 작가들 상호간에 치열한 싸움이 벌어지는 라이벌전이 있으리라는 것 등이다. 이런 예상은 곧 사실로 전개된 다. 이때 주인공 두 남성은 사십대와 칠십대이며 서로 사제지간이 라는 설정 속에서 대결한다. 사제지간인 그들은 왜 구태여 대립하 고 싸우는가. 어떤 문학적인 쟁점이 있기에? 어떤 다른 문학관을 가졌기에? 아니다. 그렇다면 사제지간일 수도 없고 무엇보다 같은 집안에 기거할 필요도 없었다. 그렇다면 문학적인 명예를 다투는 질시였을까. 이런 것들로 서로를 적대시하고 마침내 늙은 스승 쪽 에서 사십대 제자를 죽였다는 것은 이해되지 않는다. 무엇이 칠십 대로 하여금 사십대 제자-예술 동업자를 살해하게 하였을까.

사실 살해 모티프는 근친상간 모티프와 함께 소설의 오랜 관습

가운데 하나다. 특히 예술 사제지간의 갈등이 증오를 넘어 살해에의 유혹으로 넘어가는 일은 이른바 부자(父子) 콤플렉스로 종종 읽힌다. 이것이 같은 문학을 하는 사제나 친구 혹은 연인 사이에서 발생할 경우, 의리나 우정, 연정이 오히려 질시의 촉매제가 되어 증오를 배가시킨다는 사실은 여러 사례에서 이미 긴장감 있게 나타난 바 있다. 그 증오는 소설을 비롯한 예술 전반의 창작 동기를 유발하면서 예술가의 창작 의지를 폭발시킨다. 그 폭발은 작품의 창작이라는 생산으로 연결되면서 동시에 작품 내부에서 엄청난 증오와 분노의 에너지를 발산시킨다. 모든 억압에 저항하는 문학의 본령은 여기서 자기 스스로 억압을 만들어내고 그것을 해소시키는 마스터베이션 기제를 보여준다. 자기 스스로에게서 출발하여 '예술'을 낳고 돌아오는 역동적 회로를 갖고 있다는 점에서 이러한 질시와 증오로 가득 찬 소설이 종종 예술가소설로 불리는 것이리라. 가장 평범한 의미에서 예술가소설의 소재와 내용은 그렇기 때문에 이성 간의 사랑이기 일쑤인데, 그것이 치열한 주제로서의 연애로 심화되는 멋진 소설로까지 나가는 경우는 우리 문학에서 흔하지 않다. 예컨대 연애소설로서의 예술가소설이 나에게는 쉽게 떠오르지 않는 것이다. 그러나 『은교』의 경우 젊은 처녀 은교에 대한 애정과 욕망으로 말미암아 예술의 원천적 모티프로서 억압과 증오가 가중되며 그것이 시인과 소설가 모두의 삶에 결정적 영향을 미치고 있다는 사실이 엄중하다.

주인공 소설가가 죽어가면서 쓴 유고 노트 형식의 소설은 우선 시인인 선생 이적요와 소설가인 제자 서지우의 애증관계에 대한 추적으로서 흥미롭다. 그들은 무엇보다 생활의 실제 현장과는 무관한 예술가적 삶으로만 연결되어 있으며, 구체적인 사건들도 그런 것들이다. 공학도였던 서지우가 이적요의 강의를 듣고 문학의 길로 방향을 바꾼 일에 관하여 스승은 이렇게 적고 있다.

서지우가 취직도 잘되는 무기재료학의 길을 버리고 밥 먹고 살기 어려운 문학의 길로 들어선 데 대해 나는 아무런 책임도 느끼지 않는다. 그는 스물한 살 때 길을 찾았으나, 그 길을 스스로 잘못 찾은 것뿐이다. [……] 서지우는 무기재료학의 실용적인 길을 계속 갔어야 했다. 그랬더라면 내게 죽임을 당하지도 않았을 것이고, '털이 숭숭한 악마의 손톱'에 '목덜미를 잡아 젖혀' 등이 휘어지는 젊은 날을 보내지도 않았을 것이다. (③—31~32)

요컨대 스승 이적요는 제자 서지우를 처음부터 적대시하고 있었던 것이다. 왜 그랬을까. 강력한 적수가 나타났다고 생각한 것일까. 자신보다 젊어서? 아니면 문학의 길이 형극의 길이어서 진정으로 걱정이 되었기 때문일까. 대답은 아마도 이 모든 질문 속에 함께 들어 있을 것이다. 그러나 이적요가 서지우를 만난 때가 그로서도 아직 중견 시절이었던 점을 감안한다면, 예술가로서의 길에 대한 선배로서의 염려가 가장 큰 이유였을 것이다. 예술을 '털이 숭숭한 악마'로 표현한 데에서도 그 예술적 배경은 사실로 보아 무방할 것이다. 사실 예술가소설로서의 첫 출발은 이적요의 이러한 강한 자의식에서 찾아진다. 이러한 자의식은 매우 예술적이다. 그러나 제자 격인 서지우는 이적요가 염려했듯이 전혀 예술적이지 못했다. 이 같은 대립적 이원성은, 통속에 빠지기 쉬운 이 소설을 비교적 깊이 있는 예술가소설로 끌어올리는 의미 있는 지렛대가 된다.

그는 젊었을 때부터 반역에 대해 알지 못했다. 말하자면 그는 평
생 동안 오로지 주인이 주입해준 생각, 가리키는 방향에 따라 짐을
지고 걸어갈 뿐인 '낙타' 같은 존재였다. 〔……〕 시의 독자성에 대
해서도, 그러므로 그는 생의 마지막까지 자신이 누구인지 몰랐으며,
그것은 전적으로 그의 책임이었다. (③—34)

여기서 소설은 서지우에 대한 이적요의 증오와 분노가, 서지우
자신의 몰예술적, 비문학적 기질로 말미암은 공분임을 분명히 함
으로써 예술가소설로서의 입지가 확실해진다. 이 가운데에서 주인
공 이적요는 시인으로서의 자신의 위치와 시의 기능과 운명에 대
한 중요한 발언을 하는데 그것은 "시적 천재성이란 곧 신성"이라
는, 일종의 예술성 선언이다. 이렇듯 종교적 경지로까지 승화된 예
술성을 신봉하는 시인으로서 그것을 지키는 일은 생명을 지키는
것과도 같은 숭고하고 절박한 일로 인식된다. 그 같은 시인의 예술
적 단호함이 존경스러웠는지, 그로부터 인정은커녕 무시당하기 일
쑤였던 소설가 서지우가 그를 한결같이 보필했다는 점도 이 작품
의 예술가소설로서의 구조를 안정시킨다.

2. 분노와 예술

분노와 증오가 넘쳐흐른다. 특히 우리 사회에서 그 현상은 SNS

등의 확장과 더불어 엄청나게 증폭되고 있다. 분노는 그것이 승화되어 예술로 양식화되는 과정에서 하나의 원초적 에너지, 혹은 모티프로 작용함으로써 지난 세기에서는 거룩한 폭력이 되어왔다.[4] 그러나 SNS 등의 새로운 미디어는 '승화'를 삭제하고 그 자리에 '발산'을 대체시킴으로써 예술로서의 양식화를 아예 차단시킨다. '소통'이라는 이름 아래 그리하여 예술로의 길 아닌 범죄로의 길이 합법적으로 예비된다. 박범신의 근작은 이 문제에도 진지하게 도전한다.

이적요의 치열성과 서지우의 진정성은 은교라는 소녀를 매개로 대립되는데, 보필이나 보완이 아닌 대립으로 치닫는 데에 이 작품의 예술가소설로서의 운명이 이미 내재되어 있다는 점은 거듭 인식될 필요가 있다. 그것은 자신의 삶을 평온이라는 시민적 질서 안에 순응시킴으로써 절충과 타협의 수준에서 살아가기를 거부하는 예술적 본능이 품고 있는 비극이다. 그것은 양자의 대립을 그의 전 운명적 명제로 부둥켜안고 씨름했던 모든 예술가들의 고통이다. 가령 토마스 만의 평생 숙제도 그것이어서 『트리스탄』『토니오 크뢰거』를 비롯한 거의 대부분의 작품들이 이른바 예술성과 시민성의 갈등과 대립에 휩싸여 있지 않은가.

그러나 예술가소설로서의 영역은 반드시 시인이나 소설가, 음악가나 화가의 생애, 그들이 야기하는 욕망이나 시민성과의 마찰로부터만 테두리지어지는 것은 아니다. 예술가의 본질과 성격은 다

---

4) 가장 비근한 예는 도스토옙스키에서 발견된다. E. H. 카, 『도스또예프스끼 평전』, 김병익·권영빈 옮김, 열린책들, 2011 참조. W. 볼헤르트, 『이별 없는 세대』, 김주연 옮김, 민음사, 1980도 참조될 만하다.

양해서, 세상과 맞서서 자신을 지키려는 염결성 그리고 서지우적 진정성으로부터도 촉발된다. 박범신 소설의 이러한 성격은 최근에 와서 홀연히 원숙한 모습을 드러내는바, 작가 스스로 '갈망의 삼부작'이라고 부르고 있는 『촐라체』 『고산자』 그리고 『은교』가 그것들이다. 대동여지도라는 방대한 작업에 고독하게 매달려온 김정호와 순교당한 초기 천주교인들을 그리고 있는 『고산자』는 『은교』와는 다른 의미에서 일종의 예술가소설에 값한다. 고산자 김정호, 그는 지도를 만든 사람이니 이를테면 지리학자이겠으나 19세기 전반부를 살다간 그의 시대에 이미 예술성이 탁월한 문인이었다.

붓을 잡을 때는 실팍하게 잡되 늘어지거나 떨려서는 안 된다는 것이고 손바닥 안은 허공처럼 텅 비워야 운필이 자유롭다는 것이다. [······]
그는 한동안 숨을 고른다.
문장이야 이미 준비되어 있다. 반백 년을 흐르면서 한 땀 한 땀 꿰매어온 문장이다. (②—12~13)

서예라는 것이 워낙 우리 사회에서 전통적인 예술 장르의 중심에 있고, 전무후무한 고산자의 지도 제작 작업 또한 문장으로부터 시작한다는 것은, 이 작업이 출발부터 심대한 예술정신 그리고 정교한 예술적 기법에 기초하고 있음을 보여주는 것이다. 그렇기에 지도를 그리는 일은 여느 예술보다도 더 정직하고 정확한 자세와 기술이 요구되고, 무엇보다 온몸을 절제하며 헌신하는 정신이 중요하다. 요컨대 예술의 혼과 실제가 아울러 요구된다. 소설은 말한다.

그에게 있어 지도란 저울과 같다.

사람살이의 저울이요 세상살이의 균형추요 생사갈림의 나침반이다. 〔……〕

한달음에 서문을 쓸 것이 아니라 고향 토산골을 한번 다녀오는 게 어떨까 하고 그는 잠깐 생각한다. 〔……〕 그는 가부좌를 튼 채 산맥처럼 준엄하게 앉아 아침해의 첫 촉수가 문살에 떨어지길 숨죽이고 기다린다. (②—16~17)

피나무를 구해서, 섬세하게 썰어서 수많은 글씨와 선분과 표식을 그려 넣는 판각 작업은 그 자체가 하나의 예술 세계를 만드는 일이다. 작가는 김정호의 이러한 작업을 세밀하게 추적하면서 묘사하는데, 그 과정에서 예술이 현실과 만나면서 겪게 되는 어려움과 그 숙명적 관계가 실감 있게 부각된다. 예술가 주인공을 향한 작가의 동일화identification된 사랑 때문이다. 작가 박범신은 40권에 가까운 그의 지난 장편소설/소설집 어느 곳에서도 볼 수 없는 '동일화'의 사랑과 그 투혼으로, 여기서 주인공 김정호를 예술가일 뿐 아니라 매력적인 인간으로 재현시키고 있다. 그것은 작가 자신과 소설 주인공 사이의 동일화가 이루어짐으로써 비로소 가능한 경지인데, 그것은 작중인물에 작가가 모든 세계를 겹으로써 가능해진다. 『고산자』에서 주인공 김정호는 무엇보다 처음부터 훌륭한 인재로 주어지지 않는다. 그는 어머니는 죽고 아버지가 행방불명된 열 살배기 소년으로 나와서 성장하는, '살아서 커가는' 사람으로 움직인다. 이 같은 간난의 삶을 통하여 그는 굳은 의지의 남성으로 단련되어간다. 황해도 곡산 부근 토산골 고향을 찾아 기억도 나지 않는 어린 시절을 상상하며 지도 제작의 웅지를 다짐하는 장면은 전통 사대부에 맞서서 새로운 시대를 준비하는 지식인의 면모를 각인시킨다. 양반사회의 전습에 의해서 주어진 지식인이나 예술가가 아닌, 오히려 그러한 비생산적 관습에 대한 비판으로서의 지식인/예술가의 모습이 김정호에게는 있다. 칼을 갈아 펜을 준비하는 형상이다. 또한 중요한 것은 관념적 공론으로서의 비판 아닌, 구체적 기술을 동반하는 새로운 개혁의 실천자로서 그 모습이 부각된다는 것이다. 소설은 그의 행각을 실사하고 구체적으로 묘사함으로써 김정호의 진정성을 심화시킨다.

예술가는 킬러라고 작가는 말한다. 『은교』에서 번득였던 그 칼은 또 다른 장편소설 『나의 손은 말굽으로 변하고』에서 훨씬 예리하고 무섭게 집체화된다. 실제로 한 사람을 죽였던 『은교』를 넘어, 『나의 손은 말굽으로 변하고』에서는 아예 살생부까지 등장한다. 과연 살인과 예술은 무슨 관계가 있는가.

오늘 선생님은 불현듯 내게 말했다. "나는 다음 세상에선 킬러로 태어나고 싶네. 자네도 작가니까 알겠지만, 작가라는 것도 그래. 좋은 작가는 킬러같이 정밀하고 철저하고 용의주도해야 돼. 킬러는 바람의 방향 하나도 그냥 지나치는 법이 없거든. 예술이 그렇다네. 완전한 예술가는 곧 완벽한 킬러라 할 수 있지."(③—323~24)

치밀성, 완전성에 대한 언급이다. 그것은 또 실패가 인정되지 않는, 좌절에 대한 무서운 경고이기도 하다. 그러나 동시에 그것은

예술성 속에 내재된 폭력성에 대한 엄중한 보고이기도 하다.[5]

예술가소설에는 치명적인 아픔이 일인칭으로 고백되는 경우가 있는데, 이때 소설 화자는 예술가로서의 자신을 객관화시키면서, 바로 그 자신을 학대하거나 비웃는, 혹은 뽐내는 이중의 묘사를 행한다. 한 사람의 시민으로서의 행복과 안일을 예술가이기 때문에 양보하거나 포기할 수밖에 없는 고통을 토설함으로써 예술이 시민적 고통의 산물임을 보여주는데. 한국 소설에서 거의 찾아보기 힘든 이러한 사례가 『은교』를 비롯한 박범신의 근작에서 수행되고 있는 것은 상당한 성취다.

어떤 경우, 사실적이고 생생한 묘사는 저주받은 자들이 하는 짓이다. 서지우는 내가 상상조차 해보지 않은 방법까지 모두 동원해 철저히 그애를 갖고 놀았다. 그렇다고 나는 믿었다. 나의 집, 서재, 침대 위였다. 나는 사디스트도 아니고 마조히스트도 아니다. 그 순간 내가 본 모든 것을 더이상 리얼하게 묘사한다는 것은 잔인한 사실주의자들이 벌이는 극단적인 가학이나 피학일 것이다. 내가 어찌 초목 옆에서 살아야 마땅한 은교의 희디흰 대지가 나의 서재, 나의 침대에서 서지우라는 '짐승'에 의해 속속들이 해체되고 망가지고 파먹히는 것을 여기에 다 낱낱이 묘사할 수 있겠는가. (③—360~61)

소설 화자 이적요는 자신의 생일날 서지우, 은교와 더불어 셋이서 술을 겸한 조촐한 저녁 식사를 함께한다. 이 자리가 끝난 후 술

<hr>

5) 김현, 『르네 지라르 혹은 폭력의 구조』, 나남, 1987, p. 109 참조.

에 취한 서지우를 놓아두고 두 사람은 가벼운 포옹을 한다. 이적요는 그 이상의 욕망을 느꼈으나 "길이 있다고 다 갈 수 있는 건 아니다"라고 스스로를 억제한다. 이 억제에 대하여 그는 "내 몸의 긴장과 욕망이 오히려 감미롭게 느껴지기까지 했다"면서 본능에 대한 일종의 '예술적 처리'를 스스로 대견해하기까지 한다. 그 이전, 이후의 감정은 이렇게 묘사된다.

폭풍 같은 울림이었다. 나는 떨면서 그애의 이마에 입맞췄다. 튀어나온 하얀 이마였다. 실크처럼 부드러웠다. 먼 곳에서 천둥소리가 들렸다. 나아가고 싶은 수많은 길이 그애의 몸속에 존재한다는 걸 알고 있지만 나는 더 나아갈 수 없었다. [……] 콧날이 빙, 울었다. 감미롭고도 쓸쓸했다. 그애가 '은하철도 999'를 타고 먼 우주로 떠나는 것 같았다. 그러나, 끝내 보내야 할 길이었다. (③—354~55)

이적요가 잠시나마 은교를 포옹하고, 더 이상의 욕망을 절제하고 둘이서 서로의 몸을 떼어버린 과정은, 요컨대 그 자체가 하나의 작품이었다. 욕망과 긴장 그리고 절제의 공간과 시간은 바로 예술 아닌가. 그러나 이 '작품'은 곧 술 취한 서지우에 의해서 파괴되고, 이적요는 절망한다. 그토록 살포시 어여뻤던 은교는 불과 수분 뒤 '취한 짐승'과 더불어 성교를 하고 있었으며, 그 짐승은 그가 그토록 인정하지 않는 증오의 대상 서지우 아닌가. 여기서 이적요는 '사실적이고 생생한 묘사'라는 문학예술의 정통적인 방법에 심한 배신감을 느낀다. 말하자면 삶에 대한 절망이 예술에 대한 절망으로 이어지는 것이다. 그러나 이 상황은 소설 화자에 의해 다시 고백되고 진술됨으로써 절망으로부터 그를 다시 일으킨다. '고백과 진술'은 바로 문학이기 때문이다. 그것이 절제된 냉정한 거리와 어울려 소설 『은교』를 만들어냈기 때문이다.

소설 속에서 이적요는 마침내 서지우를 죽인다. 그러나 자동차 사고를 위장한 그 살인을 전후하여 그는 극심한 갈등을 겪으며, 은교에 대한 욕망 역시 유고를 통하여 정직하게 밝힌다. 이 고백에서 이적요는 은교에게 "네가 일깨워준 감각의 예민한 촉수들이야말로 내가 썼던 수많은 시편들보다 훨씬 더 신성에 가깝다는 것을 알았다"고 적는다. 그녀가 개입되지 않았던 시들을 그는 가짜라고 극언한다. 그러면서 그는 살아생전 사후 불멸까지도 꾀하는 시인들의 '전략'을 고발하면서 은교를 만난 후 "비로소 나는 나를 알았다"고 말한다. 특이한 것은 이 모든 것을 경험하면서 은교가 "할아부지하고 서선생님, 서로가 깊이 사랑하셨다"고 진술하고 있다는 사실이다. 이 때문에 유고의 발표 문제를 포함하여 이적요의 사후 처리를 위임받았던 변호사는 세 사람 사이의 관계를 모두 이해하게 된다.

그녀의 그 말이야말로, 이적요 시인과 작가 서지우의 비극적인 관계를 풀 가장 핵심적이고 본질적인 열쇠라고 나는 그 순간 확연히 느꼈다. 계속 꺼림칙했던 나머지 의문점들이 홀연히 모두 풀어지는 기분이었다. (③—378)

어떻게 변호사는 모든 의문점들을 풀어버릴 수 있었을까. 이적요와 서지우가 서로 사랑했다는 은교의 발언 때문에? 그렇다. 적어도 그녀의 눈에 비친 두 사람 사이의 관계는 단순한 증오만은 아니었다. 증오가 있다면 그것은 사랑이 만들어낸 증오였다. 두 사람의 입을 통해서 그것이 진술되고 있는 것은 아니지만, 두 사람은 기대와 경외라는 두 축에서 애증을 함께 작동시키고 있었던 것이다. 확실히 애정 없는 증오는 그 힘을 발휘하지 못한다. 칠순의 시인은 사십대의 제자와 십대의 소녀를 순수하게 사랑했던 것이 사실이다. 그에게는 무엇보다 가족이 없었고, 어느 사이 그들은 그에게 가족적 친연감으로 밀착되었다. 그러나 문학적 능력에 대한 안타까움, 젊은 소녀와 이성으로서 가까워질 수 있다는 두려움 때문에 서지우를 그의 사랑 바깥에 놓아둔 것일까. 그 같은 상황을 우리는 '시민성'이라는 이름으로 시인 이적요가 싸워야 했던 대상이라고 말할 수 있을까.

물론 그는 싸웠다. 서지우를 경멸했고 때로 은교까지 멀리했다. 그러나, 그렇게만 했다면 서지우를 죽이지도 않았고 은교를 잠시라도 안지 않았을 것이다. 비록 그는 병으로 죽어갔으나, 그들을 껴안고 죽음으로 자기 자신을 몰아갔다. 참다운 예술성은 시민성의 일방적 배척 아닌, 그것을 껴안고 씨름하는 눈물겨운 고투 가운데에 있을 것이다. 두 관찰자——은교와 변호사——도 시를 썼거나 시인이라는 설정은 우연으로 읽히지 않는다. 죽음을 담보하는 이러한 치열성은 『고산자』에서도, 『나의 손은 말굽으로 변하고』에서도 동일하게 변주된다. 예컨대 『고산자』의 김정호가 전 국토를 누비며 지도 제작을 위한 혼과 기술을 기르고 익힐 수 있었던 것도 관군에 쫓기다가 죽어간 어느 여인의 젖을 먹고 살아난 그의 유년기 체험과 무관하지 않다. 말하자면 죽음이 그를 살렸고, 살아난 그는 죽음을 무릅쓰고 세기의 거작 대동여지도를 완성한다. 『고산자』에는 이와 연관된 천주교인 학살 사건도 등장하는데, 예수를 연상시키는 십자가 참형 장면은 치열성의 한 극을 보여준다. 『나의 손은 말굽으로 변하고』에서 작가는 자신의 손에 실제로 굳은살이 생겼음을 고백하는데, 폭력을 해부하고 이에 맞서려는 예술적 의지와 그것은 상징의 대척지일 수도 있다.

3. 소설적 서정성

박범신의 최근 소설이 보여준 소중한 성취 가운데에는 서정성의 회복이라는 중요한 요소가 내재되어 있다. 최근, 그러니까 다소 거창하게 말해서, 21세기 들어서서 소설 장르의 현격하게 변화된 특징이라면 바로 이 서정성의 상실이라고도 할 수 있겠는데, 박범신의 근작은 이 서정성을 원숙한 필치로 살려내고 있다. 소설 장르에 대해서 이야기할 때 일반적으로 '서사'를 말하면서, 그것은 이 시대의 새로운 스토리텔링의 바탕으로 연결된다. 그러나 소설의 서사는 단순한 이야깃거리만은 아니다. 언젠가 나는 김주영 소설의 성공이 서사와 서정의 행복한 결합에 있다고 말한 적이 있는데,[6] 박범신의 '갈망의 삼부작'에 대해서도 이와 비슷한 지적을 할 수 있을 듯하다.

---

6) 김주연, 『근대 논의 이후의 문학』, 문학과지성사, 2006, p. 160.

또 다시 새들의 날갯짓소리가 들려온다.

함께 따라 일어서는 그를 굳이 주저앉히고 묘허가 누비두루마기를 든 채 여닫이문을 열고 나선다. 열린 문 너머, 뽀르르르 지저귀며 날아가는 것은 쇠박새들이다. 쇠박새떼는 건너편 눈 쌓인 산의 정수리를 겨냥하고 들까불며 날아간다. 산정에 닿았다가 되비추는 햇빛한 점이 비수처럼 날아와 눈에 박힌다. 그는 얼결에 눈을 질끈 감았다가 뜬다. 묘허의 요요한 뒤태가 다시 닫히는 여닫이문으로 쓱 지워진다. (②—95)

우리는 말馬도 되고 말言語도 되고 햇빛도 되고 숲도 되고 강물도 된다. 빅뱅이 가깝다. 오관이 부풀어오를 대로 부풀어올라 그 촉수가 지금 우주를 휘감고 있다. 생생하고 순결하고 성스럽다. 세상의 모든 '생생한' 꽃들이 피고, 모든 '순결한' 강물이 소리쳐 흐르고, 모든 '성스러운' 별들이 화려한 빅뱅을 위해 촉수를 열고 나오는 걸 나와 그녀, 동갑내기 우리는 함께 보고, 느끼고, 껴안는다. (③—343~44)

건물 어딘가에 부딪쳤다가 튕겨져 나온 햇빛이 사정없이 눈을 찔렀기 때문이었다. 동공이 타버릴 것 같은 강렬한 햇빛이었다. 반사적으로 고개를 틀었다. 크고 시커먼 새 몇 마리가 피뢰침같이 솟은 북쪽 산정을 향해 힘차게 날아가고 있었다. 〔……〕 휘이익, 하고 새들이 날카롭게 울었다. 채찍을 휘두르는 것 같은 소리였다. (④—26~27)

서정이란 서사의 맞은편에서 둘이 서로 짝을 이루는 개념으로서, 서사가 문장의 일반적인 서술을 따라가는 산문 형식의 글을 바탕으로 하고 있다면, 서정은 문장이 서술 아닌 문장 자체의 리듬과 운율로 이루어지는 운문 형식의 글을 바탕으로 한다. 문장의 의미가 의미론적으로만 결정되지 않고 음운론적으로도 결정되는 것을 '서정'은 보여준다. 그러나 이것만이 아니다. 서사와 서정은 그것들이 발화하는 메시지에서도 사뭇 다른 대척점에 있다. 서사가 발화자의 사회적 관계를 중심으로 서술된다면 서정은 자연과의 관계, 그 친연성이 부각된다. 서정성을 말할 때 자연 친화, 목가성, 전원성 등의 용어가 함께 등장하는 까닭도 이와 관련된다. 요컨대 서정성은 자연 친화성이며 그 때문에 장르상 시와 밀접하며 그 골조를 이룬다. 그러나 그렇다고 해서 산문문학, 즉 소설에서 서정성이 배타적인 자리에 있는 것은 아니다. 바람직한 상황은, 오히려 서정적 분위기 아래에서 서사성이 윤택한 활력을 얻고 전개되는 곳에 있지 않을까. 김주영 대하소설 『객주』의 성공을 나는 그러한 사례의 하나로 이미 살펴본 바 있었는데, 박범신 근작들도 이 같은 측면에서 말 속에 풍요로운 서정의 잔치를 제공한다. 앞의 인용문들이 춤추듯 보여주는 아름다움을 보라. 그동안 비록 높은 문학적 평가와 만나지 못했는지는 모르지만 오랜 세월의 내공이 낳은 박범신 문학의 서정성은, 죽음까지도 바라보는 예술가소설의 통절한 치열성을 감싸 안는 기능을 한다. 그의 서사적 메시지가 혼이라면, 서정적 문체는 그것을 보듬고 풀어가는 살과 기름이 된다.

원숙한 중진작가가 제기한 소설적 서정성의 문제는 사실 오늘의 소설문학에서 진지하게 검토되어야 할 중요한 의제다. 그럴 것이 날이 갈수록 연소화되고 있는 한국 소설에서 그만큼 서정성에 대한 관심도 엷어지고, 그 중요성 인식도 둔화되고 있기 때문이다. 소설에서는커녕 그 본령을 이루는 시에서조차 서정성은 이미 지난 시대의 관습으로 간주되는 현실이다.[7] 이런 현실에서 소설적 서정성은 어쩌면 시대정신과 배치되는 것처럼 보일 수 있으나, 그 당위성은 오히려 서정성을 요구하는 쪽에 있다. 무엇보다 박범신 근작의 성공이 그것을 말하고 있다. 아날로그에서 디지털로 바뀌면서 문학 또한 영상화로 기우는 듯하고 종이책 대신 전자책이 각광을 받는 듯한 현실에서. 그러나 양자는 대체 아닌 공존으로 이미 그 영역을 확장하는 추세이다. 이러한 시점에서『은교』등 박범신의 이른바 '갈망의 삼부작'이 갖는 의미는 매우 시사적이다. 그것은 성과 사회 속에서 벌써 죽은 듯이 보였던 '낭만'이 결코 죽지 않았으며, 죽을 수도 없으며, 죽어서도 안 된다는 명제의 확인이다.

서정은 낭만의 운명적인 친족이다. 낭만은 인간이 계몽에 의한 합리성의 세례를 받기 이전까지 살아온 삶의 방식이기도 하지만, 오히려 그 이후 합리성의 틀 속에만 갇혀 있지 않은 초월적, 환상적 존재가 인간임을 깨우쳐준다. 오늘의 기술정보사회가 표면상 낭만을 무력화시킨 듯하지만 그를 향한 갈망은 잠복을 지나 다시 솟구친다. '갈망'의 삼부작이라고 하지 않는가. 히말라야까지 소유하려는(『촐라체』) 의지는 낭만의 갈망에 다름 아니다. 낭만주의의 낭만으로서 인식된 역사와 거의 궤를 같이하는 '서정'이라는 표현

---

7) 서정시도 지나치게 길고, 난삽하고, 소통이 안 되는 방향으로 흘러 절제된 짧은 '극서정시'론까지 나온다. 최동호,『디지털 코드와 극서정시』, 서정시학, 2012 전반 참조.

또한 감성적, 자연 친화적, 무엇보다 '사랑'을 싣는 개념으로서 널리 이해된다.[8] 강한 메시지와 사건적 서사를 골격으로 삼고 진행되는 소설은 자칫 건조하거나 관념적인, 혹은 대화 위주의 문체로 서정성과 떨어져 있기 쉽다. 그러나 예술가나 지식인의 운명을 다루는 소설은 서정적인 흐름의 문체가 동반될 때 더욱더 그 활력이 기약된다.

[『본질과 현상』 29호, 2012년 가을.]

---

8) 디이터 람핑, 『서정시: 이론과 역사』, 장영태 옮김, 문학과지성사, 1994, p. 93.

몸의 예감
—권지예론[1]

1. 열정 DNA

권지예의 소설은 열정으로 타오르는 화산과도 같다. 니체가 "그렇다, 나는 내가 어디서 왔는지 안다!/불꽃처럼 탐욕스럽게/나는 나를 불사르고 소멸시킨다"[2]고 한 그 유명한 시 「에케 호모」(인간을 보라!)의 소설적 화신이 권지예가 아닐까 느껴질 정도다. 『꿈꾸는 마리오네트』에서 출발하여 근작 『퍼즐』에 이르기까지 그의 열

---

1) 권지예에게는 소설집 ①『꿈꾸는 마리오네트』(창비, 2002) ②『폭소』(문학동네, 2003) ③『꽃게무덤』(문학동네, 2005) ④『퍼즐』(민음사, 2009) 이외에 장편으로 ⑤『아름다운 지옥』1, 2(문학사상사, 2004) ⑥『붉은 비단보』(2008) ⑦『4월의 물고기』(자음과모음, 2010) ⑧『유혹』전5권(민음사, 2012)이 있다. 이후 본문 인용 시, 해당 번호와 쪽수만 밝힌다.

2) F. 니체, 「에케 호모」: 김주연, 『독일시인론』, 열화당, 1983, p. 154에서 재인용, 시의 나머지 3행은 다음과 같다: 빛은 내가 붙잡고 있는 모든 것/숯은 내가 놓아버린 모든 것/불꽃이야말로 정말이지 나다!

정은 절정을 향하여 터질 듯이 달려간다. 단편으로 수용되지 못한 그 에너지는 장편으로도 확장되어 소설집들을 능가하는 상당한 양을 이미 축적하고 있다. 대체 그의 열정 모티프는 무엇이며 그것이 지향하는 바는 무엇일까. 최근작 『퍼즐』에 수록된 7편의 소설들은 모두 남자와 사랑하는 여자들의 이야기인데 그들은 대부분 남편이 있는 유부녀들이다. 가령 「BED」는 결혼하지 않은 남자를 사랑하는 결혼한 여성의 욕망과 질투를, 「꽃 진 자리」는 낯선 남자에게 방을 내준 후 정분을 나누다가 결국 자살하는 소경 여인을, 「바람의 말」 역시 남편을 두고 다른 남자와 사랑을 하다가 다시 버림받은 여인을, 「나비야 청산가자」는 아내가 생사 갈림길을 오랫동안 헤매는 유부남을 사랑하는 처녀를, 그리고 「딥 블루 블랙」은 애인을 두고 심해에 뛰어든 소설가 여성을 각각 그리고 있다. 이들 여주인공들은 젊은 평론가 강유정의 지적대로 "결핍으로부터 욕망이 비롯된다면 권지예의 그녀들은 욕망 때문에 무너지는 불쌍한 사랑 기계들"(④─262)이다.

그러나 과연 그녀들은 불쌍한가? 그녀들은 소설 대부분에서 결국 죽지만, 그럼에도 불구하고 불쌍해 보이지 않는다. 그렇기는커녕 그녀들은 매우 행복해 보이는 몸과 마음으로 열정에 헌신한다. 왕성한 식욕, 혹은 세련된 미식가처럼.

간혹 그는 그녀를 그리워하듯이 게장을 그리워하고 있는 자신의 입맛을 느낀다. 그 그리움이 그녀를 향한 것인지 게 맛을 그리워하는 것인지 모호할 때도 있다. [……] 희미한 그녀의 살냄새가 나는 것 같다. 아니 사실은 거기엔 이제 그녀의 냄새가 사라지고 없다. 그

녀의 냄새는 이미 서서히 휘발되었을 것이다. 대신 그는 음험한 간장 냄새를 맡는다. (③—14~16)

댄스의 목적은 두말할 필요도 놀랄 필요도 없이 교미의 정점으로 암컷의 성 욕구를 끌어올리는 데 있는 것이 아니겠는가. 절정에 이른 두 마리의 꽃게는 감각적으로 서로의 다리를 애무한다. 〔……〕 그녀는 바다를 바라보며 꽃게를 먹고 있다. 쪄놓은 장밋빛 꽃게는 꽃처럼 아름답다. (③—21~22)

식욕과 성욕은 권지예에게서 한솥에서 끓고 있는 삼계탕이나 곰탕처럼 보인다. 그것들은 허기와 결핍의 산물이며 '맛있는 것'으로 유도된다는 점에서도 동일하다.[3] 그러므로 음식을 탐욕스럽게 먹는 것이 흉일 수 없듯이 섹스 행위 또한 잘못된 일이거나 감출 일이 아니다. 그런 의미에서 작가의 모든 소설들은 당당하다.

사실 게는 남녀가 함께 먹을 음식은 못 된다. 내숭이 본능이랄 수 있는 여자들은 남자 앞에서 성욕만큼이나 식욕을 숨기는 족속 아닌가. (③—28~29)

권지예 소설의 올바른 읽기는 이러한 그의 담대한 개방성에 동의함으로써 비로소 시작된다. 그렇다고 할 때 우리는 성으로 인한

---

3) "맛있는 섹스는 있어도 맛있는 사랑은 없다. 사랑이 허기라면 섹스는 일종의 음식이다." ⑧—9 참조.

영향력의 깊이와 범위에 있어서 남성보다는 오히려 여성 쪽의 발언에 귀기울여야 하며, 거기서부터 유도되는 가설의 진실성에 훨씬 집중해야 될는지도 모른다. 그도 그럴 것이 권지예의 성적 메시지는 동시대를 풍미한 페미니즘의 프로파간다나 매니페스토 같은 환원론적 주장이 아닌, 현장으로부터 솟아나는 귀납적인 증언의 성격으로 형성된 '작품' 자체이기 때문이다. 자세히 살펴지겠지만 섹스는 남성에 비해 여성들이 지니는 우성 DNA이며, 그 본질의 발화가 어떤 의미에서 이 작가를 통해 우리 소설 사상 거의 최초로 이루어지고 있다. 그럼에도 섹스는 여성에게 충족의 형태로 존재하지 않고 결핍의 행태로 내재하며, 인내라는 명분으로 지속되는 데에 권지예 성 심리학의 일차적인 모티프가 숨어 있다. 흔히 분석되듯 소설 여주인공들은 늘 무엇엔가 결핍되어 있는데, 다른 비슷한 소설들과 달리 이 작가는 반복적으로 이 문제에 매달린다. 반복해서 매달린다는 것은 작가의 부질없는 집념이라는 측면에서 언급될 수도 있으나, 그보다는 이 문제가 해소될 수 없는 근원적인 욕망이라는 차원에서 이해될 필요가 있다. 또한 보다 세부적으로는 이러한 작가의 세계가 사회심리적인 접근과 그 조명을 덜 받고 있다는 점에 대한 작가 스스로의 반발적 반응이라는 차원에서도 고려됨 직하다. 말하자면 남성적 시선에 의한 성적 접근에 처할 때, 그 대상에 머물러 있기 일쑤인 여성, 혹은 여성의 성적 욕망과 그 본질을 객관적으로 바라보아줄 것을 요구하는 소설적 대응이라는 관점이다. 권지예 소설 속의 여성들은 채워지지 않는 욕구의 한 본질을(그것이 과연 진짜 본질인지 아닌지는 더 연구되어야 할 터이지만) 사랑과 섹스에서 발견하고 갈등한다. 이 갈등은 근본적으로 충족되지 않는 존재론적 미망과 연결되지만, 동시에 그 자체에 대한 사회, 혹은 남성의 몰이해와도 결부된다. 작가 개인으로서는 아마도 그의 문학에 대한 비평적 몰이해에 대한 안타까움과도 혹시 연관되어 있는지도 모른다.

아무튼 소설 속의 여성들은 처녀, 유부녀라는 신분과 무관하고, 남편 등 주변 남성들의 시선에 아랑곳하지 않는다. 그것들은 그녀들이 섹스를 통하여 오히려 벗어나고자 했던 굴레들이기 때문이다. 그녀들에게 절실한 것은 명목상의 신분의 유지 아닌 그녀 자신들의 결핍을 해소하는 일이기 때문이다. 그렇다면 그 결핍은 원천적으로 해소 가능/불가능한 일인가. 아니면 남성에 의해 성적으로 혹은 사랑으로 해소될 수 있는 성질의 것인가. 권지예의 여성들은 이 세 가지 카테고리에 모두 걸쳐 있는 것처럼 생각된다. 원천적으로 해소 불가능하다는 판단은 대부분의 여주인공들(드물게는 남주인공들)이 죽음으로 삶을 마감하고 있다는 점에서 그러하다. 예컨대 「퍼즐」에서의 아내는 우물에 몸을 던져 죽고, 「꽃 진 자리」에서의 소경 여인은 복숭아나뭇가지에 목을 맨다. 「딥 블루 블랙」의 소설가 여성은 망망대해 속으로 미끌어져간다. 그 밖에도 죽지는 않았다 하더라도 죽음의 변두리를 맴돌거나 적어도 실종의 유혹에 시달리고 있는 자들이 권지예 소설의 여인들이다.

바람이 나를 샅샅이 뜯어 먹고 있는 것 같다. 나는 이렇게 내 몸의 장례를 치르며 나아간다. 어젯밤에 본 손만이 온전하게 남아 있던 남자의 해골이 떠올랐다. 나는 점점 머리칼만 붙은 해골이 되어 텅 비어 버린다. 바람은 내 갈비뼈를 통과하고 내 골반을 통과한다.

내 몸으로 꿈속 같던 먼 시간들이 쏴아아, 지나간다. 흩어지는 시간
은 먼지바람이 되어 버린다. 나는 흩어지는 바람의 말에 귀를 기울
여 본다. (④—100)

삶과 죽음 사이, 아니 죽음에 기울어진 삶의 모습을 바람에 빗
대어 묘사하고 있는 탁월한 이 문장은 아마도 우리 소설사에서 죽
음으로 가는 가장 관능적인 표현으로 남을 것이다. 그렇다, 소설의
여주인공은 유부녀로 한 남자를 사랑했으나 더 이상 연인들일 수
없게 되었으며, 마침내 히말라야까지 흘러온다. 그녀는 비슷한 상
황의 연사를 겪었던 어머니와 일행을 이루고 먼 땅에 함께 와서 모
녀의 몸속에 흐르는 피를 저주한다. 만약 모녀의 운명이 불가피한
것이었다면 그들의 결핍은 결국 해소 불가능한 일로 판단될 수밖
에 없다.
　이제 남은 가능성은 두 가지. 남성의 사랑에 의해서 충족될 수
있는 것 하나와, 성적인 어떤 능력에 의해서 해결될 수 있는 다른
한 가지의 가능성이다. 작가는 여기서 첫번째 경우에 큰 기대를 걸
지 않는다. "맛있는 섹스는 있어도, 맛있는 사랑은 없다"고 하지
않았는가.

　그녀는 그림처럼 조용하게 밥을 짓거나 집안 일을 했다. 게다가
그와의 섹스를 한 번도 거절한 적이 없었다. 그럭저럭 곁에 둘 만한
여자라는 생각이 들었다. 그러나 손쉬운 섹스 상대일 뿐 곁을 주고
싶지는 않다고 생각했다. 〔……〕 그러나 시간이 지날수록 그는 안
달이 났다. 그는 점점 그녀를 사랑하게 되는 자신을 느꼈던 것이다.

〔……〕 그녀가 떠난 것은 어쩌면 그의 집착이 불러온 재앙인지 모른다. 〔……〕 그녀가 사라진 것은 그날 새벽이었다. (③—32~34)

사랑은 이 경우 여인에게 차라리 부담이었다. 섹스는 사랑 없이도 얼마든지 가능했던 육체적 습관이었고 일상의 노동이었다. 여성의 결핍은 이렇듯 사랑, 혹은 남성의 사랑에 의해서도 해소되지 않는다. 물론 사랑의 개념과 범위는 여기서 이성 간의 그것으로 한정되어 있기에 그것을 훨씬 넘는 이타적 사랑, 그러니까 종교적 사랑과 같은 것은 자연스럽게 제외된다. 이 밖에도 이성 간의 사랑이라 할지라도 그 세심한 심전도는 두 사람 사이의 시간과 장소에 따른 긴장에 의해 큰 진폭을 지니기 때문에 한마디로 정의될 수 없고, 이 작가에게서도 두 사람 사이의 다양한 그림으로 그려진다. 사랑에 의해서 그 결핍이 순간순간 해소되다가도 다시금 영원한 목마름으로 되돌아가는 일이 비일비재한 것이 바로 그 사랑이다. 해소는커녕 복수의 불로 바뀌는 엄청난 역풍과도 만나는 것이다. 가령 「BED」에서 B를 사랑한 유부녀 E가 B가 결혼하자 독기를 품고 돌아서고, 두 사람 섹스의 상징이었던 침대를 회수하고자 하는 장면을 돌아볼 수 있을 것이다. 그렇다면 이제 마지막 가능성, 그 결핍은 섹스 자체에 의해서 해소될 수는 있는가. 권지예 소설은, 그의 소설들 도처에서 그 어느 것보다 이쪽에 가능성의 문을 많이 열어놓고 있다. 몇 부분을 구체적으로 보자.

그러나 그가 처음으로 상흔에 입술을 대던 순간 몹시 울었던 기억이 난다. 섹스를 하면서 감상에 빠지는 일은 드물었는데도 그랬다.

그 상처를 지닌 스무 살부터 많은 남자들을 만났지만, 그녀에게 모독감을 느끼게 하지 않고도 그 상처들을 따뜻하게 핥아주는 남자는 남편이 처음이었다. 치유되고 있는 느낌이었다. 남편은 아무것도 묻지 않았다. 환부를 오랫동안 들여다본 의사처럼, 상처를 아주 잘 이해했다는 듯이 첫 섹스 후에 남편이 말했다. (③—48~49)

치유로서의 섹스다. 정신적으로 상처가 있는 사람이, 그것도 특히 여성의 경우 섹스가 일정한 치유의 기능을 한다는 보고가 있듯이 육체→육체가 아닌 정신→육체의 회로가 보다 효과적인 것으로 입증된다는 것이다. 섹스의 결핍으로 인한 아쉬움, 고통이 섹스에 의해 다시 원활한 일상을 회복하는 일은 권지예 소설에 있어서 표면적인 내용상 거의 중심을 이룬다. 「설탕」의 젊은 여대생 미나는 애인이 군대에 가자 곧 그의 후배와 '사귀는데' 이때 '사귄다'는 말은 섹스의 후계자가 된다는 말 이외 다름 아니다. 어쨌든 미나는 애인의 입대로 인한 공허함을 후배와의 섹스를 통해 채우면서 그의 정신까지 충만해진다. 작가는 여기서 섹스를 설탕에 비유하면서 "너무 늦지도 빠르지도 않아야"(②—125)한다고 권고한다. 「풋고추」의 여주인공이 원했던 것도 '진지한 남자' 아닌 '남자의 폭력'(②—150)이었고, 그것이 이루어지지 않음으로써 관계는 성립되지 않는다.

그러나 그 어느 경우든지 권지예 소설을 움직이는 힘은 열정이며 욕망이다. 이 두 요소는 섹스를 매개로 해서 일종의 시너지를 뿜어내며 그의 문학을 달군다. 초기작이라고 할 「내 가슴에 찍힌 새의 발자국」에서 벌써 지체부자유 여대생을 통해 폭발시킨 그 열정은 이렇다.

"하느님은 왜 이 작은 몸에 열정만 가득 채워주시고, 나더러 어
쩌라고 다리를 쥐어틀어버리셨나 몰라. 건전지만 초강력이면 뭐 하
니? 장난감이 고장인데. 끝내는 주체할 수 없는 열정 때문에 나, 폭
발하고 말 것 같아. 하지만 나, 그것 때문에 살아냈어."(②—238)

"그를 바라보는 것만으로도 아래가 뜨겁게 젖어왔다. 그리고 그
곳을 진원지로 해서 알 수 없는 떨림이 내 속에서 지나갔다. 내 은밀
한 그곳은 곧 태풍의 눈이 되어 그를 빨아들이고 싶어 아, 그를 삼켜
버리고 싶어……"(②—240)

열정은 이렇듯 온몸을 휘감으며 권지예 소설을 들끓게 한다. 때
로 그것이 "뜨거운 양철 지붕 위의 고양이처럼 산 세월"(④—86)
이었다고 해도 그 열정은 성적 에너지가 되어 그의 여인들을 가만
히 놓아두지 않았다. 특히 소설집 ①, ②, ③을 거쳐 ④에 이를수록
열정은 더욱 강화되어 『퍼즐』에 와서는 마치 퍼즐의 조각 맞추기
를 모두 완수해야 직성이 풀리듯, 열정이 구현할 수 있는 상황,
상황을 짐짓 만들어낸다. 아, 그렇다면 퍼즐의 마지막 조각은 무
엇인가.

2. 불안, 놀라움, 집

10년 전에 나온 초기작 「누군가 베어먹은 사과 한 알」(『폭소』 수록. 권지예는 이제 등단한 지 15년밖에 되지 않으며 그의 왕성한 작품 활동으로 미루어 지금까지의 모든 작품들을 초기작이라 불러도 무방하리라)부터 그의 소설들은 비극적 세계인식의 예감을 아릿하게 건드리고 있다.

누군가 한 입 베어먹은 사과 한 알만이 마법을 풀 수 있는 열쇠처럼 놓여 있는 것 같은 기묘한 느낌이 들었다. 란은 떨리는 손을 뻗어 그 사과 한 알을 쥐고 눈앞으로 가져와보았다. 외롭고, 완전하지 않은…… 훼손된 삶의 예감일까. 무엇인지, 눈물겨운 느낌 때문에 눈꺼풀이 뜨거워졌다.

그때 어디선가 여름 저녁의 선선한 바람이 한줄기 불어와 란의 푸른색 원피스를 풍선처럼 부풀리곤 서둘러 빠져나갔다. 란은 한 손으로 부풀은 원피스 자락을 살며시 누르다 드러난 허벅지의 맨살을 쓸어보았다. 갑자기 가슴이 터엉 빈 느낌이 들었다. 그리고 서글픈 떨림이 가늘게 진동했다. (②―24)

아, 알겠다. 권지예의 불안, 그 두려움이 어디서 오는지. 그의 불안, 두려움, 공포는 그의 실존 자체로부터 연유한다. 인간, 더 정확히는 그가 여성이라는 사실과 그 자각으로부터 그것들은 다가온다. 여고 1학년 당시로서는 알 수 없었으나 "원피스를 풍선처럼 부풀리고 빠져나간"바람은 그에게 성적 쾌락의 예감이었고, "서글픈 떨림"은 쾌락의 과정과 결과가 가져올 비애에 대한 예감이었다. 이러한 예감은 물론 누구에게나 찾아오지 않는다. 흔히 감수성이 예민한 사춘기 청소년에게 찾아온다고 말하지만, 이 또한 지극한 천재적 감수성의 소유자에게만 걸맞은 이야기이리라. 대체 무엇이 그에게 이처럼 깊은 각인을 주고 지나간 것일까. 누군가 한 입 베어 먹은 사과 한 알만이 마법을 풀 수 있는 열쇠 같다고 하지 않는가. 퇴색하여 변색된 사과 한 알이 사과나무, 여름 저녁하늘, 원두막의 통나무 기둥과 같은 고요한 조화의 자연 세계를 떠받치고 있다는 의식 속에는 벌써 인생은 원천적으로 훼손되어 있다는 선험적 감각, 그리고 '훼손'을 통해 삶의 전면을 투시하는 감성이 숨어 있었던 것이 아닐까. 말하자면 마치 소년 김춘수가 화단의 달리아 꽃을 보면서 수치심의 원형으로서 꽃을 발견했듯이 그것으로 시 「꽃」을 썼듯이, "누군가의 체온이 아직 식지 않은, 베어 문 사과 한 알, 또 한 번 생이 정지하는 느낌"이 오는 것은 권지예 소설의 출발점이 된다. 그리하여 원피스를 풍선처럼 부풀리곤 빠져나간 바람은 허벅지의 맨살을 쓸어가는 욕망의 질주를 보이며 그의 소설 대부분을 장악한다. 그러나 그 결과는 "훼손된 예감"대로 죽음을 향해 나아간다. 사실 불안과 두려움, 공포는 이유를 알 수 없이 슬그머니 형성되어 열정으로 소설을 몰아가는 라이트 모티프가 된다.

손잡이 없는 문간에 서 있는 통에 의지할 데가 없어 몹시 불안하다. (②—46)

그가 앞서자 이번엔 그녀가 그를 떠다밀고 싶은 이상한 충동이 느껴질까봐 두려워졌다. (③—49)

낮과 밤의 교대가 일어나는 그 경계의 순간, 흔적 없이 사라지고 싶다는 욕망은 가슴 벅찬 전율이나 차가운 슬픔을 동반하곤 한다. (④—41~42)

첫번째 인용은 범상한 일상생활에서 일어나는 불안이고, 두번째 것은 호기심 기질이 많은 사람들 사이에 이따금 발동하는 불안이다. 그러나 세번째 것은 조금쯤 실존적이다. 그를 슬프게 하는 구체적 사태(불안, 전율, 공포)는 없다. 흔히 예술가적 성향, 혹은 감수성 예민한 여성들에게서 발견되는 이러한 불안은, 때로 어떤 충동의 원인이 되기도 한다. 예컨대 성적 충동 같은 것.

"아뇨, 선생님은 저를 아주 잘 알고 있어요. 그렇지 않으면 어떻게 저의 비밀 이야기를 그렇게 생생하게 쓰셨겠어요. 어떻게 저의 불안과 두려움과 증오를 그렇게 잘 아시는지……. 소름이 돋을 정도로요. 그래요. 어쩌면 제가 그를 죽였는지도……."(④—141)

여자를 처음 보았을 때, 그 입술선과 보조개에 남자는 놀랐다. 봉분 밑에서 손이 헤집고 올라온 듯 가슴이 철렁했다. (④—176)

이러한 인용문들은 맘에 드는 이성, 혹은 물건이나 자연을 만

낯을 때의 반응이며, 섬세한 감수성을 지닌 작가의 뛰어난 영역이다. "아름다움이란 놀라움의 발견 외에 아무것도 아니라고" 릴케가 「두이노의 비가」에서 적었듯이 아름다움은 사람을 설레게 한다. 이 설렘이 예술과 문학의 시초다. 아름다움을 만나고도 감흥이 전달되지 않는 자에게 예술과 문학은 없다. 그것이 작품을 만드는 창작가의 입장이든, 작품을 수용하는 독자의 입장이든 이러한 아름다움의 회로는 동일하다. 중요한 것은 이때 아름다움의 내용, 그 본질이 놀라움-경이라는 사실이다. 그것은 기존의 관념, 방식, 습관, 인물을 넘어서는 새로움이다. "가슴이 철렁"하는 새로움이다. 그러나 그 느낌을 발견한 자는 그 대상을 그리워할 뿐, 쉽게 다가가지 못한다. 두렵기 때문이다. 이 불안은 그러나 섬세하게 세분되면서 하나의 작품을 위한 모티프로서 성장한다. 그러니까 한 편의 소설은 불안을 먹고 자라나는 흔들리는 나무라고도 할 수 있다. 권지예 소설 도처에 편재해 있는 불안과 두려움, 심지어 공포는 작가를 열정으로 밀어버림으로써 스스로 소멸한다.

그 불안, 섬세한 두려움은 어떤 특정한 상황으로부터 유래하는 것이 아닌, 말하자면 실존 자체의 불안이다. 실존주의란 불안 자체가 본질이 아니었던가.

메마른 한해살이 꽃을 보며 까맣게 여문 씨들을 받으면서 생각한다. 씨가 있는 한 완전히 사라지는 것은 아닌 존재의 슬픔을……. (④—50)

불안과 공포는 당연히 그것으로부터의 탈출을 꿈꾸고 시도한다.

탈출은 그러나 새로운 정착으로 연결되지 않는 한 방황과 길의 다른 이름일 뿐이다. 「뱀장어 스튜」에서 동물원 이야기를 통해 탈출과 집, 그 둘 사이를 왕래하는 암컷 원숭이를 보여준 대목은 매우 시사적이다.

암컷은 어디에 갔을까요. 그녀는 정말 탈출을 시도했던 걸까요. 그녀는 갇혀 있는 우리 밖이 자신의 고향인 아프리카의 평원이라고 생각했던 걸까요. 어쩌면 그녀는 짧은 여행을 떠났었는지도 모르겠어요. 〔……〕 강에서 새벽안개가 피어오를 때쯤이면 이상하게 잠을 설치게 된답니다. 잠겨진 우리 밖에서 서성거릴 것 같은 암컷의 환영 때문에…… (③—55)

그녀에게는 탈출도 절박했고 집도 필요했다. 자연히 여자는 망설일 수밖에 없었다. 「뱀장어 스튜」에서 "여자가 늘 떠나길 망설이는 새였다면 남편은 오래된 정원의 마로니에처럼 그 일부가 된 것 같았다"(③—59)고 했을 때 그 힘든 상황은 정확히 노출되었다. 섹스는, 혹은 열정은 이 망설임의 역학인데, 망설임이라는 측면에서는 정력학(靜力學)이며 섹스와 열정의 속성과 행태라는 면에서는 동력학이라고 할 수 있는 아이러니의 공간을 형성한다. 이 공간이 바로 권지예의 소설 공간이다.

하지만 이번에는 전화하는 게 두려웠다. 여자는 다시 떠날 데가 없었던 것이다. 여자에게 남자는 늘 돌아가기 위해서만 머무는 집이었기 때문이다. (③—58)

남자도, 남자를 향한 열정도, 섹스도 소중하지만, 더욱 중요한 것은 '집'임을 「뱀장어 스튜」를 비롯한 몇 소설은 명백히 밝히고 있다(「우렁각시는 어디로 갔나」「내 가슴에 찍힌 새의 발자국」 등). 권지예의 여자들은 사실 집으로의 귀가를 간절히 원하고 있는지 모른다. 문제는 돌아갈 만한 집이 없다는 것. 작가는 작은 목소리로, 그러나 단호하게 남자들을 향해 외친다.

이 남자의 감옥이라면 갇히고 싶다는 생각을 했다. [……] 하지만 남자는 바람을 막을 집을 지어줄 수 있는 사람은 아니었다. (③—62)

3. 죽음과 실존

장 보드리야르는 말한다: 이전의 종교적인 시대에는, 드러내 보여지고 인정된 것이 죽음이었고 금지된 것이 성욕이었지만 오늘날에는 그 반대라고.[4] 그에 의하면 역사상 모든 사회들은 가능한 한 성과 죽음을 분리하고 양자 사이를 해방시킴으로써 양자를 모두 약화시키려 한다는 것이다. 말하자면 성욕에 대한 언급은 회피되고 죽음만이 분명해지는 것이다. 그러나 오늘날엔 죽음이 배척되고 성욕이 난무한다. 이 현상은 '성의 혁명'이라고 해도 좋을 상황

---

4) 장 보드리야르, 『섹스의 황도』, 정연복 옮김, 솔, 1993, p. 198.

인데, 보드리야르는 이 상황이 정치적 테러리즘, 순진함과 페이소스, 감상적 경향을 야기하며 그럼으로써 죽음의 소멸을 겨냥하고 있다고 본다.[5] 죽음은 그리하여 금기시되는데, 그래보았자 성의 혁명은 자멸한다는 논리를 내놓는다. 왜냐하면 죽음이야말로 삶의 진정한 성화(性化, sexualization)라는 것이 그의 생각이기 때문이다. 프랑스에서 문학을 공부한 작가 권지예는 프랑스의 이 현대의 석학과 비슷한 공기를 마신 탓일까. 사뭇 비슷한 세계관을 지닌 듯하다. 무엇보다 죽음이 바로 진정한 성화라는 생각은 그의 소설 전반을 지배하는 테마가 되고 있다. 권지예는 성욕을 금지하지도 않고 죽음을 금지하지도 않는다. 그의 소설들이 역동적이면서도 페이소스를 일으키고 담대하면서도 처연한 것은 삶의 가장 강력한 두 요소가 모두 전면에 부각되어 있기 때문이다. 작가는 성과 더불어 생명에 눈을 뜨며, 죽지 않는 성욕 때문에 차라리 몸 전체를 죽인다.

니체의 6행시가 자신을 불꽃에 비유하고 그 불꽃이 모두 타버리고 난 다음 남는 것은 숯, 즉 재라고 했을 때 뜨거운 열정의 끝이라는 것은 이미 예정된 순서였다. 그런들 어느 열정의 불꽃이 예감 앞에서 불꽃을 꺼버릴 것인가. 열정의 욕망은 다스릴 수 없는 것, 권지예는 그 다스릴 수 없는 에너지를 그 에너지의 소유자를 소멸시킴으로써 진화하고자 한다. 죽음이다. 이 죽음은 물론 불꽃의 자연발화가 초래하는 일종의 자연사일 수도 있고, 더는 견디기 힘들어 스스로 선택하는 형태로 나타나기도 한다. 그의 소설 전체를 압

---

5) 같은 책, 같은 곳.

축하는 이 과정과 결말은 이미 처녀작 『꿈꾸는 마리오네뜨』 속 「정육점 여자」에 분명히 예시되어 있다. 그것은 하나의 매니페스토와도 같다.

나는 먹이를 발견한 육식동물처럼 그녀를 뜯어먹고 싶은 강렬한 식욕을 느꼈다. 부딪치는 코끝이 어느새 얼어 얼얼했지만 입속의 두 혀는 불꽃처럼 타올라 온몸을 불살라 재로 소진되고 싶은 강렬한 충동으로 치달았다. (①—75)

재는 죽음이다. 소설은 재에 이르는 "불꽃처럼 타올라 온몸을 불사"르는 장면, 장면의 시퀀스다. 말을 바꾸면, 권지예 소설은 곧 '타오르는 불꽃'이다. '정육점 여자'라는 육식의 상징으로부터 시작된 이 탐욕스러운 불꽃은 이따금 휴식이 막간 시간을 거치지만, 대체로 죽음을 향해 질주한다. 초기작의 사춘기적 연애의 분위기 (이 시절은 사랑과 섹스가 대체로 동행한다)에서의 죽음이 섹스의 필연적인 결과와 연결되는, 말하자면 권지예 소설의 한 전환기를 이루는 작품이 「내 가슴에 찍힌 새의 발자국」인데, 여기서 '소연'의 죽음은 사랑과 섹스가 분리되지 않는 어떤 정점을 찍는다.
　그 이후 섹스의 열정은 격화되고 그때마다 죽음의 그림자가 얼씬거린다. 세번째 소설집 『꽃게 무덤』에 수록된 「꽃게 무덤」과 「뱀장어 스튜」는 초기작 「정육점 여자」의 불꽃을 세련된 구도로 활성화시킨다. 그의 소설을 역동적으로 작동시키는 에너지가 성적 욕망에 있다면, 정확하게 그 맞은편에는 음식을 끓이고 탐욕스럽게 먹어대는 요리와 식욕이 있다. 둘은 그것이 인간의 원초적 본능이라는 점을 제외하더라도, 많이 닮아 있다. 무엇보다 서로 다른 것들이 혼합되어 열이 가해짐으로써 하나의 모습으로 태어난다는 점이 그렇다. 예컨대 「꽃게 무덤」에서 "간혹 그는 그녀를 그리워하듯이 게장을 그리워하고 있는 자신의 입맛을 느낀다"(③—14)고 한다든가 "아아 오늘밤은 게를 먹고 싶다. 속이 허하다. 간장에 곰삭은 게를 오래도록 파먹고 싶다. 이 입맛을 이기기엔 얼마나 시간이 걸리는 걸까"(③—36)라는 표현이 나왔을 때, 이 관능은 식욕과 성욕을 한꺼번에 먹어치우는 것이 아니고 무엇이랴. 그것은 「뱀장어 스튜」에서 "부엌에선 삼계탕 끓는 소리가 자작자작, 빗소리에 잦아들고 있을 것이다. 소리 죽여 우는 여자의 흐느낌처럼, 격렬한 섹스를 끝내고 잠든 남자의 박동 소리처럼 고요히 끓고 있을 것"(③—70)이라고 했을 때도 마찬가지다.

그러나 아무리 맛있는 요리도 포식 후의 순서가 다시 허기이듯이 열정이 끊임없는 충족을 통해 더 높은 단계로의 정화나 승화를 보장해주는 것은 아니다. 더욱이 여주인공의 경우, 섹스 그 이후의 문제는 오히려 파국으로 연결되기 십상이다. 「꽃게 무덤」 여인의 사라짐, 「산장카페 설국」에서의 여인들 실종은 소멸과 죽음으로 가는 길을 예비한다.

반복되는 섹스가 쾌락의 반복 혹은 확장을 가져오는 것은 아니다. 첫 소설집 이후 최근작에서 작가는 섹스의 기능과 의미에 상당한 방점을 두는 듯한 방향으로의 야심과 치열함을 드러내고 있지만, 그 한계에 대한 인식은 원래 거의 선험적이라고 할 정도로 냉정하고 냉소적이었다. 가장 비근한 예가 소설 「폭소」다. 성행위 시 절정에 이를 때면 폭소를 터뜨리는 아내. 그녀를 정신과 치료를 받은 환자로 그리고 있는 소설은, 그러나 사실에 있어서 그녀의 폭소와 더불어 "완전한 사랑, 엄숙한 삶의 존엄성을 마음껏 조롱하고 싶었던"(②-85) 것이다.

하긴 어찌 보면 사랑이란 이름의 섹스는 물리적이고 기계적인 반복, 학습된 연애감정의 모방 그리고 연상작용에 의한 속임수인지도 모르겠다는 생각이 들기도 하는군요. 우리 모두는 그렇게 녹슨 기계처럼 황폐해져갔습니다. (②-86)

마침내 마치 섹스 기계에 마모된, 혹은 마멸된 인생들의 죽음이 잇따른다. 최근작 『퍼즐』은 그 엽기적 모습들을 가감 없이 노출시킨다. 시간의 선후는 있으나 한 침대에서 두 여자와 섹스를 하였던 남자가 자살한 「BED」, 자녀 생산에 계속 실패하고 있는 후처의 우물 투신을 그린 「퍼즐」, 기이한 과거를 지닌 여인의 알 수 없는 교통사고사를 다룬 「여주인공 오영실」, 시골 언덕집 방 하나를 낯선 남자에게 내주고 그와 정분을 나누다가 결국 자살한 여인의 「꽃 진 자리」, 망망대해에 몸을 던진 젊은 소설가 처녀를 안고 있는 「딥 블루 블랙」이 모두 소설집 『퍼즐』에 담겨 있다. 주인공들이 직접 죽음으로 처리되지 않는 「바람의 말」 「나비야, 청산가자」에서도 여인들은 죽음을 느끼거나 어디론가 사라지고 싶은 유혹에 직면해 있다. 『퍼즐』에 앞선 소설집 『꽃게 무덤』에 실린 「물의 연인」 「봉인」과 같은 비교적 잔잔한 소설에서도 죽음은 아예 작품의 테마로 전면에 부상한다. 「물의 연인」의 남자는 외사촌 처제였던 여인에게 "함께 죽고 싶다"는 고백을 했는데, 이 말은 곧 사랑의 전언이었다. 그들은 격렬한 섹스 없이 40년간 떨어져 살면서도 애틋한 정을 나누다가 사별한다. 두 사람 모두 물을 좋아하는, 물로 연결된 인연들이었으나 불의 소멸과는 다른 조용한 죽음을 보여준다. 「봉인」에서는 아예 섹스와 무관한 산모와 신생아의 죽음까지 드러내 보여준다. 권지예는 결국 섹스와 죽음을 함께 보여준다. 글쎄, 이 작가를 참된 보드리야르주의자로 불러야 할 것인가.

권지예의 소설은 매우 영리하다. 작가는 물불을 가리지 않고 섹스에 뛰어드는 열정을 그리고 있지만, 그의 표현대로 좀처럼 '곁'을 주지 않는다. 무엇보다 그는 "생의 에너지는 결핍을 채우려는 불완전한 욕구로 허덕일 뿐"(④—34)이라는 것을 선험적으로 알고 있다. 그럴 것이 그는 자칫 열정이 죽음에 이르는 길임을 열정의 분출과 더불어 동시에 알고 있다. 인생이 퍼즐 맞추기이며, 그가 관련된 모든 인간관계가 이 일의 수행임을 알고 있기에 그는 마지막 조각 맞추기까지도 열성적으로 행한다. 거기에는 삶은 어차피 실존적으로 훼손되어 있다는 것을 예감한 비극의 지혜가 있기 때문이다.

삶이란 건 숨이 막힐 정도로 아귀가 꼭 맞게 돌아가야 하는 바퀴인지도 모른다. 그러나 굴렁대를 쥐고 자신이 원하는 방향으로 자신만의 굴렁쇠를 굴리다가 놓치기도 하는 것. 놓쳐버린 굴렁쇠처럼 가끔은 삶이 주는 우연성. 삶이란 것이 얼마나 인간의 의지를 배반하는 우스꽝스러운 것일 수 있는지를 나는 그에게 말하고 싶은 걸까. (②—99)

그래서일까. 권지예의 소설들은 메시지의 구도와 그 전개 방식의 구도가 절묘한 짜임새로 얽히면서 탁월한 스토리텔러로서의 면모를 자랑한다. 장편으로 뻗어가는 작가의 재능은 그가 대형 작가로서의 가능성을 잠재하고 있음을 또한 말해주는 것이기도 하다. 재능의 확장이 행여 누수 없이 성취되기를 기대한다.

〔『본질과 현상』 30호, 2012년 겨울.〕

몸의 기, 그 상상력
―박미산론

1

박미산의 시들은 몸에서 솟구쳐 나온다. 첫 시집 『루낭의 지도』 (서정시학, 2008)에서부터 이 현상은 현저하였다. 이 시집에 실린 거의 모든 시들은 몸에 의해, 몸 때문에, 몸을 위해 씌어지다시피 했다. 다소 장황할 수 있지만 예증이 필요하다.

1) 장신구만 남아 있는

   나의 **몸** (「명상과 피어싱」, 이하 강조는 인용자)

2) 매서운 겨울을 **맨몸**으로 이겨낸 당신,

   노출과다 아니에요. (「셀프 누드 포트레이트」)

3) 저물지 않는 백야에

온몸에 인광을 켠 채 (「그녀는 조등을 켜고」)

4) 바지를 둘둘 말고 핏물이 흘러나오는 발을 바라보아요 발가락 끝에서 흐르는 썩은 핏물이 오로라처럼 번지네요 **몸**이 문을 활짝 열고 있어요 (「루낭(淚囊)의 지도 1」)

5) 내 **몸**에 돋은 구겨진 물기가
   사라지고 나서
   비로소 가볍다, 나는 (「나를 현상한다」)

6) 바다와 **몸** 바꾼 대지, 내리에 유성이 검은 깃발을 달고 빠르게 내려온다 찬 서리 맞은 국화, **알몸**으로 서 있는 대추나무, (「나는 잠시 내리(內里)에 있었고, 당신은 구름 안의 바다에 있었을 뿐」)

7) 입술의 촉감,
   심장의 고동소리,
   다시 **몸**속으로 집어넣었소 (「가출」)

8) 자귀나무 잎사귀는 창문을 타고 들어와 내 **몸** 위에서 살랑대고 (「데자뷰」)

9) 주춧돌만 남기고 절 한 채 홀랑 먹어버린
   지난 여름의 살쪄 출렁거리던 배가 그립네요
   흐르지 않는 **몸**과

흐른다는 마음마저
눈으로 지울 수 없는 청옥살빛
흐르지 않으면 어떤가요? (「늙은 호수」)

10) 말라버린 발에서 폐허의 시간이 자라네

한때는 제 **몸**을 뚫고 뻗치던 뿌리 (「발톱 깎아주는 여자」)

『루낭의 지도』 전반부에서만 얼핏 끄집어내어도 '몸'은 도처에
산재해 있다. '몸 시'라는 연작시를 쓴 시인도 있고, 여성 시인들
사이에서 '몸'이 끊임없는 화두가 되곤 하지만, 박미산에게서야말
로 '몸'은 소중한 시의 먹이다. "시의 먹이"라는 말은, 그의 시가
몸을 먹고 산다는 말도 되고 시가 몸의 먹이가 된다는 말도 된다.
이러한 특징은 두번째 시집 『태양의 혀』(서정시학, 2014)에서도 근
본적으로 달라지지 않고 있다(물론 상당히 다른 작품들도 꽤 있고,
이런 점들을 살펴보는 일이 이 글의 목적이 될 것이지만).
　'몸'이라는 단어의 빈번한 출몰과 함께 박미산 시의 외형상의 또
다른 특징은 인칭대명사 '그' '그녀' 그리고 '당신'의 적절하고도
절묘한 사용에 있다. 우선 '당신'의 내포는 다양하다. 등단작이자
여전히 대표작 격인 「너와집」을 읽는다.

갈비뼈가 하나씩 부서져 내리네요
아침마다 바삭해진 창틀을 만져보아요
지난 계절보다 쇄골 뼈가 툭 불거졌네요

어느새 처마 끝에 빈틈이 생기기 시작했나 봐요
칠만 삼천 일을 기다리고 나서야
내 몸속에 살갑게 뿌리 내렸지요, 당신은
문풍지 사이로 흘러나오던
따뜻한 온기가 사라지고
푸른 송진 냄새
가시기 전에 떠났어요, 당신은
눅눅한 시간이 마루에 쌓여 있어요
웃자란 바람이, 안개가, 구름이
허물어진 담장과 내 몸을 골라 밟네요
하얀 달이 자라는 언덕에서
무작정 기다리지는 않을 거예요, 나는
화티에 불씨를 다시 묻어놓고
단단하게 잠근 쇠빗장부터 열 겁니다
나와 누워 자던 솔향기 가득한
한 시절, 당신
그립지 않은가요?

　　　　　　　　　　　　　　　　──「너와집」 전문

　여기서 '당신'은 시집 제목대로 '너와집'이다. 그러나 자세히 읽어보면 '당신'은 '시간'임을 알 수 있다. "푸른 송진 냄새/가시기 전에 떠났어요, 당신은"에서 알 수 있듯이 너와집은 허물어지고 시간에 밀려 없어져갔다. 그러므로 떠난 것은 너와집이지만, 너와집 자체가 "떠난 것"이 아니다. '떠난다'는 동사에 맞는 것은 시간

일 터인데, 여기서 다시 시인은 "가시기 전에 떠났어요, 당신은"이
라고 하면서 '당신은'이 '떠났어요'의 주어임을 밝혀놓는 한편, 그
다음 시행 "눅눅한 시간이 마루에 쌓여 있어요"와 연결 지음으로
써 마치 이중주어의 효과를 조성하고 있다. 이런 효과는 『루낭의
지도』에 실린 「삼등열차는 지금도 따뜻하고요」에서도 재미있게 재
현된다.

> 언제부터 살았나요
> 당신은,
> 알라하바드의 삼등열차가 다가옵니다
> ─「삼등열차는 지금도 따뜻하고요」 부분

'당신'은 여기서 누구인가. 심정적으로는 "알라하바드의 삼등열
차" 같은데 문법적으로는 아니다. 시 전체를 읽어보면 "다섯 명의
하리쟌 여인들" 혹은 "과거의 시간"을 지칭하는 것 같지만, 분명
한 연결을 시인은 유예시킨다. '그'나 '그녀'의 경우에도 비슷한 시
의 어조들이 흥미롭게 작용한다.

2

『태양의 혀』는 첫 시집에 비해서 덜 시적이다. 이러한 지적은 이
시집이 덜 좋다는 평가는 결코 아니다. 왜냐하면 오늘날 '시적'이
라는 말 속에 함유된 전통적, 서정적, 운율적 분위기가 그와 반대

되는 복합적, 현대적, 서사적(혹은 스토리적) 특성을 반드시 제압하는 것은 아니기 때문이다. 오히려 탈근대에 와서 거론되는 이야기 중심의 문학 성향이 장르를 넘어서 시에서 자주 나타나기 일쑤이며, 박미산의 『태양의 혀』에서도 그 징후는 농후해 보인다. 확실히 시인은 몸에 얽힌 서정적 애환에서 상당히 벗어나 있는 것이 사실이다.

전 4부로 구성된 시집 가운데 특히 2부 이후의 작품들에는 지난 '이야기'들이 녹아 있다. 이야기들은 다시 크게 두 갈래로 나뉘어 있는데, 예컨대 '시간의 얼굴'이라는 부제를 단 3부는 거의 직접적으로 지나간 과거의 회상기다.

아이들이 물에 잠겨 있다
두레박을 내린다
손수건을 가슴에 단 갑례, 동순이가 올라온다
또 한 두레박을 퍼 올린다
덕인이, 종찬이, 천기가 두레박에서 쏟아진다
술 한 잔 마실 때마다
물안개 같은 아이들이
큰 우물을 돌아 배다리로 간다
헌책방을 지나
창영국민학교 운동장

──「용동 큰 우물」부분

「용동 큰 우물」이라는 시의 전반부인데, 어린 시절 "창영국민학교" 친구들에 대한 추억담이다. 서정시의 근본을 E. 슈타이거는 추억(혹은 기억)이라고 했는데, 그 추억이 표현되는 길은 다양하다. 가장 통상적인 방법은 추억의 잔상이 만든 이미지를 모티프 삼아서 현실의 사물이나 현상을 묘사하는 것이다. 이때 과거와 현실은 포개지고, 평범한 현실의 사물은 추억을 통해 특별히 주체화된 이미지에 의해서 새로운 조명을 받게 된다. 서사 장르가 사회 현실에 이미 원천적으로 참여된 성격을 가지고 있음에 비해서, 서정시를 개인적, 주관적이라고 하는 까닭도 여기에 있다. 그러나 「용동 큰 우물」은 과거와 현재를 함께 아우르는 기억의 통로가 '우물'로 비유되었을 뿐 옛날 친구들이 직접적·서사적으로 처리되고 있다. 그만큼 시심의 모티프가 되었다기보다는, 과거의 기억 자체를 객관적으로 전달하고 싶은 심정이 앞섰다는 해석이 가능할 것이다. 시인은 특히 그 시절 사람들과의 만남, 그들과의 얽힘에 각별한 따뜻함을 느끼고, 그것을 되돌아보고 싶어 한다. 「대머리 박홍조 씨와 화투치기」 같은 시가 대표적이다.

부챗살처럼 펼쳐 든 패를 읽는다
어이쿠, 박홍조 씨 오셨네
엄마가 매조를 내리친다, 찰싹
경로당 화투 치냐?
엄마의 재촉에
에라, 어차피 효도 화투인데
껍질을 남기고 알맹이를 가져온다
내가 패를 미처 뜨기도 전에 엄마는

흑싸리부터 친다

따닥 새들이 찰싹 붙는다

싹쓸이한 화투판

아버지 보우하사 엄마 날이네

판이 끝날 때마다

똥이 왔다 간다

—「대머리 박홍조 씨와 화투치기」 전반부

그러나 옛것에 대한 회상은 박 시인의 본령은 아니다. 박미산의
시는 힘이 있고, 그 힘은 여전히 그의 몸에서 나오는데 그 몸은 머
물지 않고 앞으로 더 나아가려고 뒤틀고 움직인다. 힘과 몸을 압축
적으로 드러내는 상쾌함을 실은 다음 시가 오히려 이 시인의 세계
를 대변한다.

나는 꽃과 입 맞추는 자

당신의 어깨 뒤로 태양이 뜰 때

목부용 꽃 앞에 가만히 떠 있네

연둣빛 숨결을 내쉬며

미로를 헤집던 가늘고 긴 부리

이슬 젖은 나뭇잎을 뚫고 세상의 폭포를 지나가네

—「날아라, 수만 개의 눈으로」 전반부

「날아라, 수만 개의 눈으로」라는, 시집 앞머리에 수록된 작품의
서두 부분이다. 시는 대뜸 "나는 꽃과 입 맞추는 자"하고 시작하

는데 방자하기도 하고 호쾌하기도 하다. 그도 그럴 것이 시는 사물/현상을 새로운 시적 자아로 변화·발전시키는 말놀이가 아니던가. 시에서의 '나', 즉 자아는 시적 자아를 통해 새롭게 탄생하는 존재가 아니던가. 그리하여 꽃도 태양도 그 일상적/경험적 모습을 지나서 아름다움이나 사랑이라는 시적 자아로 상징화되는 일에 우리의 시 감상법은 익숙해 있다. 그러나 박미산은 처음부터 "나는 꽃과 입 맞추는 자"라고 선언한다. 뿐만 아니라 "이슬 젖은 나뭇잎을 뚫고 세상의 폭포를 지나"간다고 하는데 그 주어는 '태양'인 것 같기도 하고 '나'인 것 같기도 하다. 다분히 의도적인 애매모호함인데, 호방함과 어울린 이 애매모호성은 박미산 시를 매력 있게 만드는 숨은 기법이기도 하다. 하여튼 이 시에서 시인은 태양과 어울리면서 벗한다.

> 공중비행하며 세상을 바라보네
> 결코 지면에 앉는 일이 없지, 나는
> 맨발로 하늘을 가르는 작은 벌새
> 온몸이 팽팽해지고 용기가 넘치네
> 두려움 모르는 나의 날갯짓에
> 검은 그늘 번뜩이는 매도 떠밀려가고 만다네
> ─「날아라, 수만 개의 눈으로」 중반부

장수의 출정가를 연상시키는 이 패기와 대담함은 어디서 오는가. 시인은 스스로 "작은 벌새"라고 말하지만 그 벌새는 맨발로 하늘을 가를 뿐만 아니라 "검은 그늘 번뜩이는 매"도 물리친다. 참

이상한 벌새다. 끝까지 시를 읽어보자.

나는 지금 꽃의 나날
연분홍 봄을 보며 독도법을 익히리
비바람 천둥번개가 북적거리는데
배 밑에는 짙푸른 여름이 깔려 있네
천변만화의 계절을 갖기 위해
나는 꽃과 입 맞추는 자
꽃이 있다면 계절의 뺨은 늘 환하네
　　　　　　　　—「날아라, 수만 개의 눈으로」 후반부

　　이상한 벌새의 힘은 아무래도 "꽃과 입 맞추는 자"로 선언된
'나'의 성격에서 나오는 듯하다. 그렇다면 '나'는 꽃과 입 맞춤으
로써 그러한 힘을 얻게 된 모양인데, 시인은 꽃에 그 같은 힘이 있
다고 믿는, 말하자면 탐미주의자임에 분명하다. "꽃이 있다면 계
절의 뺨은 늘 환하"다고 하지 않는가. 꽃의 힘을 몸으로 전수받은,
시인의 한 시 제목에 따르면 '프라나'로 충만한 시인의 몸은 공중
비행하며 세상을 바라본다. 그 몸은 "온몸이 팽팽해지고 용기가
넘치"는 몸이다. 기운으로 가득 찬 몸과 아름다움의 표상인 꽃이
합일의 순간을 지속하고 있다는 점이 박미산 시의 본질로 다가온
다. 그리하여 꽃은 아름다움을 넘어 힘이 되고, 팽팽한 몸은 힘을
넘어 아름다움이 된다.

　　〔……〕

수만 개의 꽃잎이
수면을 더듬으며 강가로 내려오네
〔……〕
꽃비 쏟아져 내리는 마당에서
합환화를 담는 그녀가 보이네
〔……〕
나는
꽃잎들이 밀리고 밀려서 서로 짓밟는 걸 보았네
그녀가
나를 건너는 방식이네

—「꽃비」 부분

「꽃비」라는 시의 부분 부분에 나타나는 꽃잎, 꽃비…… 그들은
아름다우면서도 힘이 있고, 힘이 빠질 때 아름다움도 잃는다. 이렇
듯 아름다움과 힘의 교합을 몸과 꽃의 합일을 통해 추구하면서 박
미산의 시는 호쾌하게 빛난다. 아울러 '그' '그녀'로 시인 자신을
객관화하면서 '당신'과 더불어 다각도로 자신을 비추는데, 이것은
차분한 묘사가 아닌 선험적 선언을 통해서 주어지는 시적 자아를
부드럽게 감싸면서 진행시키는 효과를 가져온다.
「꽃비」는 이러한 기법 면에서도 흥미로운 작품이다.

그녀를 생각하며
눈을 감았을 때
물빛에 파닥이는 옛집을 보았네

여기서 그녀는 누구인가. 시인의 어머니일 수도 있고, 여자친구
거나 여자 형제일 수도 있다. 그러나 '그녀'는 시인 자신일 수도 있
다. 사실 이른바 시적 애매모호성이란 여러 측면에서 조명될 수 있
는 것으로서, 시인의 의도와 상관없이 이런 경우에도 매우 은밀하
게 시적 설득력을 높인다. 박미산 시에서 심지어는 남성 인칭대명
사인 '그'도 시적 화자의 배후에 시인 자신이 숨어 있다는 해석을
가능케 한다. 예컨대 "그가 외딴 집을 짓다가 부수는 동안 잠만 잤
다"(「십 년 후, 또 십 년」)에서의 '그'도 그렇고 "그를 버린 순간/나
와 함께 성장했던 고향은 나의 발치에서 사라졌다"(「사라진 동네」)
에서의 '그'도 결국은 시인 자신일 수 있다. 그러나 이 시집의 핵심
은 여전히 '몸'에 있다. 몸이 꽃과 입 맞춤으로써 힘을 얻은 이후
그렇다면 그는 무엇을 하는가.

> 백골들이
> 껴안는 밤
> 바람이 초원을 달리며
> 나를 밟고 지나간다
> 얼굴과 귀를 바꾼 바람은
> 몸 얻지 못한 채 되돌아가고
>
> ―「집시」 부분

「집시」의 후반부인데, 여기서 '몸'은 부재의 몸이다. 바람만 일

구었을 뿐 몸으로 실재하지 못한다. 어쩌면 이때의 몸은 시인 자신의 몸이 아니기 때문인지도 모른다. 그러나 시인의 몸 역시 "팽팽해지고 용기가 넘친"다는 처음의 선언과는 달리 시집 전반에 걸쳐서 녹든가("내 몸에서 눈, 녹는 소리가 들렸지"「프라나」), 아니면 변주된다. 변주의 양상을 보자.

1) 마음을 흘리면
   그대로 그려지는 **몸**을 갖고 싶다. (「빙어」, 이하 강조는 인용자)

2) **몸**속으로
   파고드는 근육질의 물길
   어제의 건기가 사라집니다 (「집시 2」)

3) 뒤꿈치로 뭉개버렸어
   통쾌하더군
   난 **몸뚱어리** 따위는 이미 내던졌거든? (「뾰족구두」)

4) 날카로운 바람이
   빗물이 새어 들어오고 있어도
   우리는 **한몸**이 되는 중이다
   오늘이,
   내일이, (「피크닉」)

5) 발목이 빠지고

허리, 목까지 잠긴다
가위에 눌린 **몸** 위로
바지를 입은 구름이
눈 덮인 노보데비치 수도원에 떠다닌다 (「Moscow Zircus」)

6) 퐁당퐁당 말장구 치는
벌거벗은 **몸**들
물주름이 좍 펴진다 (「세신목욕탕」)

7) 서로 배신하는
생각과 **몸** (「말씀」)

8) 그녀가 내 블라우스를 들추고
가슴에 전자칩을 붙였어요
다리 배 가슴을 벨트로 조였고요
그녀와 나는 **한몸**인가요? (「기립경사」)

9) 엄마의 살과 피가 흐르는 수고해
꽃잎이 종아리까지 담그고
햇빛이 **몸**을 적시러 놀러 옵니다 (「수고해」)

10) 습관적으로
속으로만 짜던 무늬
내 **몸**을 입고 나온 구름이

필름에 앉아 있다 (「근황」)

11) 천둥 번개로
　　목욕한 **몸**을 말린다 (「태양의 혀」)

3

　몸들의 변주는 얼핏 보아 첫 시집에서의 그것과 큰 차이를 보이
지는 않는 듯하다. 그러나 그 적용되는 외연은 훨씬 확장되면서,
그 내용은 한결 뚜렷해진다. 전체적으로 관능 중심으로 집중되고
있는 것이다. 『루낭의 지도』에서 몸이 어떤 전면성, 직접성의 표상
이었다면 『태양의 혀』에서의 몸은 관념과 허상, 추억 대신 들어서
는 실재, 그리고 두 존재와 사물, 특히 남녀의 합일을 매개하는 실
체로서 구체화된다. 관념은 몸을 얻지 못할 때 허상이 되고 생각
과 몸이 "서로 배신"하는 것을 시인은 참지 못한다. "마음을 흘리
면/ 그대로 그려지는 몸을 갖고 싶은" 것이다. 시에서나 가능한,
일종의 꿈을 시인은 그냥 소박하게 적어놓는다. 그러나 시 아닌 현
실에서도 가능한 영역이 있는가? 있다. 관능의 세계다. 첫 시집에
서 "흐르지 않는"(「늙은 호수」) 몸이었던 것이 『태양의 혀』에 와서
는 아예 녹아버린 것이다. 몸의 가장 강퍅한 모습인 백골들조차 껴
안고 있지 않았는가. 몸은, 그러나 역설적으로 내던져짐으로써 바
람과 자유롭게 어울리고(인용 4), 구름을 받쳐준다(인용 5). 마침
내 몸은 벌거벗고(인용 6), 천둥 번개로 목욕까지 한다(인용 11).

결국 몸은 근육질의 물질이 파고드는 것을 받아들임으로써 걷기가 사라지고 젖는다. 녹아버리고(인용 2) 젖어버림으로써(인용 9) 이제 몸에게 남아 있는 일은 다른 몸과 합일하는 관능의 제의다(인용 4, 8). 시인의 관능성을 보여주는 아름다운 시들 가운데 시집 후미를 붙잡고 있는 「굿바이 코뿔소」는 특히 절묘한 이미지로서 풍성한 의미를 낳는다.

보드라운 엉덩이가 흔들린다 살과 살이 맞닿는다 각자 뒤돌아선다, 실비 맞은 등에서 김이 뜨겁게 올라온다

세 부분 중 첫 부분인데, 회화적인 이미지가 압도적이다. 윗부분에서 결정적인 대목은 "각자 뒤돌아선다"인데, 동적인 현장감을 불러일으키는 진행형 동사로 "뜨겁게 올라온다"와 더불어 비둔한 코뿔소의 육감적인 몸이 관능적으로 그려진다. 다른 한편 그다음 부분.

한밤중 붉은 도미들이 서울을 향해 줄지어 간다 비가 빠져나간 자리에 불빛 지느러미가 꿈틀거린다 지느러미를 밟는다 김이 올라온다

매우 상징적이면서 선정적이다. 붉은 도미는 대체 무엇일까 "서울을 향해 줄지어 간다"는 말과 견주어볼 때, 아마도 차량의 귀경 행렬이 아닐까. 지느러미를 밟는 행위 역시 자동차를 운전하는 일로 해석될 수 있으며, 이러한 해석은 자연스럽게 시의 끝부분으로

연결된다.

머리 위에 떠 있는 비행기를 잡았다가 놓는다 치투완의 날짐승 같
은 나무들 사이에서 코뿔소가 느리게 걷는다 채찍을 쥔 나에게 코뿔
소가 달려온다

고삐를 당긴다
뿔이 뽑힌다

육감적인 살의 접촉, 마찰과 비행기 같은 금속성이 존재하는 이
시는, 모순스러워 보이는 두 물질을 '코뿔소'라는 한 단어— 짐승
이 압축하고 있다. 코뿔소는 금속을 연상시키는 뿔과 투실투실한
살을 한몸에 지니고 있는 짐승 아닌가. 주목되는 점은, 시의 말미
에 나타나는 시적 자아의 단호한 모습, 즉 "채찍을 쥔 나"다. 시인
은 문득 채찍을 쥔 강한 자아가 되어 있으며, 그 앞에서는 달려오
는 코뿔소도 뿔이 뽑히고 만다. 놀라운 진전이다. 그러나 과연 진
전일까. 나로서는 이와 관련하여 첫머리에 나온 시 「날아라, 수만
개의 눈으로」를 떠올리지 않을 수 없다. 앞서 인용된 부분을 반복
해본다.

공중비행하며 세상을 바라보네
결코 지면에 앉는 일이 없지, 나는
맨발로 하늘을 가르는 작은 벌새
온몸이 팽팽해지고 용기가 넘치네

두려움 모르는 나의 날갯짓에

검은 그늘 번뜩이는 매도 떠밀려가고 만다네

이미 시인은 스스로 두려움을 모른다고 고백한 바 있으며, 자신의 날갯짓에 무서운 매조차 떠밀려 간다고 진술하였다. 요컨대 시인은 매우 용맹한 자다. 그러면서 동일한 시 안에서 "나는 꽃과 입맞추는 자"라고 일견 모순된 말을 하고 있다. "보드라운 엉덩이와 살과 살을 맞닿는" 것을 관능적으로 묘사하면서 코뿔소의 뿔을 뽑는 괴력을 과시하는 모순은 사실상 처음부터 잠재되어 있었던 것이다. 시인의 관능적 상상력은 남녀 간의 성적 교섭과 합일을 넘어, 고삐를 당기고 뿔을 뽑는 배양과 발휘라는 엄청난 긍정을 포함한다. 말하자면 꽃, 성교, 힘의 행사 등은 모두 동일한 카테고리에 놓여 있는데, 그것을 시인의 표현에 따라서 요약한다면, 한마디로 '프라나'라고 할 수 있다. '프라나'란 요가 언어로 에너지, 혹은 기(氣)라는 것이다.

기의 상상력이 박미산 시의 본질로 정리될 때, 시인의 시들은 서로 다른 풍경들에도 불구하고 비슷한 해석을 얻을 수 있다. 수만 개의 눈으로 날아오를 것을 고취한 첫 시는 "천변만화의 계절을 갖기 위해" 꽃과 입 맞춘다. 꽃은 아름답지만, 그것으로 무엇을 하려는가가 더 중요하다. 천변만화의 계절이란 다양한 유희 아니겠는가. 기=끼 없이 불가능한 영역이다. 그 유희 중심에 남녀 간의 성합(「집시」「프라나」「꽃비」「미래의 입술」 등)이 있지만, 그보다 더 높은 단계로의 욕망이 있다. 그것은 마음과 몸이 합일을 이루는 상태의 몸이다. '끼' 아닌 '기'는 그것을 가능케 하리라는 희망의 길잡이로 시인에게 수용된다. 그 몸을 위해 그렇다면 시인은 어떤 마음을 갖고 있는가. 시 「빙어」 전문이다.

마음을 흘리면
그대로 그려지는 몸을 갖고 싶다.
식욕의 전원을 끈다.
숨을 내쉬는 사이
꼬리에 꼬리를 물고
뼈에 마구 그려지는
이브,
살로메,
유디트,

오늘, 단식 일주일째다.

식욕까지 누르면서 갈구하고 있는 자신의 몸은, 이를테면 이브나 살로메, 유디트 들인데 이들은 죽음까지 불사하는 이른바 팜므 파탈의 전형으로 알려져 있으나 시에서 그러한 육감의 분위기는 풍겨나지 않는다. 이들은 사실 모두 성경상의 여성들로서 뒤에 문학적, 미술적 변형을 거쳐 죄의 이미지가 매혹의 이미지에 압도됨으로써 이 시에서도 선망의 자리에 앉는다. 그러나 박미산 시의 매력은 몸이나 마음 자체에 있지 않다. 코뿔소의 뿔을 뽑는 힘에도 있지 않다. 매력은 그들 사이에서 나온다. 꽃이 힘이 되고 힘이 아름다움이 되는. 그것들은 차원 이동을 감수해야 되지만 '기의 상상력' 안에서는 얼마든지 이동한다. 공중비행을 하며 세상을 바라봄으로 "머리 위에 떠있는 비행기를 잡았다가 놓는"(「굿바이 코뿔소」) 등 "여자의 허공은 분주하다"(「Moscow Zircus」).

'기'는 눈에 보이지 않는 일종의 바람이지만, 그 바람은 생명의 바람이다. "폭풍처럼 웃는 바람이/순백의 치맛자락을 들추고"(「집시」) "바람이 지느러미를 퍼덕거리며/얼굴을 지나 아랫배에 날아와 박힌다"(「집시 2」). 그리하여 집시의 방은 "바람의 손길"에 의해 지어진다. 때로 그 바람은 몸을 파고들고, 몸을 간질이고, 몸을 적셔주며, "당신을 부른다"(「조발낭」). 그 바람이 어디서 와서 어디로 불지 아무도 모른다. 생명을 만드는 공작도 하고, 생명을 흘려보내는 덧없음의 바람. 그것이 기다. 시인이 몸에 집착하는 까닭은 이 같은 기의 놀이터가 몸이기 때문이다.

박미산, 기의 달인. 그대의 시 속에서 시 아닌 모든 것들도 넓고 깊은 시의 바람이 되어 화알짝 펄럭이기를!

〔박미산 시집 『태양의 혀』 해설, 서정시학, 2014.〕

제2부 몸을 넘어서

몸의 부재와 그 위력

─신경숙을 통해 본 최근의 한국 문학

1. 부재/환, 그리고 '나'──부재 모티프

온 세상이 그 속에 매몰된 이른바 영상문화란 사실상 그림자 문화다. 실체가 아니라는 말이다. "그것은 그려진, 그래픽으로 추출된, 사진으로 복사된, 텔레비전이나 영화의 화면에 투영된, 시각으로 감지될 수 있는 형태, 혹은 형태와 움직임의 복합체를 말한다."[1] 추출되고, 복사되고, 투영된 형태나 움직임이란 결국 어느 실체의 그림자라는 말 아닌가. 그렇다면 영상문화로 그 문화가 특징 지어지고 있는 이 시대는 기껏 그림자 문화 시대인 것이다. 하기야 경제 역시 물건 자체가 생산되고 거래되는 실물경제가 아닌, 화폐→인터넷으로 이루어지는 사이버 금융경제이고 보면 그림자가 실재를 대체하고 제압하는 기이한 세상은 벌써부터 와 있다. 이

---

1) 박명진, 『이미지 문화와 시대쟁점』, 문학과지성사, 2013, p. 38~39.

러한 인식을 보다 깊이 있게 심화시킨다면 부재가 실재를 압도하는 문화와 직면하고 있다는 논리가 성립한다. 어떤 존재가 실제로 있고 없고 하는, 실존 여부가 중요한 것이 아니라 어떤 그림자로 비쳐지느냐 하는 문제가 심각하게 대두될 수 있다는 것이다. 즉 실재가 아닌 이미지의 문화다. 실재의 형상화라는 문제를 생산하면서 표출시킨다. 이와 관련해서 최근 나는 주목할 만한 한 시인을 만났다. 장옥관이라는 시인이다. 그는 최근 '부재'와 연관된 몇 편의 시들을 그의 시집 『그 겨울 나는 북벽에서 살았다』(문학동네, 2013)에 수록해놓았다.

> 공중은 어디서부터 공중인가
> 경계는 목을 최대치로 젖히는 순간 그어진다 실은 어둠이다 캄캄
> 한 곳이다
>
> 나 없었고 나 없을 가없는 시간
> 빛이여, 기쁨이여

「공중」이라는 시의 첫 부분인데, 한국 시로서는 드물게 존재론적 인식의 포즈를 보여준다는 점에서 주목된다. 대체 눈에 보이지 않는 '공중'이란 어디서부터 어디까지냐는 물음이다. 일상적, 상식적으로는 좀처럼 제기되지 않는 이런 종류의 물음은, 존재와 부재의 경계에 대한 지적 호기심으로부터 비롯되는 존재론적 인식의 산물이다. 그리고 이러한 인식의 중심에 '나'라는 주체가 있다. 시 「공중」에서 그 경계를 만드는 요인으로 '빛'이 등장하는데, 그 체

류의 시간은 순간일 뿐 사실상 빛은 일종의 '幻'으로 존재하고 있
을 따름이다. 빛은, 말하자면 그림자로서, 혹은 그림자와 함께 존
재하고 있는 것이다. 논리를 확대하자면, 존재는 부재의 형태로,
부재와 함께 존재하는 것이다.

태양이 공중을 채우는 순간만이 생이 아니다
짧음이여, 빛의 빛이여

그러므로 이 빛은 幻, 환이 늘 공중을 채우고 있는 것이다

그러나 몸 아파 자리에 누워보니
누운 자리가 바로 공중이었다 죽음이 평등이듯 어둠이 평등이었
다

시 「공중」은 이렇게 계속되면서 존재냐, 부재냐 하는 문제는 결
국 '나'라는 주체에 의해 판별되는 인식의 문제라는 깨달음을 보여
준다. 그 결과 주체 자신에게 절실하게 느껴지는 것은, 가시적 실
체로서의 존재보다 오히려 부재의 존재감이 절실하게 다가온다.

공중으로 바람이 불어오고 구름이 지나간다

빛이 환이듯 구름도 환,
부딪칠 것 없이는 저를 드러낼 수 없는
바람만 채우는 곳

환의 공중이다

이렇게 끝나는 시다. 여기서 '환'은 물론 환상이다. 환상은 그림
자며, 영상이다. 그것들은 실체 없는 부재이지만, 부재 이상으로
존재한다. 공중이란 무엇이며, 눈에 보이고 손에 잡히는 실체가 있
는가. 그러나 공중의 존재는 압도적이다. 이렇듯 엄청난 존재감의
부재는 장옥관을 넘어서 오늘의 문학, 적어도 오늘의 한국 문학에
서 심각한 문화작용을 한다. 소설가 이승우의 표현에 의하면 "부
재가 인식의 근거가 된다."[2]

가령, 이승우는 이 부재의 인식을 소설 속에서 다음과 같이 묘사
함으로써 부재가 문학적으로 얼마나 중요한 모티프가 되는지 보여
준다.

연희가 없어지자 그의 마음은 불안해졌고, 걷잡을 길이 없어졌고,
그리하여 연희에 대한 자기 안의 감정의 정체에 대한 의식이 희미하
게나마 생겨났고, 그러나 그것을 직시할 수는 없었고, 직시할 수는
없었지만 무시할 수도 없었고, 그 때문에 더 큰 혼란과 죄의식에 사
로잡혔고, 그러다가 마침내 이 모든 사태의 원인으로 박 중위를 지
목함으로써 자기를 사로잡고 있는 죄의식과 혼란에서 벗어날 길을
찾아냈다.[3]

---

2) "있을 때 알지 못한 것을 없을 때 알게 된다. 없을 때 알게 되는 것은 있을 때는 알 수
없는 것이다. 부재가 인식의 근거가 된다." 이승우, 『지상의 노래』, 민음사, 2012, p.
87.
3) 같은 책, 같은 곳.

부재는 불안하다. 부재에도 여러 가지 형태가 있을 수 있어 결핍, 소멸, 사라짐, 상실 등등이 있겠는데 어느 경우든지 그 특색은 불안이다. 그리하여 『지상의 노래』의 주인공 후가 그렇듯이 어느 무엇엔가, 혹은 어느 누구에겐가 사태의 원인을 돌려놓음으로써 혼란에서 어느 정도의 자유를 얻을 수 있게 된다. 이 부재와 자유 사이의 공간은 한 사람에게 엄청난 혼란과 고통이 되지만, 문학은 바로 이 과정에서 탄생한다. 역으로 말한다면 부재와 결핍이 아닌 충족과 실재에서 문학이 발생하기 힘들다는 것이다. 지난날 그 부재는 대체로 결핍의 동의어, 그것도 가족과 물질의 결핍이기 일쑤였으나 오늘의 부재는 그 모습을 달리한다. 그 부재는 인위적으로 조작되거나, 제도의 불가피한 결과이거나, 더 근본적으로는 새로운 문화이데올로기가 된 영상문화 자체의 운명과 연결되는 새로운 존재론이다. 예컨대 시인의 감각 속에서 부재는 온 세계에 편재하는 존재의 구체적인 양태이다. 다시 장옥관의 시 「고등어가 돌아다닌다」에서 본다.

내 코는 고등어를 따라
모든 부재를 만난다
부재가 죽음 속에서 머물고픈 모양이다

고등어라는 물고기는 바다 속에 있거나 수산시장에 있거나, 식탁 위에 있을 것이다. 그러나 시인의 시에서 고등어는 "공기 속을 유유히" 돌아다닌다. 구운 냄새가 되어 돌아다니기도 하고, 그 냄새가 환기하는 기억이 되어 돌아다니기도 한다. 고등어는 이미 죽었지만, 그 감각과 이름이라는 부재를 통해 끝없이 그 존재가 확산된다. 철학적으로 표현한다면, 내포를 제압하는 외연의 무한 확장이며, 장옥관 시인의 표현을 따른다면 "어둠"과 "죽음"은 존재의 없음, 혹은 끝이지만 문학은 그것들을 통해 생명을 연장하고, 존재의 화려한 영역을 보여준다.

2. 부재―어둠―문학

한국 문학은 20세기 중반 이후 현대적인 의미의 문학적 세례를 받으면서도 국토의 분단과 남북전쟁 및 갈등 등을 리얼리즘의 방법으로 소화할 수밖에 없었다. 현실의 무게와 크기는 리얼리즘 이외의 방법을 통해서 감당하기 힘들 정도로 절박하였기 때문이었다. 21세기 들어서, 그러나 문학을 통한 현실 수용의 방법은 상당히 다양화되고 있으며, 특히 소설 창작의 모티프 면에서 보다 깊은 문학적 인식을 보여주고 있다. 그 가장 비근한 보기로 2011년 전세계 곳곳에서 상당한 반응을 불러온, 소설가 신경숙의 장편소설 『엄마를 부탁해』(창비, 2008)의 경우를 들 수 있다.

『엄마를 부탁해』는 부재의 모티프가 소설, 특히 장편소설에 있어서도 중요한 기능을 할 수 있고, 그것이 오늘의 소설 문학에서도 매우 중요한 의미를 갖는다는 것을 보여준다. 이 소설에 있어서 '엄마'는 실제로 나오지 않는다. 말하자면 '부재'의 형태로 존재한다. 비전이며, 그림자다. 소설 화자의 기억 속에 존재하거나 희망

속에 존재한다. 실종된 엄마를 화자와 그 언저리 인물들을 통해 새로운 비전으로 복원시킨다.

메워진 우물 위에서 잠시 서성이다가 작은 문 안으로 들어서며 엄마! 하고 불렀으나 아무 대답이 없었다. 막 기울기 시작한 가을볕이 서향집 마당에 가득 차 있었다. 집 안으로 들어가 살폈지만 거실에도 방에도 엄마는 없었다. 집 안은 어수선했다. 식탁 위 물병 뚜껑은 열려 있고 물컵은 개수대에 놓여 있었다. 거실 바닥에 깔린 돗자리엔 걸레바구니가 엎어져 있고 소파엔 아버지가 벗어놓은 듯 때묻은 셔츠가 팔을 벌리고 걸려 있었다. 서향집인 탓에 사위어가는 중인데도 강한 빛이 빈 공간에 스며 있었다. 엄마! 텅 비었다는 걸 알면서도 너는 엄마! 하고 한번 더 불러보았다. 그러곤 현관문을 열고 되나오다가 옆마당의 문이 달리지 않은 헛간에 놓인 평상 위의 엄마를 발견했다. 엄마는 평상에 누워 있었다. 엄마! 불렀으나 대답이 없었다. (『엄마를 부탁해』, p. 29)[4]

사실 엄마는 실종되기 훨씬 이전부터 부재했던 것인지도 모른다. 누군가의 존재가 실재하느냐의 여부는, 그 존재를 인식하는 주체와 긴밀하게 관계된다. 예컨대 그 실체를 인식하는 주체와 상관없이 방치되어 있는 존재를 실재한다고 보는 태도는 과학적 사실일는지는 몰라도 인문학적 자세와는 거리가 있다. 그렇다고 할 때, 실체를 넘어서, 보이지 않는 세계 전반으로 존재의 문제를 확대해

---

4) 이하 이 글에서 『엄마를 부탁해』의 본문을 인용할 때는 괄호 안에 쪽수만 밝힌다.

서 인식하는 태도는 오늘의 영상 문화 훨씬 이전의 오랜 전통과 연결된다고 할 수 있다.

『엄마를 부탁해』는 그리하여 다시 묻는다. 엄마는 어디에 있는가? 서울역에서 아버지 손을 놓치기 이전에는 과연 제자리에 존재하고 있었던 것인가. '너'라고 불리고 있는 소설 화자인 딸이 고향 집에 찾아갔을 때, 엄마는 거기 있었는가. 작가가 말하고 있는 그녀의 실재 여부는 매우 불분명하다. 그녀는 있기도 했고, 없기도 했다. 집에는 있었지만, 헛간에 있었다. 무엇보다 딸이 그녀를 불렀을 때, 그녀는 대답하지 않았다.

—엄마!
너는 너도 모르게 평상에 올라 엄마의 비참한 얼굴을 너의 무릎에 올려놓았다. 엄마의 얼굴이 무릎에서 미끄러져내리지 않도록 겨드랑이에 팔을 넣었다. 어떻게 엄마를 이렇게 혼자 두는가. 누가 엄마를 거기 헛간에 내버리고 간 듯 너의 의식에 분한 생각이 순간 스쳐갔다. (p. 31)

방치다. 가족들 가운데 그 누구로부터도 보호되지 못한 채 홀로 방치된 '엄마'. 그녀의 모습은 사실상 부재나 다름없다. 그렇다면 상황의 크고 작음에 차이가 있을지언정 오늘 우리의 모습은 누구나 '부재'가 아닐까. 신경숙의 소설 『엄마를 부탁해』는, 인간은 누구나 부재의 형태로 존재하고 있음을 환기시킨다. 아울러 부재를 통해 확장되는 존재의 상황이 근본적으로 어둠이라는 것을 상기시켜주는 것이 문학임을 전해준다. 어둠의 전형은 죽음이지만, 그밖에도 다양한 외연들이 널려 있다. 실종과 단절은 그런 것들의 전형일 수 있다. '엄마'는 실종 이전에 이미 '단절' 속에 살고 있었던 것이다.

너는 언제부턴가 엄마 집에 가도 서너 시간 머물다가 곧 도시로 돌아오곤 했다. 너는 다음날 그와의 약속을 떠올렸지만 엄마에게 오늘은 자고 갈 거야,라고 대답했다. 그때 엄마의 입가에 번지던 미소. (p. 37)

장성하여 타지로 나가 있는 자녀들은 물론, 한집에 살고 있는 아버지와도 잘 교통되지 못하고 있는 단절, 혹은 단절감을 역설적으로 보여주고 있는 '엄마'의 미소! 그러나 오늘의 인간과 사회는 그 미소를 거부하고, 그 거부의 자리에서 문학은 태어난다. 문학은 태생적으로 어둠의 자식인 것이다. 소설 화자인 '너'가 고향의 엄마에게 들렀을 때에도, 오전에 그 지방 점자도서관에 들러 앞 못 보는 맹인들 앞에서 강연을 하였다는 대목도 '어둠'과 관련하여 의미 있게 읽히는 장면이다. 거기서도 문학은 어둠을 통해 생명력을 증식시킨다.

문학은 그렇다면 어둠인가. 18세기 낭만주의 이후 문학은 어둠을 발견하였고, 그 세계 역시 밝음의 세계와 더불어 또 하나의 세계임을 찾아냄과 동시에 그 속의 신비를 조명하기 시작하였는데, 이러한 문학의 영역 확대는 계몽성의 확장으로 인한 근대문명의 발달 가운데에서도 문학 고유의 정신적 기운을 지켜내는 힘이 되었다. 낭만주의를 연 작가 노발리스가 「밤의 찬가」로 밤을 노래한

이후 계속된 어둠의 찬양은, 가령 릴케에 와서는 다음과 같이 노래
된다.

내 거기서 태어난 그대 어둠이여,
내 불꽃보다 그대를 사랑하네
불꽃은 세상을 경계짓는 것.
세상은 어떤 둘레를 만들면서
빛나는데 그 둘레로부터는
어떤 존재도 어둠에 대해서는 알지 못한다.

그러나 어둠은 모든 것을 제 몸에 품고 있다네.
형상과 불꽃, 짐승들과 나
인간과 권력도
어둠은 붙잡고 있지.

내 이웃에서 엄청난 힘
꿈틀거릴 수 있다오.
나는 밤을 믿습니다.[5]

사실 밤과 어둠은 서양의 경우 오랜 문화적 맥락과 역사를 갖고
있다. 일반적으로 그 긍정적 내포와 해석을 얻게 된 것은 낭만주의

---

5) R. M. 릴케, 「그대 어둠이여」, 『검은 고양이』, 김주연 옮김, 민음사, p. 118. 일부는
옮긴이인 필자가 여기서 다소 수정·번역하였음을 밝혀둔다.

이해로 여겨지지만 그 뿌리는 그리스와 로마에서 이미 찾아진다. 그러나 어둠과 밤이 밝음과 낮처럼 조명된 것은 아니었다. 예컨대 로마에서는 밤에 촛불을 밝히지 않았는데, 그 까닭은, 어두운 밤에 욕망의 몫은 맡겨져야 한다고 믿었기 때문이다. 말하자면 밤과 어둠은 욕망이 수행되는 시간(혹은 장소)일 뿐, 그 이상의 의미로 연장되지 않는다. 여기서 욕망이라면 물론 성적 욕망을 말하는 것이지만, 그러나 그 관계 또한 그리스와 로마가 동일하지 않았다. 그리스인들은 에로티시즘을 명쾌하고 즐거운 것으로 신격화시킨 반면, 로마인들은 아우구스투스 황제 아래에서 공포의 대상으로 섹스를 바라보았다.[6] 『섹스와 공포』를 번역한 송의경에 의하면 그리스에서 활기찼던 섹스 문화는 로마에 와서 위험하고 동물적인 것으로 간주되면서 불안과 공포의 행위로 변했고, 육체는 폄하되었다. 그러나 섹스에 관한 언어는 자유분방하게 통용되었는데, 그는 이 현상을 남성성(발기·지배·권력)의 약화를 방지하는 의례 때문으로 해석했다. 이후의 서양사를 송의경은 섹스의 관점에서 다음과 같이 진술한다.

이렇게 해서 로마 제국은 고작 30년이라는 짧은 기간에 태양빛으로 가득했던 고대의 종말을 앞당기고 침울한 근대를 도래하게 만들었다. 로마인들이 느끼던 삶의 권태는 1세기까지 퍼졌다. 3세기에 그리스도인들에 의해 나태로 나타났다가 15세기에 다시 우수의 형태로 나타났다. 19세기에는 우울이라는 이름으로, 20세기에는 우울

---

6) 파스칼 키냐르, 『섹스와 공포』, 송의경 옮김, 문학과지성사, 2007, p. 338 참조.

증이란 이름으로 다시 나타났다. 성의 역사는 공포와 저주로 변질된 역사이다.[7]

이러한 진술이 키냐르의 본심인지 옮긴이의 해석인지는 알 수 없으나 아마도 키냐르에 근거한 옮긴이의 생각일 것이다. 이 진술에서 분명하게 결합되어 있지는 않지만, 추정컨대 우울증으로 나타난 성의 역사의 귀결은 필경 문화사 전반의 그것과 궤도를 함께 하고 있다는 말이리라. 그렇다면, 이러한 논리를 역으로 되짚어 간다면, 로마(정확하게는 아우구스투스 황제)가 아니었다면 그리스인들의 밝은 에로티시즘 성문화는 저해받지 않고 발달하여 왔을 것이고 그 즐거운 역사는 오늘에 이르기까지 잘 유지되고 있으리라는 가정도 가능하다. 이러한 가정은, 그러나 아마도 숱한 난관에 부딪힐 것이다.

3. 어둠의 생산성

그 난관들을 살펴보고 헤집는 일은, 그러나 이 글과는 무관하다. 이 글의 관심은 어둠, 밤, 마침내 죽음까지 이러한 역사나 가설과 어떤 관련성이 있느냐 하는 문제이다. 키냐르에 의하면, 로마제국 이후 밝은 성문화가 어두운 공포의 문화로 변질되었다는 것인데, 여기에는 중대한 인식의 오류가 있다. 그 오류는 일단 두 가지

---

7) 같은 책, p. 339.

로 지적될 수 있다. 첫째는, 성문화가 황제 통치하에서 금욕시되었다는 사실이 인정된다 하더라도 그것이 어둠, 혹은 어둠 속으로 들어갔다고 단순하게 표현될 수는 없다는 점이다. 다른 하나는——이것이 매우 중요하다——설령 로마제국 이후 성문화가 어둠 속으로 들어갔다 하더라도 그 이후 오히려 문학은 억압으로부터의 창조라는 문학 본연의 생산적 기능을 수행하게 되었으리라는 점이다. 말하자면 그리스인들처럼 어둠과 억압 없이 밝고 즐겁게 성을 즐기기만 했다면 과연 오늘의 문학이 가능했을까. 비단 성과 관련된 부분만이 아니라 문학 전반이 현재와는 다른 상당한 변화, 혹은 차이를 드러냈을 것이라는 추론은 단순한 가정 이상으로 생각된다. 문학은 회화나 조각과 달리 의식의 내면화를 통해 언어의 질서를 새롭게 조직해내는, 일종의 저항예술이라는 사실이 여기서 부단히 상기되어야 할 것이다. 그리스 문화가 회화·조각 중심으로 전개되었고 문학의 경우도 저항보다는 세계에 대한 탐구에 집중되었다는 점을 인식할 필요가 있다. 요컨대 로마제국 이후 성이 '불안과 공포'의 대상이 되었다는 사실이 문학에서 반드시 부정적으로 인식될 필요는 없는 것이다. 오히려 그 이후 역사화된 억압으로서의 성은, 성 자체와 더불어 문학을 어둠의 자식으로 주형화했고 이러한 상황은 근대 이후 문학의 체질과 본질을 저항적 기능으로 강화시키면서 사회 비판으로서의 문학예술의 기능을 형성시켜오는 데 기여했다.

그러나 이 어둠은 어둠이 아니라는 것이 낭만주의자들에 의해서 밝혀졌다. 그 어둠은 또 하나의 다른, 거대한 빛이었다. 18세기 말 『밤의 찬가』에서 노발리스Novalis는 이렇게 노래한다.

먼 기억, 청춘의 소망,

어린 시절의 꿈, 긴 생애 중 짧았던 기쁨, 헛된 희망들이 회색빛 옷으로 나타난다. 해 떨어진 뒤 저녁 안개처럼 빛은 다른 곳에서 흥겨운 띠를 펼치리. 정녕 빛은 순진한 믿음으로 그를 고대하는 그의 아이들에게로 다시 돌아오지 않을 것인가?[8]

빛이 다른 곳에서 흥겨운 띠를 펼친다고 한 그 '다른 곳'이 바로 밤이며 어둠이다. 그러니까 밤은 원래 어두운, 빛이 없는 시간이나 장소가 아니라 빛의 다른 무대일 따름이다. 빛의 입장에서 보면 낮과 밤 두 군데를 그 활동 영역으로 갖고 있는 것이다. 밤/어둠은 더 이상 어둠이 아니다. 빛은 어둠을 통해서 그의 전체성을 완성한다. 낮의 빛은 쾌활하고 정직하지만, 밤의 빛은 흥겹고 음험하다. 이 흥겹고 음험한 쪽에서 무언가 이루어지는데, 이 부분을 우리는 낭만적 생산성이라고 부른다. 중세의 불안과 공포는 숨은 역동성으로 작용하면서, 눈에 보이지 않는 빛의 부재의 존재성을 증명한다. 이렇듯 부재의 존재 증명은 그 역사가 오래되었는데, 이제 필요한 것은 오늘의 영상/환상 문화와 그 고리가 접속/연결되는 일이다.[9] 부재의 모습은 물론 완전한 무는 아니며, 실물/실체의 부재를 뜻한다. 따라서 현대문학에서의 부재는 가상, 환상, 영상의 양

---

8) Novalis, Werke in einem Band, Stuttgart, 1981, p. 149.
9) 1990년대 중반 이후 한국 소설에 나타나기 시작한 '가짜 현실' 혹은 '사이버 스페이스'적인 현실에 주목한 비평서로서 졸저 『가짜의 진실, 그 환상』(문학과지성사, 1998)을 상자한 바 있는데, 그 연결고리가 되기를 희망한다.

태를 띠는 경우가 대부분이며, 실제로 1990년대 이후의 소설가들에게서 그 새로운 양상을 드러낸다.[10] 다양한 그 양상들 가운데에서도 가장 보수적/중립적으로 서서히 그 모습을 보여주면서 그만의 새로운 세계를 확립해나가고 있는 작가가 신경숙이다.

장편소설 『엄마를 부탁해』로 세계에 한국 문학의 현재 상황을 널리 알린 신경숙은 문학적으로도 높은 평가와 함께 많은 독자들을 확보하고 있는 우수한 소설가다. 신경숙 소설의 특징을 한마디로 요약한다면 '부재의 문학'이라고 할 수 있는 바, 그와 더불어 한국 문학이 근대 세계 문학의 전통과 맥락에 은밀하게 편입되어 있음이 확인된다.

신경숙 소설에서 '부재'의 특징은 그의 첫 소설부터 나타난다. 어디에 두었는지 잊어버린(혹은 잃어버린) 장갑의 삽화로 시작된 「겨울우화」 이후 이 모티프는 많은 작품들에게서 출몰한다. 가령 초기의 출세작 『풍금이 있던 자리』를 살펴보자.

풍금은 아예 없다. 1993년에 간행된 두번째 소설집인데 9편의 수록 작품들 거의 대부분에 부재의 모티프가 작용한다. 동명의 단편 「풍금이 있던 자리」를 비롯하여 여러 편의 수작이 수록된 초기 소설집 『풍금이 있던 자리』는 이 작가의 근본 모티프가 부재이며, 그것을 기억과 환상으로 처리함으로써 새로운 실재를 만들어내고 있다는 예감을 불러일으켰다. 무엇보다 '풍금이 있던 자리'란 어느

---

10) 예컨대 가상/환상에 대한 소설가들의 관심은 1990년대 이후 우선 그림에 대한 것으로 특이하게 집중되는데, 가령 다비드의 유화나 유디트 등에 몰입된 김영하, 그림 일반을 소설화(혹은 소설을 회화화?)하고 있는 배수아, 가면 만들기를 즐겨하는 채영주 등을 전형적으로 예거할 수 있다.

자리인가.

'풍금이 있던 자리'란 이 소설에서 사랑하는 사람이 있던 자리를 뜻한다. 여기서 "…… 있던"이라고 표기된 까닭은 그 애인이 지금은 없기 때문이다. 소설에서 애인은 두 사람이다. 한 사람은 아버지의 애인이고 한 사람은 소설 화자인 '나'의 애인, 즉 '당신'이다. 그러나 그 애인들은 소설에 현재형으로 존재하지 않는다. 아버지의 애인은 '나'의 집에 잠시 머물다가 떠났고, '나'의 애인은 아예 나타나지 않는다. 그러나 그들은 애달프고 멋진 사랑의 형상으로, 또 그 대상으로 그려진다. 가령 이렇다.

저는 아버지의 손과 그 여자의 손이 전혀 스스럼없이 서로 엉키는 것이 꼭 꿈결인 것만 같았어요. 손크림을 통에서 찍어내 그 여자의 손에 골고루 펴 발라주실 때 아버지의 그 환한 모습을, 그 이후에도 그 이전에도 본 적이 없는 것 같아요.[11]

아버지께서 소 태(胎)를 거두시는 걸 보며 집으로 돌아왔는데 당신이 제 집 마당에 서계시더군요. 처음엔 거기 서계시는 당신이 환영인가…… 어떻게 당신이 여기를? 헛것이겠지…… 했어요.
[……] 당신과의 약속 시간은 이제 이 밤만 지나면 다가옵니다. 당신은 정말 떠나실 건가요?[12]

---

11) 『풍금이 있던 자리』, 문학과지성사, 1993, p. 38.
12) 같은 책, pp. 19, 37.

아버지에게는 당연히 가정이 있고, '그 여자'는 혼외의 여성, 즉 애인이다. 기묘하게도 아버지의 딸, 즉 '나'의 애인도 가정이 있는 남성이다. 아버지와 딸— 부녀에게는 각기 가정이 있는 애인들이 있는데, 소설은 이들을 불륜의 대상으로 폄하하는 대신, 아름다운 사랑의 풍경으로 미화시킨다. '나'는 아버지의 애인을 보면서 "⋯⋯그 여자처럼 되고 싶다⋯⋯"고 벌써부터 부러워했는데, 이 부러움은 그들의 관계에 대한 선망이 아니라, 따사롭고 다정한 사랑의 모습, 혹은 아버지의 애인에게서 풍겨나는 그윽한 향취 때문이었던 것이다. 그것은 신경숙이 '꿈결'로 표현한 비현실적인 사랑의 아름다움을 향한 동경이었으리라. 그러한 기질과 성향의 '나'에게 비슷한 상황은 찾아왔고 '환영'과도 같은 순간을 만난다. 그러나 두 사람의 애인들은 결국 '꿈결'과 '환영'으로만 존재할 뿐, 현실 속에서 더 이상 존재하지 않는다. 누구보다 작가 자신이 그것의 불가능성, 혹은 비현실적인 비극성을 알고 있다. 그럼에도 신경숙은 이 같은 부재의 상황을 거듭 거듭 그려낸다. 특이한 점은 이때, 아버지와 그의 애인, 그리고 어머니 사이에 그 어떤 거친 부딪힘도 없었다는 사실이며, 그 사정은 '나'와 그녀의 애인 사이에서도 비슷하게 드러난다. 애인들은 조용히 그 자리를 떠나며, 그 자리는 그리하여 '풍금이 있던 자리'가 된다. 풍금은, 말하자면 마음의 상징이다. 신경숙 소설의 대부분은 이 같은 비극을 형상화하고 있으나, 그것들은 서양-그리스의 비극처럼 충돌하여 파멸하는 인간상처럼 비극적이지 않다. 신경숙의 비극은 추억과 그림자를 통하여 눈물을 내면화한, 그리하여 그 내면이 다시 그림과도 같은 이미지로 투영되는 고요한 비극이다.

4. 몰카가 된 소설

한국은 넓지 않은 국토와 많지 않은 인구에도 불구하고 지적·문학적 열망을 가진 많은 사람들을 갖고 있으며, 그 결과 상당한 수의 문인들이 배출되었다. 무엇보다 중요한 특징은 그 다양성에 있다. 신경숙처럼 기억을 기화시킨 어둠을 생산하면서 다시 그 어둠 속에서 실루엣으로 움직이는 작가들이 많은 좋은 소설들을 쓰고 있다. 물론 정통적인 리얼리즘의 방법과 혼용하면서 상당한 성과를 올리고 있는 김영하, 그리고 비슷한 계열의 신인 최제훈 등을 예거할 수도 있으나 독자의 정서적 반응이라는 면에서 신경숙의 소설 내지 비슷한 분위기의 소설이 평가되고 있다.

『엄마를 부탁해』이전에 신경숙은『깊은 슬픔』(장편소설: 문학동네, 1994),『오래전 집을 떠날 때』(소설집: 창비, 1990),『기차는 7시에 떠나네』(장편소설: 문학과지성사, 1999),『딸기밭』(소설집: 문학과지성사, 2000),『리진』(장편: 문학동네, 2006) 등을 펴냈고,『엄마를 부탁해』이후로도『어디선가 나를 찾는 전화벨이 울리고』(장편소설: 문학동네, 2010),『모르는 여인들』(소설집: 문학동네, 2011)을 계속 발표함으로써 흔들리지 않는 작가의 힘을 보여주고 있다. 주목되는 점은 이들 작품들이 소재와 주제의 다양한 변주에도 불구하고 어둠과 그 그림자라는 일관된 모티프는 변하지 않고 작가의 저력으로 작용하고 있다는 사실이다. 이러한 성향은 책의 제목에서부터 완연하게 드러나 '오래전 집을 떠나'는가 하면 '어디선가 나를 찾는 전화벨이 울리'지만 나의 존재 여부는 불분명하다. 그런가 하면 '모르는 여인들'이 등장한 상황은, 반대로 '아는 사람'이 부재하고 있다는 암시로 읽힌다. 좀더 들어가보자. 「오래전 집을 떠날 때」는 집을 떠나 페루 여행을 하고 돌아가는 이야기와 오래전 고향집을 떠나옴으로써 자신이 없어진 집 이야기를 중첩시키고 있는데, 특히 사람들은 물론 집까지 없어진 마추픽추의 모습이 상징적이다.

한때는 일만 명이나 되는 잉카인들이 숨어 살았다는 잃어버린 도시 마추픽추는 텅 비어 있었습니다. 눈물겹게도 지붕이 없는 돌로 지은 빈집들만이 서늘하게 카메라 렌즈를 기다리고 있었어요. 멈춰버린 시간이 그 빈집들에 갇혀 있었습니다. 마추픽추의 텅 빈 집들을 보고 온 그 밤에 어찌 쉽게 잠을 이룰 수가 있었겠는지요.[13]

그런가 하면 부친을 제외한 모든 가족들이 떠나온 옛집의 풍경 또한 상징적이다. 작가는, 화자는, 주인공은, 아니 모든 사람들은 집을 떠나고, 현장을 떠나지만, 그 빈 자리에 신경숙의 눈과 마음은 오히려 머물러 있다. 그리하여 그 자리는 작가의 머리에서 새로운 공간을 형성하고 추억 아닌 환상의 실재로 부각된다.

그녀가 가지 못하는 사이 남동생이 청년이 되어 그 집을 나왔고 작년엔 속눈썹이 긴 여자애와 결혼을 해서 그녀보다 더 멀리 그 집을 떠나갔다. 기차는 한번 사람을 멀리 데려오면 쉽게 그 장소로 다

---

13) 『오래전 집을 떠날 때』, p. 107.

시 데려다주지 않는다.[14]

'기차는 7시에 떠나네'라고 했던가. 여하튼 텅 빈 마추픽추와 고
향집이 없었다면 그의 소설은 움직이지 않는다. 그녀는 집에 돌아
왔지만, 그 동안 빈집이었던 그녀의 집은 그때부터 몽상의 공간으
로 자라간다. 전기료를 내지 않아서 불 꺼진 집, 이상한 증세의 아
랫집 여자가 조성하는 기이한 내용의 소식들은 모두 현실적인 것
들이지만, 소설은 그것들을 재료로 스산한, 일종의 공포 분위기를
조성하는데, 이것이 바로 신경숙 특유의 몽상-환상 작업이다. 부
재를 바탕으로 한 실재로의 건축 작업인 것이다. 아무도 없는 신비
의 빈터들인 마추픽추에서, 불 꺼진 빈집에서 작가의 상상력은 스
멀스멀 활동한다. 물론 그 몽상-환상의 공간 속에는 다섯 살에 기
차에 치여 죽은 어린 동생의 기억도 들어 있으나 그 실재 여부는,
늘 그렇듯이, 확실치 않다. 신경숙 소설에서 중요한 것은 마추픽추
의 돌덩이 빈터나, 불 꺼진 빈집 자체는 아니다. 중요한 것은 그것
들이 소설 화자의 마음에 찍힌 음영으로서의 그림자다. 「오래전 집
을 떠날 때」의 주인공이 사진작가라는 사실은 이 점에서 시사적이
다. "돌로 지은 빈집들만이 서늘하게 카메라 렌즈를 기다리고" 있
었다고 하지 않는가. 모든 부재는 결국 카메라 렌즈를 통하여 실재
화되고 있는 것이다.
　부재의 미학이라고 할 수 있는 신경숙의 소설은 최근에 나온 소
설집 『모르는 여인들』에서도 반복, 심화되고 있다. 예컨대 카메라

---

14) 같은 책, p. 111.

렌즈를 연상시키는 제목의 소설 「숨어 있는 눈」에서도 A라는 인물의 수색기가 소설의 내용을 이루고 있음을 보게 된다. "당신이 A를 찾아다니고 있다는 얘기는 전해들었습니다. A가 갈 만한 곳은 이미 다 뒤졌겠지요"라고 시작하는 첫머리를 읽으면서, '아, 또다시……' 하는 느낌은 당연히 일어난다. 아닌 게 아니라 A라는 여성은 실종되었고, 결국 나타나지 않는다. 그러나 소설은 그녀의 부재중 일어난 사건들, 지독하게도 고양이를 좋아했던 그녀의 집에 우글거리는 고양이 이야기로 가득 차 있다. 작가도 아마 고양이를 좋아하는 듯 고양이에 대한 애정의 밀도 높은 묘사를 보이고 있지만 고양이는 고양이일 뿐, 소설의 공간은 황폐하다. 그런데 왜 제목이 '숨어 있는 눈'일까. 그것은 말하자면 '몰카' 아닌가. 몰카에 찍힌 풍경은 모든 것이 황폐할 수밖에 없다. 대체 풍경, 즉 자연이야 결코 몰카의 대상일 수 없을 터이니, 인간과 어우러진 어떤 인생의 단면이 몰카의 대상이 된다. 거기에 찍힌 모습은 어떤 아름다운 것이라 하더라도 슬플 수밖에 없다. 부재의 자리에서 발원된 신경숙의 소설은 마침내 그 실재가 슬픔임이 드러난다. 조금 과장해서 해석한다면, 비주얼로 영상화된 이미지의 문학— 그림자는 필경 슬픔이라는 콘텐츠로 귀결된다는 것이다.

그렇다면 오늘의 한국 문학은 디지털 영상문화에 밀리는 비애를 안고 있는가. 혹은 설령 그렇지 않다 하더라도, 신경숙 소설처럼 그 내용이 비주얼 그림자로 구성된 것이어서 어차피 슬플 수밖에 없는 것인가. 신경숙의 몰카가 찍어내듯이 사람 A는 실종되고 고양이들만이 득실거리는 문학은 이제 기이한 공간이 되었는가. 고양이들은 사람의 애완동물이었다. 사람들은 고양이를 좋아했고,

집으로 데리고 들어왔다. 그러나 이제 사람은 쫓겨나는 형상이 되었고, 집은 고양이 세상이 되었다. 사람은 디지털을 좋아해서 영상을 만들었고, 책이나 문학까지 E-book과 영상 문학으로 만들어냈다. 그것은 실재 아닌 그림자 문화였다. 신경숙은 그림자에서 공포를 느끼면서 그 자체를 실재화했다. 그 공간은 아름답게 스며드는 문체와 더불어 아름다울 수 있었고 한국 문학의 낯선 모멘텀을 만들어내었다. 그러나 그 공간 안에 들어 있는 말들이 만들어내고 있는 모습들(이야기라고도 할 수 있겠으나 '모습'이 더 맞을 것 같다)은 슬프다. 서술되지 않고 찍히기 때문이다.

그는 정장 차림이었다. 〔……〕 잡지나 신문에서 봤던 그는 늘 카메라를 들고 있는 모습이었다. 〔……〕 그는 피사체를 향해 미끄러지고 무릎을 꿇으며 사진을 찍는 사람이 되어갔다. 그가 글 쓰는 사람이 아니라 사진 찍는 사람이 되는 것을 나는 구독하는 신문이나 우연히 펼쳐보게 되는 잡지에서 만났다. 〔……〕 그는 늘 어딘가를 떠돌아 다니는 것 같은 이미지였다. 그래서였을 것이다. 정장 차림의 그가 낯설었던 것은.[15]

죽어가는 사람 앞에서 만난 두 주인공 중 한 사람에 대한 이 묘사는 아무래도 거대한 상징이다. 찍히는 자 그 누구든(무엇이든) 찍는 자 앞에서 행복할 수 없으니까.

〔『廈門 文學』, 중국 하문, 2014. 4.〕

---

15) 『어디선가 나를 찾는 전화벨이 울리고』, p. 348.

생명을 살리는 시

—박라연론[1]

1

소설가는 세상 이야기를 하고, 시인은 자기 자신을 이야기한다. 글쎄, 모두 맞는 말은 아닐지 모르지만 시인이 소설가보다 훨씬 자기중심적인 것은 사실인 듯하다. E. 슈타이거가 말한 장르 분류법에 따르면 시는 추억이며, 소설은 행동(사건)인데, 추억하는 시인은 어차피 시인 개인일 수밖에 없다. 자기중심이라고 하면 에고 Ego가 떠오르고(자기중심성을 Egocentralism이라고도 하지 않는가) 그 에고는 또한 에고이즘을 떠올린다. 에고이즘이라고는 하지만

---

1) 본문에 인용된 박라연의 시집은 다음과 같다. ①『서울에 사는 평강공주』(문학과지성사, 1990) ②『생밤 까주는 사람』(문학과지성사, 1993) ③『너에게 세들어 사는 동안』(문학과지성사, 1996) ④『공중 속의 내 정원』(문학과지성사, 2000) ⑤『우주 돌아가셨다』(랜덤하우스 중앙, 2006) ⑥『빛의 사서함』(문학과지성사, 2009) ⑦『노랑나비로 번지는 오후』(서정시학, 1012). 이후 본문 인용 시, 해당 번호와 쪽수만 밝힌다.

그 범위는 매우 넓다. 타자에 대한 이해나 배려 없이 배타적으로 자신만을 챙기는 생각이나 행동을 좁은 의미의 에고이즘이라고 한다면, 슈타이거식으로 자신의 생각을 되돌아보고, 좋은/아픈 기억을 떠올리고, 또 그것을 이미지화해보는 일체의 행위는 넓은 의미의 에고이즘일 수 있다. 대부분의 시는 이러한 에고이즘의 소산이고, 이때 시인들은 에고이스트가 된다. 그러나 시인인 에고이스트들은 그들의 에고이즘을 통해서 타자들을 위로하고 구원한다. 비록 자기 자신의 경험과 상상력으로 빚어낸 그들만의 추억이며 그 이미지이지만 그것은 타인을 감동시킴으로써 보편적 설득력을 얻으면서 에고이즘의 좁은 범주에서 자연스럽게 벗어난다. 시인들의 에고이즘이 변호되는 순간이며, 문학 안에서 자아와 타자가 해후하는 행복이 폭발하는 순간이다.

박라연에게서는 이러한 에고가 아예 존재하지 않는 듯이 보인다. 그의 에고는 자기중심적이라기보다는 애당초 타자 지향적이다. 처녀시집 『서울에 사는 평강공주』 이후 20여 년에 걸쳐 발표해온 시들이 거의 한결같이 이러한 세계를 노래한다. 달라져가고 있는 점이 있다면, 그 타자가 바로 옆의 가족이나 이웃에서 사회를 거쳐 전 우주로 확장되고 있다는 사실이다. 그 기묘한 변모를 읽는다.

오래 전에
슬픔의 비늘이 없어진 그는
이따금 제 살을 벗겨서라도
비늘을 한번 빚어보고 싶었는지 몰라
슬픔 없이 사는 나날이 오히려 두려운 그는

누군가의 몸 속으로
제 몸을 살짝 끼워보고 싶었는지도 몰라
슬픔이란 것도 보물 같아서
그냥 줄 수도 그냥 받을 수도 없다는 것을
깜박 잊어버린 그는 (②—18)

20여 년 전, 1993년에 나온 시집에 실린 시인데, 타자를 향해 일
부러라도 아픔, 슬픔을 감수하면서 그를 보듬겠다는 아름다운 헌
신의 마음이 이미 잘 드러나 있다. 사실 시는 자신의 상처를 견디
지 못해 표출하는 불가피한 내상의 발로이기 일쑤이지만, 훌륭한
시는 모두 타자를 향한 강한 연민과 사랑을 드러낸다. 릴케가 그랬
고 윤동주가 그랬다. 시인은 이 시에서 메기가 되어, 오래전에 슬
픔의 비늘이 없어졌다고 먼저 고백한다. 그 모습은 오늘의 일상인
들을 방불케한다. 탈공업사회니, 기술정보사회니 하는 거창하고
유식한 용어들로 치장된 오늘의 사회는 아닌 게 아니라 슬픔을 반
추할 여유도 허락되지 않는 사회다. 우선 일자리 자체가 불안하여
생존의 기반이 흔들리는 구조 맞은 편에는, 그럼에도 불구하고 대
규모로 호화로운 모습을 드러낸 온갖 욕망의 소비 시스템이 넘실
거리며 조절할 수 없는 불균형의 현실을 제공한다. 어쩌란 말인가.
슬픔이라니! 그러나 메기가 된 시인은 슬픔 없이 사는 나날이 오히
려 두렵다. 무슨 양심의 가책? 이 두려움은 흔들리는 생존의 기반,
욕망을 극대화시키는 소비시스템 탓도 있겠지만, 궁극적으로는 그
것들에 의해 박제되어버린 자연으로부터 유래하는 본능적인 어떤
것이다. 나는 그것을 '문화적 본능'이라는 말로 부르겠다.

그렇다. 슬픔은 문화적인 것이다. 물론 신체적, 가정적 상실로부터 그냥 그대로 흘러나오는 슬픔도 있지만, 이 시에서 박라연의 슬픔은 문화적 본능과 관계된다. 시인은 갖가지 기계 메커니즘에 의해서 복잡화된 현실, 무엇보다 그것에 의해 상실된 인간의 자연성— 슬픔의 상실을 슬퍼하는 것이다. 이 구도는 자연/인간의 오래된 대립구도의 왜곡을 가져오면서 자연 자체의 자연성을 훼손시킨다. 슬픔의 비늘이 없어진 것이다!

슬픔은 어디서 오는가. 슬픔이라는 자연(본능)은 자연스럽게 오지만, 문화적 본능으로서의 슬픔은 사람과 사람 사이에서 온다. 사람을 보아도, 사람을 만나도, 사람을 겪어도 아무렇지도 않을 때 그것은 슬픔이다. 더욱이 그 사람의 상황이 매우 곤고할 때에도 슬픔없이 그를 지나친다면? "이따금 제 살을 벗겨서라도" 슬픔을 만들어야 한다는 사람이 이 시인이다. 박라연은 그런 이름으로 시인이고 싶어 하는 시인이다. 이 모든 것이 여의치 않다면 차라리 그는 "누군가의 몸속으로/제 몸을 살짝 끼워보고" 싶어 한다. 그러나 진정한 슬픔은 거기에 있다. 슬픔이란 보물 같아서 "그냥 줄 수도 그냥 받을 수도 없다"는 것을 그는 알고 있기 때문이다. 슬픔은 오직 슬픔을 아는 자만의 것, 슬픔의 개인주의는 거기에 있다. 문화적 본능이다. 자연의 문화적 능력이라는 말로 바꾸어 부를 수도 있는 이것은 제3시집, 제4시집을 거듭하면서 그 내포가 발전 강화된다. 두 번의 해설을 쓴 오생근의 표현에 따르면 "개성적이면서 보편적인 것으로 건강하게 확산"(③—86)된다.

어떤 주인은

장미, 그가 가장 눈부실 때에
쓰윽 목을 벤다
제 눈부신 시절을
제 손으로 쓰윽, 찰나에 베어낼 수 있는
그렇게 날카로운 슬픔을 구할 수만 있다면
꼭 한 번 품어보고 싶던 향기
꼭 한 번 일렁이고 싶던 무늬
왜 있잖아 연초록 목소리 같은 거
기가 막히게 어우러질 때
저 山 저 너머 훌쩍 넘어가고 싶다 (③—40)

  시인은 여기서 장미를 보고 있다. 꽃집 주인은 그 장미를 꺾는
다. 이때 주인과 장미는 주객이 엇갈리고 바라보는 시인의 시선도
헷갈린다. 그러나 분명한 것은, 장미의 목이 베이고 잘린다는 사
실이다. 당연히 이 사실은 아프고 슬프다. 그러나 박라연에게서 이
슬픔은 독특하다. 이 슬픔은 사람으로부터, 그것도 도움을 받아야
할 모습의 어떤 사람으로부터 오지 않는다. 이 슬픔은 자연의 상실
이라는 무해무득해 보이는 타성적 언어를 훨씬 뛰어넘는, 자연의
살해라고 불러 마땅한 어떤 끔찍한 현장으로부터 온다. 슬픔이라
고 말하기에 앞서 분노라고 하는 편이 어울리는 자연의 죽음이 거
기에 있다. 그것도 인간에 의한 죽임(시인의 슬픔을 자연의 문화적
능력이라고 말했을 때, 그 자연은 시인이었던 것을 환기해주기 바란
다). 자연인 시인은 장미의 죽음 앞에서 그 죽인 자가 또 다른 자연
으로서의 인간임을 통절하게 슬퍼하는 것이다. 차라리 그 죽임의

대상이 시인 자신이기를, 시적 환치를 통해 호소한다.

아주 오래된 빈집이 있고
날카로운 슬픔의 주인이 있고
희미한 前生의 그림자가 있지만
이 모든 것 제 갈 길 가기 시작하면
나는……야 거북이처럼 느리게 골방으로 가서
〔……〕
내 주인이 쓰윽, 목을 베면
한 세상 다시 피어 볼 붉히는 장미
장미 한 송이가 되리라 (③—40)

사람들에 의해 죽어도 죽지 않는 장미, 시인이 되고 싶어 하는
그 장미는 자연의 원형으로서의 자연이다. 이러한 자연으로의 회
복과 동경은 박라연 시 세계 전반기의 가장 소중한 특징이다. 장미
의 죽음은 슬픔이지만, 그것을 견디기 힘든 시인은 차라리 그가 죽
어 장미를 살리고자 한다. 이타적 에고의 한 극치라고 할 수 있다.

2

시인의 활동기로 보아서 후반기라고 할 수 있는 2000년 이후의
시들은 미세한 변화를 보인다. 타자를 향한 헌신, 보편적 사랑으로
서의 자연 회복과 같은 모습에서 훨씬 더 나아가 자신의 무게를 이

땅에서 아예 벗어버리고 싶은 소망까지 발전한다. 가령 이렇다.

공중의 허리에 걸린 夕陽
사각사각 알을 낳는다
달디단 열매의 속살처럼
잘 익은 빛
살이 통통히 오른 빛
뼈가 드러나도록 푸르게 살아내려는,
스물네 시간 중 단 십 분만 행복해도
달디달아지는
통통해지는
참 가벼운 몸무게의 일상 속에서만
노을로 퍼지는
저 죽음의 황홀한 産卵 (④—9)

「공중 속의 내 정원 I—産卵」인데, 석양이 알을 낳는다는 기이한 이야기를 던지면서 이 시는 시작한다. 하루의 끝을 의미하는 석양이 새로운 생명을 말하는 알이 된다는 인식은, 맞는 말이기도 하고 틀리는 말이 되기도 한다. 빛이 소멸함으로써 하루의 일과가 끝난다는 점에서는 알, 즉 산란이란 인식은 얼토당토하지 않다. 그러나 밤의 새로운 시작과 더불어 다음 날로 넘어가는 과정이라는 인식 아래에서 그 시간은 회임의 시간으로서 풍성한 이미지를 갖는다. 이때 낮을 지배하던 빛은 한낮의 임무, 또는 그 수행으로 "잘 익은 빛" "살이 통통히 오른 빛"으로서의 이미지에 충실하다. 그리하여 자신의 삶을 마치고 석양을 내리는 마당에 있어서의 그 모습은 "참 가벼운 몸무게의 일상"일 수 있는 것이다. 마침내 낮의 빛은 "노을로 퍼지"며 그 빛의 죽음은 "황홀한 산란"이 된다. 낮에서 밤으로의 이행을 아름답게 묘사하고 있는 이 탁월한 시행들이 보여주고 있는 것은 결국 화려한 하늘 잔치의 세계다. 시인은 그 세계를 '공중 속의 내 정원'이라고 부르는데, 이후 시인은 걸핏하면 '공중'으로 향한다. 거기서 시인은 무엇을 얻는가.

> 육백여 분만 죽음의 알로 살아내면
> 부화될 수 있다고 믿을 생각이다
> 시누대처럼 야위어가던 한 生의 그림자
> 그 알을 먹고 사는 나날을 꿈꾼다
> 없는 우물에
> 부화 직전의 太陽이 걸렸다!
> 심봤다! (④—9)

시인이 얻은 것은 태양, 그것도 '부화 직전'의 태양인데, 아마도 지평선에 떨어지기 직전의 크고, 벌겋고, 뜨거운 태양이리라. 그 광경을 본 것은 그 자체로 '심봤다'에 버금가는 수확이라는 것인데, 그것은 시인의 말대로 '죽음의 알'이다. 산문적으로 풀이한다면, 하루 낮이 끝나고 해가 떨어지는 평범한 풍경이다. 그러나 시인은 그 '죽음'에서 오히려 거대한 탄생을 본다. 태양의 죽음! 그것이 낳는 새 생명은 과연 무엇일까. 그러나 그보다 중요한 것은, 시인이 공중 속에 정원을 짓기 시작했다는 사실이다. 어쩌면 그 정원

이 새 생명일 것이다. 이후 시인은 그 정원을 보는, 정원으로 가는
재미로 시를 쓴다.

저 집은,
아픈 마음들이
미리 들어가 쉬기도 하는 곳
공중 속의 내 정원으로 가는 길이
훤히 보이는 곳, 이라는
이미지의 문패를 달았다. (④—11)

나무 한 그루 옆에 돌무덤을 쌓는데, 그곳은 '공중 속의 내 정원'
으로 가는 길이 훤히 보이는, 마음이 편한 곳이다. 그 집은 "한시
적인 죽음으로 시간을 끌어주면/〔……〕/생피가 흐르기를 바랄"
수 있는 곳이다. 요컨대 시인은 공중으로 향하기 시작한 것이다.
죽음은 새로운 생명을 잉태하는 현상으로 이해되고 인식된다. 다
섯번째까지 계속되는 「공중 속의 내 정원」 연작을 통해서 시인은
마침내 그의 후기 시들을 미련없이 공중으로 날린다. 이때 '공중'
이란 지상의 낡고 진부한, 그러니까 자기 집중의 에고에서 벗어난
공간이며, 보다 확대한다면 시인만의 환상 공간이다. 거기서 시인
은 '동백새'도 되고 '비비새'도 되어 즐겁게 날고, 논다.

그저
새의 친구가 되고 싶었던 그는
제 혈관에 쌀 몇 알을 매단다

〔……〕
人情에 약한 새는 뜻밖에도
그의 정원에서 가장 아름다운 새,
동박새였다 (④—12)

새의 육체가 바람의 몸이 될 때까지
단지 따뜻한 사이가 되기 위해
위험한 수혈을 시도한 자책이 잊힐 때까지
어디서 어떻게
제 주소를 지우고 살 수 있을는지, (④—15)

매달려서
날개 돋는 순간의
새순 돋아나려는 순간의 가려움을
아무의 눈에도 미처 안 보이는 초록을 쪼아먹고 있다
숨구멍마다 부력이 생길 때까지
심장을 초록으로 물들일 때까지 (④—16)

枯死木을 베어낸다
죽어가던 한 사람 몸의 일부도 벤다
그 자리에 진달래 눈빛을 수혈한다 (④—17)

새가 되어, 혹은 새와 더불어 노니는 시인의 즐거움은 무엇일까
「공중 속의 내 정원」 시리즈를 풀어보면 그 내용의 진행은 이렇다:

시인은 새의 친구가 되고 싶었지만 좀처럼 새는 그에게 날아와 앉지 않는다. 사람이 무서운 것이다. 더 정확히는, "사람의 피에 흐르는 고압선"이 두려운 것이다(사람의 피에 고압선이 흐른다고? 인간의 매몰찬 에고이즘, 그 욕망의 폭압성을 이처럼 엄중하게 표현한 시구절을 나는 알지 못한다). 그러나 새는 인정에 약했다. 동박새였다. 그 동박새는 물론 시인 자신이다. 그는 새이고 싶었지만 사람 피의 수혈을 받는, 즉 사람과 더불어 살 수밖에 없는 현실 속에 있다. 시인은 이런 상황을 '위험한 수혈'이라고 말한다. 시인은 이렇듯 사람 세상과 섞여들고 마는데, 이러한 자신의 모습을 "사람의 피가 돌기 시작한 새는/제 주소를 그에게 내어주고 만다"고 표현한다. 그러나 동박새가 된 시인은 이미 "공중 속의 정원에 제 심장을 내어주고/그의 뱃 주머니 아래 누워 있었다"(④—15). 말하자면 사람으로서 사람 세상 속에 살 수밖에 없으면서 공중에 심장을 내어주는 이중생활을 하는 셈이다. 그러나 시인은 끊임없이 사람 세상 속에 새겨진 자신의 주소를 지우고 싶으며, 사람의 피를 수혈한 것에 대해 자책한다. 그렇게 되기 위해서는 새(시인)의 육체가 바람의 몸이 될 때까지 기다리는 수밖에 없다. 그리하여 시인은 질문한다. '위험한 수혈' 이전에 동박새 자신의 피는 무엇인지를.

얼마만큼 그의 피를 흔들어야
동박새의 아픈 피를
채혈해낼 수 있을는지, 라는 (④—15)

시인이라는 생명의 순수성을 되살리고 싶은 가녀린 소망. 박라연 시의 핵심은 바로 이것이다. 그 생명은 네번째 연작시가 보여주 듯 숨구멍에 부력이 생기고, 심장이 초록으로 물듦으로써 새순이 돋아나는 미세하면서도 거대한 세계이다. 이러한 생명의 세계에는 "다만 공중의 주소가 없는 방문객은/들어설 수 없다 [……]"(뒤의 생략 부분은 "셔터가 내려지지 않았지만"인데, 마치 천국에는 누구나 초대받았으나 어느 순간 그 문은 닫힌다는 잠언을 연상시킨다). 결국 생명을 존중하는 생명의 사람이라면 누구나 생명과 더불어 살 수 있지만, 그러지 못한 사람이라면 스스로 생명 밖에 버려지고 만다 는 것 아니겠는가.

박라연은, 그러나 그러한 생명에게도 끝까지 사랑의 눈길을 주 고 치유의 손길을 멈추지 않는다. "고사목을 베어"내고 "죽어가던 한 사람 몸의 일부도 벤다"고 하지 않는가. 어떻게 하려고? 그 자 리에 진달래 눈빛을 수혈한다고 하지 않는가.

진달래 눈빛들이
다 살아내지 못한 채 떠나는 소나무,
와 한 사람의 몸의 일부를
공중 속의 정원
햇살 많이 드는 곳에 심어주겠지 (④—17)

죽어가는 나무, 죽어가던 사람과 함께 시인은 그들 몸의 일부를 베어내더라도 살리려고 한다. 베어낸 자리에 "진달래 눈빛을 수 혈"함으로써 생명의 회복이 가능하다고 그는 믿는다. 그러나 혹시 라도 살아나지 못한다면, 그 죽은 몸은 "공중 속의 정원/햇살 많이

드는 곳에 심어"지리라 믿는다. 아름답다. 죽어 묻힌 자리에서 일
어나는 다음 장면 때문에, 아, 시는 이래서 꼭 필요하구나 하는 감
탄이 인다.

비비새 한 마리
滿開한 산벚꽃나무를 흔들며
꽃상여 되어주자, 되어주자 조른다
지 지 배 배 지 지 배 배
요령 소리를 낸다 (④—17)

'공중 속의 정원'에 무덤을 가진 자는 죽어도 죽지 않는다. 요
령 소리를 내며 활짝 핀 산벚꽃나무를 흔드는 비비새가 있는데, 그
것이 생명 아니겠는가. '공중 속의 정원'을 확보한 박라연은 행복
하다.

3

『공중 속의 내 정원』 이후 박라연은 제5시집으로『우주 돌아가
셨다』, 제6시집으로『빛의 사서함』을 발간, 꾸준한 활동을 보이다
가 이번에 제7시집으로『노랑나비로 번지는 오후』를 내놓는다. 언
필칭 21세기라고 불리우는 이 시기의 작품들은, 이번 시집을 포함
하여 우주적 상상력이라고 불러 무방할 어떤 것으로 고양되어 있
고, 확장되어 있다. 그 바탕은 물론 여전히 '공중 속의 내 정원'이

다. 그러나 기이하게도 시의 대상이 된 현실들은 그 어느 때보다 구체적이다. 식물적인 상황에서 유발된 여린 마음이 거친 현실의 발견과 더불어 오히려 더욱더 근본 상황에 대한 도저한 상상과 인식으로 뛰어오른 모양이다. 죽어가는 것에 대한 연민과 사랑을 넘어 그것들을 살리고자 하는 안쓰러운 회복의 열정, 또는 이미 죽은 것을 공중 정원에서라도 아름다운 무덤으로 안치하고 싶어 하는 마음이 기본적으로 서정적 상상력 이쪽의 것이라면, 가령 '208개의 사람 뼈에도 봄눈 내리는 것 보고 싶다'는 제목을 내놓았을 때, 나로서는 아연하게 된다. 유성호의 깊은 지적처럼 『구약 성서』의 「에스겔」에서의 지식이 아니라면, 그 상상력의 깊이에 동참하기 힘들지도 모른다.

만상의 뼈들에게
저처럼 순결한 탯줄을 이어준 이,
무릎에 눕고 싶다. (⑤—38)

실제로 "마른 뼈들이 신선한 기운 속에서 소통하면서 결합하는 상상적 질서"(유성호 해설)가 있다. 그것은 「에스겔」의 내용이다. 그것을 가능케 한 이는 신이다. 그런데 박라연 시인은 그 신의 무릎에 눕고 싶다고 고백한다. 왜? 죽은 뼈들에게 "순결한 탯줄을 이어준 이", 즉 생명을 준 분이라서? 도대체 죽은 뼈들이란 누구의 뼈들인가.

적조 현상에 양식장 물고기 떼로 죽어

둥둥 떠 있는 제 몸뚱어리들을
넋 놓고 바라보던,
불 속 검은
재 속에서 새끼 몸 부스러기 찾듯
사라진 생계 더듬던, (⑤—38)

그 뼈들은 양식장에서 떼죽음을 당한 물고기들이며, 9·11 때 놓
쳐버린 신발들이며…… 요컨대 억울하게 죽어간 생명들의 잔해들
이다. 우리 주변에 매일같이 나타나는 이 죽음의 잔해보다 더 구체
적인 것들이 있을까. 시인은 추상 공간을 잠시 접어두고 시장으로,
양식장으로, 논밭으로, 그리고 매스컴을 통해 가까이 다가오는 전
쟁터로 내려온다. 그 비참과 죽음은 생명을 부둥켜안고 있는 시인
의 마음을 조급하게 한다. 그러나 놀랍게도 그 조급함은 상황의 근
본에 대한 상상력으로 도약하여 신, 우주를 만나는 것이다. 어떤
초월적 힘이 아니라면, 시인의 서정적 꿈의 차원에서는 도저히 사
람이, 아니 뭇 생명이 살아날 수 없다는 궁극적인 인식이다. 결국
시인은 공중에 자신의 정원을 만들어보면서 우주 속의 한 빛에 이
르렀는데, 그 우주는 매우 큰 공중이지만, 시인이라는 인간 대신
신이라는 훨씬 초월적인 힘을 함축한다.

빛을 열어보려고
허공을 긁어대는 손톱들
저 무수한 손가락들을 모른 척

오늘만은
온 세상의 햇빛을 수련네로
몰아주려는 듯
휘청, 물 한 채가 흔들렸다. (⑥—92)

이제 필요한 일은 빛을 보내주는 우주의 큰 힘을 느낄 수 있고, 발견할 수 있는 구체적인 현장과 만나는 일이다. 이 시에서 그곳은 수련이라는 꽃이다. 그러나 수련 이외에도 비슷한 장소는 얼마든지 있을 것이다. 이번 시집에서 그곳은 "그녀가 따라서" 들어간 다른 세계처럼 그려지고 있지만, 사실은 떠남을 통해 확인된 다른 세계를 발견함으로써 그대로 남아 있는, "아직 여기 사는 나"와 상통하는 한 세계임이 입증된다. 아마도 죽음으로 떠나간 '그녀'를 경험함으로써 시인은 자신의 삶 역시 죽음과 연결되었음을 새삼 확인하고 죽음도 삶도 신의 한 영역 안에 있음을 알아채고 인식의 지경을 넓히는지도 모른다.

지숙은 떠났다 현재형의 내 일부도 분리수거해갔다 투병중인 그녀 귓가를 흥건히 적시던, 본 적도 없으면서 장황히 소개하던 다른 세계
[……]
달과 별과 해와 바람으로 사는 일이 그녀 2부 作이 된 듯 구경도 못한 빛들이 그녀 얼굴에 넘치도록 일렁인다 아직 여기 사는 나,

내 일부 없이도 살아갈 수 있을까 과연 내 2부 作은 무엇일까 제

살을 물어뜯으며 살 때야 찾은 神, 당신을 부르며

후다닥 다시 사는 순간일까 (⑦—16)

시인은 이제 신의 존재를 알았다. 그가 그처럼 살리고 싶어 했던 고사목, 부러워했던 동박새, 양식장의 죽어가는 물고기 떼, 그 모든 삶과 죽음이 시인을 넘어서는 초월자와 더불어 움직이고 있다는 것을 알았다. 그러나 이 앎이 좋은 시와 반드시 연결되는 것은 아니다. 시는 구체적인 사물의 관찰과 그 묘사, 그 작은 세계 안에서 이루어지는 세밀한 움직임의 언어를 통해서 살아나는 것. 박라연의 경우 그 순수한 아름다움은 처녀시집 『서울에 사는 평강공주』와 제4시집 『공중 속의 내 정원』에서 가장 단아하면서도 진솔하게 피어난 바 있다. 생명을 찾고, 그 일을 위하여 기꺼이 자신의 에고를 희생하는 이타적 슈퍼에고의 모습에서 신의 발견에 이르기까지 원숙의 단계에 올라섰다. 나는 그것을 우주적 상상력이라는 말로 불렀는데, 그 거창한 표현과 달리, 여기에는 만만찮은 문제들이 걸려 있다.

우주적 상상력은 대체로 두 가지 방향에서 접근되는데 그 하나는 판타지물에서 보여지는 SF적 상상력이 그것이다. 동화적 상상력과도 상통하는 이 세계에는 온갖 재미있는 사건들이 시공을 초월하여 넘나듦으로써 환상 공간이 무한대로 확장된다. 게임을 포함, 어떤 의미에서 오늘 우리의 문화 전반이 이러한 우주적 상상력의 간섭 아래에 있다고 할 수 있다. 다른 하나는 우주를 창조하고 지배하는 신과 결부된 경건한 세계 인식의 상상력이다. 따라서 시에서 우주적 상상력이 논의된다면 당연히 후자이다(물론 하위문화로서의 SF적 상상력이 도입된 젊은 시들이 최근 상당히 부상하고는 있다). 그러나 우주가 눈에 보이지 않는 거대한 추상으로 연결되기 쉽듯이, 우주적 상상력의 이름 아래 보이지 않는 신의 이름이 추상화된다면 시는 그것을 거부하고 싫어한다. 박라연의 시에서 내가 감사할 정도로 감동받는 것은 이처럼 힘든 그 상상력의 현재화가 놀랍도록 구체적인 사물을 통해 이루어지고 있다는 것이다.

> 존함은 우자(宇) 주자(宙)이셨다는 것
> 아하! 하면서
> 비 맞은 장닭 몸을 털듯이
> 신들린 몸 부르르 떠는
> 치자꽃 (⑤—115)

치자꽃이 신이다! 이번 제7시집에는 도처에 신이 편재해 있다. 「4차원을 그대 팔에」「별, 받습니다」「앗 김연아」「집중」「허공에서 무박 3일」 등등의 시들은 공중으로 올라간 시인이 신을 만나고 난 다음 오히려 지상에 내려와 아주 구체적으로 한 사람 한 사람, 한 물건 한 물건을 어루만지는 부드러운 잠언의 위력과 그 실현을 보여준다. 박라연, 그대를 지상과 공중 사이를 왕래하는 특사로 보내노니!

[박라연 시집 『노랑나비로 번지는 오후』 해설, 서정시학, 2012.]

예술과 자연, 하나 되다
─이태수론

1

"자연은 신을 숨기고 있다. 그러나 누구에게나 다 그런 것은 아니다."[1] 괴테의 말이다. 교회에 출석한 신자였는지 아니 기독교인이었는지 그 자체가 불분명하기는 하지만, 괴테는 최소한 무신론자는 아니었다. 그렇기는커녕 그는 그의 작품 도처에서 신에 대한 강한 믿음을 내비치고 있는데, 특히 자연과의 관계에서 그 생각은 분명하다. 일반적으로 신의 존재를 증명하는 방식 가운데 존재론적 방법과 계시론적 방법이 있다면, 자연이 신을 숨기고 있다는 발언은, 말하자면 계시론이다. 괴테는 계시론적 차원에서는 곳곳에서 신의 존재를 증거하였으나 현실 기독교와의 관계에서는 그 일체성에 회의하였고, 자신을 기독교인으로 고백하는 일에는 특

---

1) 괴테, 『잠언과 성찰』, 장영태 옮김, 유로 출판, 2014. p. 7.

히 주저하였다. 자신의 죄로 인하여 애인 그렛헨이 죽어가는 모습을 보면서도 성실한 교인이 되어달라는 그녀의 부탁을 적극적으로 받아들이지 못했던 파우스트의 갈등이 가장 전형적인 그 실례라고 할 수 있다. 그럼에도 『잠언과 성찰』에는 신과 인간에 대한 진지한 고뇌, 특히 자연에 대한 깊이 있는 탐구는 자연을 백안시하고 파괴해온 근대의 무신론적 행태를 앞서서 내다보는 경고와 우려로서 의미 있게 읽힌다.

시력 40년의 중진 시인 이태수의 시집 『침묵의 결』(근간)은 나에게 『잠언과 성찰』에 담긴 여러 진술들을 상기시키면서 신과 자연, 자연이 함축하고 있는 언어, 인간의 언어와 비인간의 언어 등 이 세계의 본질과 현상에 대한 많은 문제들을 불러 놓는다. 시인은 말한다.

내 말은 온 길로 되돌아간다
신성한 말은 한결같이 먼 데서 희미하게 빛을 뿌린다
나는 그 말들을 더듬어
오늘도 안간힘으로 길을 나선다
하지만 아무리 애써 보아도
그 언저리까지도 이르지 못할 뿐
오로지 침묵이 그 말들을
깊이깊이 감싸 안고 있다.
[……]
내 시는 되돌아간 데서 다시
되돌아오는 말을 향한 꿈꾸기이다

침묵에서 다른 침묵으로 가는

초월에의 꿈꾸기이다 〔「시법」(서시)〕

　시집 서시에서 밝히고 있는 시인의 소망은 '신성한 말'이다. 그
러나 그 말은 멀리서 희미한 빛을 보일 따름이어서 시인은 안간힘
으로 그저 길을 나설 뿐이다. 그럼에도 시인은 그 언저리에 이르지
못하고 침묵만이 그 말을 감싸고 있다고 고백한다. 신성한 말 찾
기, 그것은 과연 가능할까. 시인 이태수와 더불어 그 길에 나선다.
전 4부로 구성된 시집에서 이와 관련하여 중요한 시사를 던지고
있는 시들은 2부에 집중되어 있는 느낌이다. 몇 대목을 살펴본다.

앞마당의 계수나무 빈 가지에

앉아 있는 멧세 한 마리

차츰 짙어지는 어둠살 뒤집어쓰며

지저귀기 시작한다

　　　　　　　　　　　——「멧세 한 마리」 부분(이하 강조는 필자)

말하지 않으려는 말이 들썩인다

입 꽉 다물어도 **입술을 치고 나오려한다**

　　　　　　　　　　　——「새봄은 어김없이」 부분

봄은 **정적(靜寂)을 밀며** 다시 돌아온다

언 땅을 헤집으며 꼬리 흔드는 버들강아지,

〔……〕

벌거벗은 나무들이 머잖아
정적에 갈무리한 일들을 일제히 밀어 올리겠지
[……]
모자를 벗어 든 사람들 몇이
오는 봄의 리듬을 타고 **콧노래 부르며** 간다

──「봄맞이」 부분

잎이 돋아나고 꽃잎들이 **터져 나온다**
안으로만 소리 지르듯
하늘로 팔을 뻗는다

──「봄, 봄」 부분

소리 없이 동이 트고, 아침이 온다
나무들은 하늘로 팔을 뻗는다
[……]
소리 없이, 세상은 잰걸음으로 돌아간다
요란하기보다 **아무 소리도 내지 않을 때**
세상이 더더욱
아무 소리를 내지 못하게 한다
[……]
온 길로 **소리 없이 되돌아가는** 말들을
붙잡아보다가 놓아버리는 이 빈손

──「빈 손」 부분

다소 긴, 앞의 인용된 시들은 한결같이 말-소리-언어의 움직임을 그 중심에 놓고 있다. 먼저 「멧새 한 마리」에서 그것은 "지저귀기 시작"하는 멧새 한 마리와 더불어 시작한다. 새가 지저귀는 것을 '노래'로 파악한 시인은 노래-소리-말의 위력을 "제 노래 속에/몸을 숨기고"(p. 23) 있는 것으로 생각한다. 그만큼 멧새의 존재감은 그 노래, 즉 말을 통해서 알려진다.

멧새는 **제 노래 속으로** 날아가버리고
바람만 느리지만은 않게
빈 나뭇가지를 흔들고 있다.

말을 통해서 구현되는 존재는 새에서만 나타나는 것이 아니다. "이른 봄, 성급하게 부푼/개나리나 산수유 꽃망울들" 같은 식물들도 마찬가지로 발언한다. 그 발언을 시인은 "말들이 자꾸만 입 밖으로 터져 나오려 한다"고 표현함으로써 공개하는데, 요컨대 그것은 봄의 도래에 대한 증언인 것이다. 봄 역시 소리를 통해서(소리를 내지 않으려고 하는 소리!) 오고 있는 것이다. 이 모두 자연의 신기한 음성이다. 「봄맞이」에서 이러한 상황은 아예 "봄은 정적을 밀며 다시 돌아온다"고 함으로써 소리와 자연의 본능적 관계가 그려진다. 자연은 잎과 같은 식물이든지 새와 같은 동물이든지 소리를 냄으로써 살아 있음을 드러내고 자신의 계시적 성격을 과시한다. "오는 봄의 리듬을 타고 콧노래 부르며 간다"는 구절은 그 생명성을 가장 역동적으로 보여주면서, 밝은 앞날을 예시한다.

말을 본질로 하는 자연의 소리가 지닌 계시적 성격은, 이태수 시집 도처에 깔려 있는데, 「봄, 봄」에서 이미 그 편린이 나타난다. "꽃잎들이 터져 나와서/안으로만 소리 지르듯/하늘로 팔을 뻗는다"는 표현은 대표적인 묘사다. 하늘로 팔을 뻗는다는 말은 "안으로만 소리지르듯"이라는 비유와 함께 나옴으로써 잎이 돋아나고 꽃잎들이 터져 나오는 봄의 기운이 지닌 내재적 폭발의 힘에 대한 설명으로서 의미를 띤다. 봄의 생명, 그 긴장감은 지상의 그 어떤 것으로도 묘사의 한계를 지닌다는 뜻이리라. 그것은 동시에 언어의 한계를 뜻하면서, 자연의 언어는 인간/지상의 그것을 초월하는 계시성과 연결됨을 말해준다. 이태수가 〈서시〉에서 "침묵에서 침묵으로 가는/초월에의 꿈꾸기"라고 말했을 때, 그는 이미 인간적인 표현, 언어에 대한 절망을 예감한 것이 아니었을까.

인간의 언어는 근본적으로 그것이 지시하는 대상과 어떤 등가적인 관련성의 그물 안에 있다. 물론 이러한 의미의 포박 상태는 철학적/문학적으로 회의되면서 끊임없는 물음을 낳아왔다. 가령 릴케가 그의 유명한 「두이노 비가」 연작에서 '해석된 세상'에 대해 개탄, 절망했을 때,[2] 그것은 결국 해석된 언어에 대한 절망 아니었겠는가. 사물을 바라볼 때 인간적인 시각을 최대한 배제하고 사물 자체에게 돌아가자는 이른바 '사물시'를 릴케가 주창한 것도 사물, 혹은 존재의 고유한 언어성을 회복시키고 싶었던 열망이었고, 거기서 어떤 신성을 발견하기도 했다. 이태수의 경우 그 열망은 매

---

2) "아, 우리는 대체 누구를 이용할 수 있단 말인가? 천사도 아니고 사람도 아니다. 명민한 짐승만이 우리가 이 해석된 세상 속에서 그렇게 집처럼 안주할 수 없다는 사실을 벌써 눈치채고 있다." R. M. 릴케, 『릴케 전집』 제2권, 인젤 출판사: 프랑크푸르트, 1975, p. 685.

우 조용하게, 그러나 집요하게 번져가면서 사물의 근원에 접근한다. 그 결과 발견된 것은, 근원의 형성과 변화는 "소리 없이 이루어진다"는 것. '정적'이 곧 그것이다. 앞의 인용 시 「빈 손」이 보여주듯이 "소리 없이 동이 트고, 아침이 온다"는 사실이 확인된다. 다시 한 번 인용해보자.

소리 없이, 세상은 잰걸음으로 돌아간다.

마치 죽은 듯했던 자연-겨울. 그러나 그것은 정적이었을 뿐이었다. 봄은 이 정적을 밀어내고 "다시 돌아온다." 그렇다면 정적 속의 겨울에 자연은 무엇을 하고 있었나. "벌거벗은 나무들이 머잖아/정적에 갈무리한 잎들을 일제히 밀어 올리겠"다고 하지 않는가. 잎과 꽃이 피어나는 개화의 현상은 겨울-정적 속 갈무리의 결과인 것이다. 세상이 현란해 보이듯이 개화는 화려해 보이는 현상이지만, 보다 중요한 자연의 현상은 소리 없이 이루어진다. 그렇기에 인간의 언어-사람의 말들은 "온 길로 소리 없이 되돌아간다". 아울러 그 말은 붙잡아보려고 하여도 잡히지 않는 저 절대공간의 에테르와 같은 것임을 헛되이 인식한다. 그 말들을 "붙잡아보다가 놓아버리는 이 빈손"이라는 서글픈 깨달음은 릴케-현상학-실존주의를 거치면서 20세기가 누구이 겪어온 인간적 공리성의 무위이외 달리 무엇이겠는가. 이제 말을, 언어를 놓아버릴 수밖에 없음을 시력 40년의 이태수 또한 인정할 수밖에 없게 된 것이리라.

말을 놓아버린 시인— 그에게 이제 무엇이 남는가. 여기서 나는
기막힌 시 한 편을 만난다.

　　사람의 아들 예수와 산딸나무 십자가
　　그 기막힌 골고다 언덕의 사연 때문일까
　　귀가 때도 어김없이 나를 굽어보는 산딸나무

　　늦봄에 흰 십자가 꽃잎턱에 맺히던 열매는
　　어느덧 영글어 검붉은 핏빛
　　잎사귀들도 남김없이 붉게 물들었다

　　산딸나무 꽃은 왜 꽃이 아니고
　　열매를 받치는 십자가 모양의 꽃잎턱일까
　　잎도 열매도 때 되면 성혈처럼 붉어지는 걸까
　　　　　　　　　　　　　　　　　　　　—「산딸나무」 부분

말을 놓아버린 시인에게 나무 한 그루가 찾아온 것이다. 그것도
예수 십자가 나무로 쓰인 산딸나무— 그 나무는 시인이 오고 가는
길목에서 사라진 언어의 자리에 들어온다. 산딸나무는 여기서 두
가지 겹의 의미로 대두되고 해석될 수 있는 데 첫째, 자연이라는
의미, 둘째, 예수 십자가라는 역사성·상징성의 의미이다. 물론 양

자는 이 글 앞머리에서 언급되었듯이 서로 겹치는, 일종의 통합적 인유(引喩)의 성격도 지니지만 중요한 것은 그것이 언어의 자리를 대체하고 있다는 사실이다. 언어 대신 나타난 자연, 언어 대신 나타난 예수. 둘은 한몸이 되어 "붉게 물든다." 그것은 어떤 뜻이 있는가. 시인이 내비치는 진술은 우선 "잎도 열매도 때 되면 성혈처럼 붉어지는 걸까"라는, 일종의 수사의문문 형태의 조용한 질문이다. 이어서 그는 단정하게 계속한다.

꽃피우기보다 오직 열매를 받치기 위한
꽃잎, 그 받들어진 열매 빛깔 따라
붉게 타오르다 지고야 마는 잎들

집을 나서거나 돌아올 때마다
나보다 먼저 나를 굽어보는 산딸나무
단풍도 열매도 이젠 다 비워내려 하고 있다

'성혈'이라면 물론 예수가 십자가에서 흘린 피가 연상되고, 그 피는 인류의 죄를 대신하여 흘린 속죄양으로서 예수의 구속사역으로 이어진다. 말하자면 산딸나무는 피흘리는 예수의 모습대로 잎도 열매도 붉어지는 것이다. 그것은 자연의 언어다. 산딸나무는 붉어짐으로써 자신의 말을 하고 있는 것이다. 그 말은 비록 인간의 입을 통하고 있지 않으나, 인간이 그것을 잃어버렸을 때, 그 기능과 능력을 대체하고 능가하는 위력으로 그려진다. 특히 이 시의 결론처럼 주목되는 부분은 "꽃피우기보다 오직 열매를 받치기 위한 꽃잎"이라는 대목이다. 자세히 살펴보면 이때 붉게 물들었던 것은 꽃잎 아닌 열매이고, 그 열매는 꽃잎턱에 맺힌 것임이 발견된다. 꽃잎은 "오직 열매를 받치기 위한" 것이라고 하지 않는가. 그러나 그 붉은 열매도 "이젠 다 비워내려 하고 있다"고 시는 끝난다. 자연=신의 거대한 언어와 그 겸손한 섭리, 혹은 질서가 조화롭게 마무리된다. 인간의 언어에 대한 절망이 자연/신의 언어에 대한 발견과 경이로 연결되는 자연스러운 발전이다.

그러나 이처럼 엄청난 메시지에 이르기까지 이태수는 일상의 주변에서도 자연의 자잘한 소리들을 민감하게 듣고 서정적으로 반응한다. 새소리들은 가장 빈번하게 들리는 그 모습들이다.

> 깊은 밤, 이름 모를 새들이
> 창 너머 나뭇가지에 앉아 지저귄다,
> 귀를 가까이 가져가보면 그 소리는
> 낮에 못다 부른 노래의 후렴같다
> 어둠을 부드럽게 흔들어 깨워
> 따스한 이불 한 채를 지어보려는
> 주문 외는 소리 같다
>
> ──「야상곡」 부분

> 맑은 아침, 새들이 떼 지어 난다
> [……]
> 창문을 열어젖힌다
> 앞산 어디에선가 뻐꾸기가 울고

―「알레그로」 부분

[……]

이름모를 새들이 어둠살 헤집으며
빈 나뭇가지에 앉아 나직나직 지저귄다
갑자기 나타난 까치 한 쌍
정적을 난타한다

―「새벽길」 부분

아침 햇살은 모데라토로 내리고
그보다 조금 느리게
헤엄치는 떡개구리 두어 마리

포물선을 그리듯 말 듯
멧세들이 가세해 고요를 흔든다

―「연잎의 물방울」 부분

눈은 하늘이 내리는 게 아니라
침묵의 한 가운데서 미끄러져 내리는 것 같다
스스로 그 희디흰 결을 따라 땅으로 내려온다
새들이 그 눈부신 살결에
이따금 희디흰 노래 소리를 끼얹는다

―「눈(雪)」 부분

새들의 지저귐, 혹은 노래는 특이한 위상을 지닌다. 새들은 우리
주변에서 만나는 비근한 자연인데, 그들은 소리를 내는 것이다. 즉

말하는 것이다. 이런 현상은 자연의 언어가 침묵이라는 시인의 기본적인 인식과 견주어 본다면, 사뭇 다른 양상이라고 할 수 있다. 그러니까 이태수에게서 자연은 두 가지, 다시 말해서, 말하는 자연과 말없는 자연으로 나누어지는 것인가. 2부에 속한 앞의 시「눈」은 이런 각도에서 중요하게 읽힌다. 다시 잘 보자.

시인은, 눈이 하늘 아닌, 침묵의 한가운데서 미끄러져 내리는 것 같다고 적는다. 눈 역시 자연인데, 이 자연은 침묵의 자연이다. 자연의 언어는 침묵이라는 시인의 생각에 부합하는 표현이다. 그런데 다른 자연인 새들은 바로 그 눈에 "노래 소리를 끼얹는다." 이때 "끼얹는" 것은 눈의 침묵을 강화해주는 것일까, 아니면 훼방하는 것일까. 여기서 "희디흰 결"이라고 표현된 눈에 짝을 맞추어 "희디흰 노래 소리"라고 새들의 노래가 묘사된 점이 주목된다. 새들의 노래 소리에 색을 입힌다면 눈의 그것과 같다는 것이리라. 침묵의 강화 쪽으로 해석될 수밖에 없는데, 이러한 해석은 시의 진전에 따라서 더욱 확실해진다.

신기하게도 새들의 노래는 마치
침묵이 남은 소리들을 흔들어 떨치듯이
함께 빚어내는 운율 같다
침묵에 바치는 성스러운 기도 소리 같다

그렇다, 새들의 노래 소리는 침묵이 "함께 빚어내는 운율"이다. 침묵에도 운율이 있고, 침묵에 바쳐지는 기도라는 놀라운 인식이다. 말하자면 침묵도 언어이며, 그 언어는 성스러운 기도 같은 언어다. 말의 맞은 편에 있는 침묵이 아니라 말을 껴안고 있는 침묵이다. 시인 자신의 말을 껴안고 있는 침묵이다. 시인 자신의 말대로 이러한 인식의 회로는 "신기하다." 새들의 노래는 그러므로 침묵의 신성을 돕는 역할을 한다. 그것은 노래이지만 침묵이다. 세상/인간＝훤소(喧騷), 자연/신성＝침묵의 이원성을 매개하는 자리에 새가 있다면, 눈 역시 새의 자리와 멀리 떨어져 있지는 않다. 시의 끝 부분이 말한다.

하지만 눈에 점령당한 한동안은
사람들의 말도 침묵의 눈으로 뒤덮이는 것 같다
아마도 눈에 보이는 침묵, 세상도 한동안
그 성스러운 가장자리가 되는 것만 같다

자연/신성/침묵의 포괄항은 때로 시끄러운 인간 세상마저 뒤덮으면서 신성성의 세례를 준다. 그 기능을 눈이 하고, 새가 한다. 그리고 또? 시야말로 그 기능을 가장 은밀하게 행하는 운명의 매개물 아닐까. 인간의 언어로 조직되어 있으면서도 끊임없이 신성을 환기시키는 이태수 시의 핵심은 결국 이러한 명제 둘레를 맴돈다. 인간의 언어 쪽에서 자연의 언어를 바라보면서 '침묵'이라는 벽을 지나가는 시인 자신의 모습을 그린 다음의 시는 흥미롭다.

한 중년남자가 저 만큼 간다
헐렁한 모자에 얼굴 깊숙이 파묻은 채
호주머니에 두 손을 찌르고 걸어간다

나는 잃어버린 말, 새 말들을 더듬으러
유리창 너머 풍경들을 끌어당긴다

침묵은 이내 제 길로 돌아가고
봄 아침은 또 어김없이
그 닫힌 문 앞에서 말을 잃게 한다
빗장은 요지부동, 안으로 굳게 걸려
문을 두드릴수록 목이 마르다
새 말, 잃어버린 말들은 여전히
침묵의 벽 속에 가부좌 틀고 앉아있다.

—「침묵의 벽」 부분

　시인, 즉 "내"가 말을 잃어버리고 "새 말들을 더듬"고 있다는 사실은 이미 살펴본 바와 같다. 재미있는 것은, 그런 상태에서 "유리창 너머 풍경들을 끌어당긴다"는 사실이다. 유리창 너머에는 대체 무엇이 있는가. 앞의 시에서 인용이 생략된 앞부분의 첫 대목, "침묵의 틈으로 앵초꽃 몇 송이/조심조심 얼굴을 내민다"는 묘사가 그 풍경이 아닐까 싶다. 말과 침묵 사이에 시가 있다면, 그것이 인간과 신, 혹은 인간과 자연 사이에 시가 있다는 의미일 것이라는 점도 이미 확인되었거니와 그 사이로 새와 같은 일상의 자연이 매개되고 있는 것도 보았다. 유리창은 여기서 시각적으로는 투명하게 매개의 기능을 하면서 사실상 양자를 단절시키고 있는 벽이 아닐까. 그리하여 "침묵은 이내 제 길로 되돌아가고" 유리창은 "닫힌 문"이 된다. 새와 나무가 나오지 않는 이 시에서 "빗장은 요지

부동"이며 시인은 문을 두드릴수록 더욱 목이 마를 따름이다. 침묵이 단절 저쪽의 모습으로만 나타날 때의 상황은 이처럼 힘들다. 그러나 시인은 절망하지 않고 그 풍경들을 "끌어당긴다." 말을 잃었으나 자연 속의 신성을 기웃거리는 모습은 새로운 소망을 예감케 한다. 그 예감의 공간이 이 시집이며, 그 희망은 다음에서 간결하게 표명된다.

새들은 마치 이 신성한 광경을
나직한 소리로 예찬이라도 하듯이
벚나무 사이를 날며 노래 부르고 있다
하지만 이내 온 길로 하나같이
다시 되돌아가 버리고 말
저 침묵의 눈부신 보푸라기들

—「벚꽃」부분

시인은 인간의 말을 잃어버려서 아쉬워하고 있는가. 시는 언어인데 언어상실을 시의 상실로 생각하고 개탄하고 있는가. 이러한 경계, 접점, 벽 앞에서 시인 이태수가 취하고 있는 궁극적인 메시지는 무엇인가. 「벚꽃」은 이에 대한 대답으로서 선명하게 다가온다. 이 시는 다시금 새를 통해서 인간과 신, 그리고 자연 사이의 관계를 아름답게, 마치 구슬을 꿰듯 연결지음으로써 새 자신의 이미지를 분명히한다. 한마디로 요약해서, 새들은 인간의 귀에도 들리는 소리를 내지만, 그 소리는 인간의 언어와 소통하지 않는다. 그 소리는, 소리임에도 불구하고 침묵을 찬양하고 침묵을 대변하는, 기이한 소리다. 그러나 그 침묵은 "겨우내 웅크리던 벚나무들이/가지마다 꽃잎을 가득 달고 서 있"으면서 "하얀 보푸라기들을" 떨궈낸 침묵이다. 아무 소리도 내지는 않았지만 아무것도 안 한 것은 아닌 벚나무. 그 벚나무는 침묵 가운데에도 가지마다 꽃잎을 가득 달았으며, 하룻밤 사이 하얀 보푸라기들을 뒤집어쓰고 있듯이 화려해 보인다. 그 위에 "햇살마저 포개져/더욱 하얗게 빛을 쏘아대는 벚꽃들"을 시인은 모두 침묵의 산물로 묘사한다. 시인은 또한 이러한 모습을 "신성한 광경"이라고 말함으로써 꽃이 개화되고, 그 꽃들을 달고 있는 나무들과 같은 자연을 신성시한다. 결국 자연의 침묵은 신의 언어인 셈이며, 새의 노래는 그 과정에 대한 "예찬"이 된다. 명료하게 정리된 것이다. 그러나 한 가지 문제가 남는다. "하지만 온 길로 하나같이/다시 되돌아가 버리고 말/저 침묵의 눈부신 보푸라기들"을 어찌할 것인가.

3

마무리에 이르렀다. 니체는 "예술은 자연을 훨씬 능가한다Die Kunst ist weit überlegen der Natur"는 유명한 말과 더불어 예술의 위대함을 벌써 19세기 후반에 역설하였다. 그러나 안타깝게도 그의 이러한 선언은 자연을 압살하면서 이루어졌다. 니체가 죽임으로써 자연이 물론 죽은 것은 아니었다. 그러나 심한 도전을 받은 것은 사실이어서, 니체 이후 오늘에 이르기까지 이른바 현대사상이라고 일컬어지는 거의 모든 사조들이──철학도, 문학도, 예술도, 심지어 자연과학 및 사회과학까지—덩달아 그것이 마치 진리라도 되듯이 이를 추종하였다 실로 20세기는 니체에게서 한 발짝도 벗어나지 못한 감이 있는 것이 사실이다. '예술'로 대변되는 인간, 혹은 인간성은 역설되고 옹호되고 자랑되어야 할 것으로 끊임없이 강조되었다. 이념화되기도 했고, 제도화되기도 했다. 그러나 언제부터인지 문학과 예술 일각으로부터 이러한 통념에 대한 회의와 성찰이 일어나기 시작했는데, 그것은 아마도 지나친 인간화에 의한 자연 파괴 및 생태계의 변화에 따른 불가피한 반응이었을 것이다. 기독교를 비롯한 종교의 반성적 노력도 이와 결부되어 니체주의의 열광을 완화시키는 듯했으나, 지식인 사회의 분위기는 크게 달라지지 않고 있다. 이태수 시집은 크게 보아 이러한 분위기의 일신에 기여하고 있는 맑은 작품들로 가득 차 있다. 그러나 그의 시가 경건주의적 색채를 띠고 있는 것은 아니다. 그렇다기보다는 현대사회에서 고립화·원자화된 개인들의 소통과 그로 인한 언어의 무력화에 대한 언어철학적 접근의 인상을 띠고 있는 시들이다. 따라서 인간의 언어는 의미가 완전히 해명되지 않은 채 쳇바퀴 돌 듯 헛돈다는 인식으로 나타난다. 그러나 신의 언어라고 할 수 있는 자연의 모습도 이와 비슷한 회로로 파악하고 있는 까닭은 얼핏 이해되지 않는다. 왜 "침묵의 눈부신 보푸라기들"이 "다시 되돌아가 버리고 말"아야 한단 말인가. 그것이 자연 표상을 나타내면서 침묵을 통한 신의 언어를 말하고 있다면, 세상 속에 인간 속에 영향을 던져야 할 것 아닌가. 종교적인 표현을 빌린다면, 세상과 인간을 구원하고, 인간의 언어 또한 피를 돌게 해야 할 것 아닌가. 니체와 반대로 자연과 그 침묵 언어의 위대함을 노래한다면 헛된 공전 대신 빛을 뿜어야 할 것 아닌가. 더 나아가 인간의 언어와 교류가 이루어져야 할 것 아닌가. 사실 그 가능성을 보여주는 시들도 여러 편 있다. 자연과 시가 빛이 되는 가능성이다.

아주 오래된 저 귀목나무는
까마득히 오래된 침묵의 한가운데서
느리게 솟아오른 광휘 같다

오로지 말 없는 말에만 귀열어
깊이깊이 안으로만 되새김질해
그윽한 빛을 뿜어내는 것 같다
　　　　　　　　　　　　　　　　　—「오래된 귀목나무」 부분

오래전 우리 집 마당으로 이사 온
계수나무 두 그루
바라보면 볼수록 침묵의 화신 같다

겨울이 다가서자 지다 남은 잎사귀들이
햇빛 받으며 유난히 반짝이지만
몸통은 벌써 침묵 깊숙이 붙박여 있다
　　　　　　　　　　　　　　　　　—「어떤 거처」 부분

"그윽한 빛을 뿜어내는"가 하면 "햇빛 받으며 유난히 반짝이는" 모습은 확실히 자연의 언어가 인간 세상을 향한 선한 영향력을 드러내는 현장이다. 그러나 거기에는 "깊이깊이 안으로만 되새김질" 하는 자연 스스로의 조용한 역동성, 그리고 "몸통은 벌써 침묵 깊숙이 붙박여 있"는 은거의 모습, 혹은 자기폐쇄적인 자존의 인상이 남아 있다. 마치 세속의 손은 범접을 허락하지 않는 듯한 어떤 엄숙한 세계가 단절된 듯 놓여 있다. 시인 역시 "그 그늘에 낮게 깃들인 나는/작아지고 작아지기만 하는/끝내 허물도 벗지 못하는 애벌레 같다"고 자신의 위상을 조금쯤 자기 비하의 자세로 낮춘다. 정녕 인간과 자연은 소통하면서 신성의 거룩한 세례를 받을 수 없는 것인지……

이러한 의미망 속에서 침묵의 깊은 의미로 인간의 언어를 새롭게 하고자 하는 시인의 태도는, 그러나 겸손하다고 말하는 것이 적절해 보인다. 무엇보다 시인은 자연, 신, 그렇다, 그들이 지닌 침묵을 선망하면서도 그를 향해 매우 조심스럽게 다가간다. "더듬는다" "서성인다" "맴돈다"와 같은 동사들의 잦은 출현은 성스러운 침묵의 성 주위에 접근하면서도, 아직은 입성하지 못한 시인의 부끄러움과 주저, 그러나 언젠가는 들어가리라는 기대와 소망을 함께 반영한다.

> 떠밀어주는 힘, 침묵 속 미지의 말들을
> 더듬어 가게 하는 길라잡이인 것 같다
>
> ──「꿈」 부분

내가 깨뜨려버린 침묵과
다시 들어가야 할 침묵 사이를 서성이며

이토록 붉게 애를 태워야만 한다

—「서녘 하늘」부분

그 안 보이는 길 위에서 목마르게 서성이는,
말없는 말들을
찾아 나서는 안간힘일 뿐,

—「말없는 말들」부분

입을 굳게 다문 채 말들을 잠재운다
며칠 째 견디기 힘든 말들에 시달리면서도
아주 낮게, 더더욱 낮게 마음 조아린다.

—「겸구」부분

그런가 하면 자연 속에 침묵으로 숨어 있는 신성의 모습도 이와 비슷한 구조다. 그는 시인을 향해 뜨거운 손을 내밀거나 냉철한 논리를 펼치지 않는다. 그의 얼굴에는 대체로 언젠가 이루어질 인간과 자연의 화평스러운 교감을 기다리는 자의 평온함이 깃들어 있다. 많은 경우 그 모습은 긍휼을 베푸는 자의 조용한 응시, 그렇다, "내려다보는" 형태를 취하고 있다.

물끄러미 나를 내려다보며 서 있다.

—「어떤 거처」부분

침묵으로 말하듯이 나를 내려다본다

개나리, 목련꽃을 활짝 밀어낸 나무들은
제 발치에 돋아나는 풀잎들을 내려다본다

──「봄날 한때」 부분

　언어/예술과 자연, 인간과 신의 이러한 대항 구조는 "더듬는"과
"서성이는" 발길이 "내려다보는" 신의 눈과 짝을 이루는 순간 낙
원이 될 것이다. "하강과 상승은 본디 한 쌍이라고" 시인도 말하지
않는가. 예술이 자연을 능가한다는 니체의 편견은 이제 예술과 자
연은 한몸이라는 시의 선언으로 이태수에게서 새롭게 부활하리라.

〔이태수 시집『침묵의 결』해설, 문학과지성사. 2014년 근간.〕

서정, 자연에서 신을 노래하다
—김후란의 최근 시

시력 반세기를 훨씬 넘는 시간, 한결같이 단아한 모습으로 시를 일궈온 김후란의 시는, 말의 정확한 의미에서의 서정시라고 할 수 있다. 혹은 이 시인과 더불어 혼란 속에서도 꾸준히 서정시가 지속되어올 수 있었다고 말할 수 있다.

서정시에 대한 다소간의 논란이 최근 일어난 일이 있지만 그 어떤 논의도 결국 서정시가 시의 본류라는 것을 끊임없이 확인시켜주는 행위이며, 서정시에 대한 관심과 사랑의 소중함을 환기시켜주는 일이었다.

이런 과정을 거치면서 이른바 포스트모던 문화 속에서 전복적 해체시의 격랑을 타고 생명의 요람으로서 서정시는 그 아름답고 오롯한 모습을 지켜낸다. 그 솟아오른 줄기의 한 정점에 김후란의 시가 있다. 이처럼 자연과 함께 가는, 또 반드시 함께 가야 하는 서정시의 본질에 김후란의 시는 철저하게 밀착해 있다.

나는 파도의 옷자락을 끌고

이 숲으로 왔다

　　　　　　　　　　　　—「비밀의 숲—자연 속으로 1」 부분[1]

　파도는 자연이다. 자연의 거대한 샘이다. 파도를 노래한 시인은
많지만, 파도가 단순한 낭만적 표상만은 아니다. 일찍이 창조주가
수면 위를 운행하였다거나(「창세기」 1: 2), 물 가운데 궁창이 있어
물과 뭍으로 나뉘었다는(「창세기」 1: 6, 7) 기록은 세계가 태초에
바닷물에서 시작되었음을 보여준다. 파도, 즉 바다 아닌가. 이러한
진리는 신을 뒤엎어버림으로써 이른바 '현대'의 원조가 된 니체나
그의 충실한 후예 G. 벤에 의해서도 파도는 원초적인 세계의 힘으
로 인식된다. 가령 다음과 같은 시.

밤의 파도—바다羊과 돌고래

가볍게 움직이는 히아신스의 짐을 지고

장미 월계수와 트라배어틴이

텅빈 이스트리아 궁전 둘레를 감도네.[2]

　「밤의 파도」라는 G. 벤의 시 첫 연이다. 낯선 이미지들 때문에
다소 난해한 인상의 이 시는 G. 벤 특유의 '절대시'를 보여주는 전
형으로 흔히 거론되는데, 여기서도 파도가 힘의 원천임을, 즉 창조

---

1) 김후란, 『미네르바』 54호, 2014.

2) G. 벤, 「밤의 파도」: 김주연, 『김주연 고트프리트 벤 연구』, 문학과지성사, 1981, p.
　　111.

의 첫 단계임을 보여준다. 파도는 자연의 출발지인 것이다. 김후란
이 '나는 파도의 옷자락을 끌고/이 숲으로 왔다'고 그의 〈자연 속
으로〉 연작시를 시작하고 있음은, 따라서 예사롭지 않은 일로 보인
다. '파도의 옷자락'이란 우주 생성의 단초인데, 시인은 그것을 만
지고, 이끌고 있는 것이다. 어디로? "숲으로 왔다"고 그는 적는다.
파도라는 원초적 자연을 다음 단계의 자연이라고 할 수 있는 숲으
로 이끌고 온 것이다. 시는 계속해서 발전한다.

　변화를 기다리는 생명들이 있었다
　바위조차 숨죽이고 기다렸다

'자연 속으로 1'이란 부제를 달고 있는 「비밀의 숲」 다음 부분이
다. 앞의 인용과 더불어 4행으로 구성된 이 시의 첫 연은, 전통적
서정시와 포스트모던 계열의 해체시들을 반세기 동안 두루 훑어온
나에게 놀라운 철학과 감동으로 부딪힌다. 무슨 말인가. 서정성의
깊은 의미를 보여주는 전형과 같은 시의 울림을 보여준다는 뜻이다.
　이러한 언급에서 주목되어야 할 부분은 '깊은', 즉 깊이이다. 그
럴 것이 서정 혹은 서정성은 우리 시에서 아주 자주 단순한 자연
예찬이거나 자연에 대한 정서적 동화라는 의미로만 읽힌 경우가
대부분이기 때문이다. 이럴 때 그 서정시를 쓴 시인은 사물에 대한
깊은 관찰, 시의 대상에 대한 깊이 있는 인식 대신 자연의 피상에
대한 인상을 감상적으로 기술하거나, 자기 자신의 감정적인 정서
를 자연에 빗대어 토로하기 일쑤다. 자연의 의미에 대한 깊이 있는
인식은 당연히 여기서 수행될 수 없다. 서정시에 대한 인상이 일반

적으로 '안이한 것'으로 비치는 까닭도 이와 연관된다.

파도의 옷자락을 끌고 숲으로 온 시인의 손길에는 자연에 홀리고 반한 그의 본능적인 사랑이 우선 숨어 있다. 그 사랑은 옷자락이 말해주듯 섬섬옥수의 관능성만은 아니다. 그 손길은 따뜻한 어머니의 맹목이지만, 동시에 헌 양말에 전구를 넣어 꿰매는 공작인의 사랑에 가깝다. 어머니의 사랑은 그처럼 생명의 원천이면서도 누더기가 된 삶의 현장을 늘 꿰매어가는 보수 작업의 인부를 닮아 있다. 이 시인도 마치 그 어머니의 마음과 손으로 "파도의 옷자락"을 끌고 숲으로 온 것이다. 그렇다면 왜 숲인가.

시인의 통찰력은 여기서 놀랍게 빛난다. '숲'에는 "변화를 기다리는 생명들이 있었다." 숲도 생명이지만, 그 숲은 원천으로서의 힘―생명의 고향을 기다리고 있었다. 바위조차 숨죽이고 기다리고 있었다고 하지 않는가. 이 간단한 변화와 기다림의 과정은, 그러나 거대한 생명 생성의 과정을 함축하면서 그 사이에 개입하는 시인의 자리를 보여준다.

시인은 말하자면 신이 창조한 생명을 위탁받아 거기에 변주를 가하는 공작인으로서 그 생명을 다양화하고, 인간적인 눈높이로 변화시킴으로써 생명의 현재화를 돕는다. 시인은 그러므로 신의 뜻에 충실하면서도 인간의 사정을 헤아리는 매개자로서 기능한다. 「비밀의 숲―자연 속으로 1」은 이런 의미에서 한국 시에 유례없는 아름다운 신성과 인간성을 동시에 구현한다. 시는 계속된다.

> 푸른 잎새들 이마에
> 천국의 새들이 모여들고
> 들꽃을 피우려고 비를 기다리던 산자락에
> 바다가 입을 맞춘다

처음 3행은 숲속의 세계, 즉 인간적 신성(파도가 신적 신성이라면, 상대적으로 숲은 그 이후 변모된, 혹은 시인이 개입하였다는 의미에서 그렇다)의 세계이며 제4행은 원래의 신성과 함께 만나는 세계이다. 푸른 잎새들은 숲의 나라에 편재하는 구체적인 집들인데, 거기에 신의 입김이 "천국의 새들" 모습이 되어 서식한다. 들꽃을 피우기 위해서도 하늘의 비가 필요한데, 시인은 그 산자락에 바다를 끌어다가 입을 맞추게 한다. 시인은 정녕 바다와 파도를 숲과 산으로 끌어오는 자, 신의 계시자인가. 보다 종교적인 표현을 사용한다면 일종의 성령 아닌가. 그리하여 그 기운을 덧입은 자연은 아연 생명감으로 충일한 모습이 되어 출렁거린다.

> 겹겹 옷 입은 산 황홀하여라
> 비밀의 숲은
> 깊이를 알 수 없는 안개 속에서
> 어린 나무들과
> 키 큰 나무들의 숨소리에
> 저 소리꾼의 진양조 가락이 울린다

눈부셔라

언제나 새롭게 태어나면서

아침햇살에 비늘 번득이는 바다처럼

산은 살아있다 청렬하고 푸근하다

신이 만든 숲이다 나를 끌어안는다

나는 영혼의 긴 그림자를 끌고

천천히 걸어간다

마침내 산은 "아침 햇살에 비늘 번득이는 바다처럼" 살아 있다.
파도의 옷자락을 숲으로 끌고 온 시인의 공작으로 말미암아 산은
창조의 원천인 바다와 동일한 위상을 획득한다. 그럼으로써 산은
황홀하게 빛나고, 소리꾼의 가락으로 울릴 수 있으며, 눈부시게 새
로 태어날 수 있다. "신이 만든 숲"이라는 시인의 천명이 아니라
하더라도, 숲이 신이 만든 작품이라는 것은 이제 자명해진다. 그러
나 잊지 말자. 그 만듦의 계기에 시인이 있다는 사실을.

"신이 만든 숲"이 "나를" 끌어안는다는 진술에는 신이 시인을,
그리고 숲이 시인을 끌어안는다는 뜻과 함께 시인이 숲을 끌어안
음으로써 신에게 다가가는 매개 작용의 진리가 숨어 있는 것이다.
이 일을 끝마친 시인의 시적 자아를 드러내주고 있는 마지막 부분.

나는 영혼의 긴 그림자를 끌고

천천히 걸어간다.

흡사 영적인 고투를 벌이고 있는 파우스트를 만들어낸 괴테가
「나그네의 노래Wandererslied」를 통해 보여주는 달관이 연상된다.
그러나 괴테의 노래가 지적인 편력과 그 과정에서 함께 파생된 죄
와의 싸움, 그로 인한 피로의 축적 끝에 토로된 휴식의 갈구였다
면, 김후란의 그것은 신성과 인간성을 자연을 대상으로 매개시킨
자의 흐뭇함에 따른 여유와 여력의 분위기가 달관과 일정한 거리
를 갖고 맴돈다는 특징을 지닌다.

생명은 영혼인데, 시인은 그 그림자를 길게, 그리고 천천히 끌고
걸어간다. '긴' 그리고 '천천히'의 미학 속에서 시인의 자연은 깊은
서정으로 용해된다.

최근작 〈자연 속으로〉 연작은 반세기 넘는 시간, 조용하고 잔잔
한 서정의 올레길을 차분히 걸어온 시인으로서는, 한편으로는 자
연, 다른 한편으로는 시인의 운명과 본질에 도전하는 역작이며 문
제작이다. 아홉 편의 작품들이 모두 이러한 문제의식을 한 줄로 꿰
고 있는데, 앞서 살펴본 1에 이어서 다른 여덟 편들도 이러한 논의
를 심화시킨다.

> 오랜만에 옛 숲을 찾아왔다
> 보이지 않는 그 무엇이
> 곳곳에서 변하고
> 다시 태어나면서
> 나를 사로잡는다
>
> ―「생명의 얼굴―자연속으로 2」 부분

고요로와라
잠든 듯 말이 없는 산
그 안에 품어 키우는 세상은
참으로 놀라워라

　　　　　　―「저 산처럼―자연속으로 5」 부분

　두 작품 모두 자연으로서의 숲, 그리고 산의 묘사인데, 그것들은 오직 묘사됨으로써 예찬받는, 대상으로서의 자연이 아니다. 숲과 산은 시인을 품고 세상을 키우는 위대하고 거룩한 자연이며, 시인과 합일을 이루면서 끊임없이 거듭나는 자연이다. 시인 G. 벤은 니체를 향하여 "아직도 자연에 무엇을 기대하는가?"하면서 아주 조금 자연에 미련을 갖고 있었던 그를 힐난한 일이 있는데, 참으로 그는 자연의 이와 같은 숨은 힘을 보지 못하였던 것이다. 20세기 초라는 시대, 그리고 동서양 지역차가 주는 어긋남이라기에는 자연관의 본질이 사뭇 다르다. 김후란의 시는 무엇보다 자연과의 관계에서 시와 시인의 본질을 보고 있으며, 그것이 신성과 연결된다는 점에서 의미심장하다. 그럼으로써 그의 시는 서정의 지속이라는 측면 이상의 의미, 즉 마멸되어가는 생명의 회복이라는 점에서 서정의 시대적 소명 강화에 기여하고 있다.
　물론 이때 가장 중요한 것은 시인의 자리가 그 회복을 돕는 자로서 새롭게 부각된다는 사실이다. 이 일은 조금 거창하게 말한다면, 궁핍한 시대에 시인은 무엇을 할 수 있느냐고 애통해했던 휠덜린의 18세기, 서정시의 진실성을 회의했던 아도르노의 20세기에 대한 응답으로서 충분한 가능성을 던진다. 니체 이후, 더 멀리는 횔 덜린 이후 끊임없이 절망의 포즈를 양산해온 현대시가 결국 신성 의 와해에 대한 애통함-아쉬움이었다면, 이제 원초의 자연이 품고 있는 가능성의 기본에 대한 철저한 인식은 역시 시인의 손길에 의 해서 이루어질 수 있을 것이다. 그 차분한 출발점에 김후란의 시가 있다.

평생에 걸쳐 엄청난 시력을 쌓은 원로 시인의 자리를 출발점에 놓는 일은 다소 어색해 보일지 모른다. 실제로 시인은 열한 권의 시집과 두 권의 시 선집[3]을 갖고 있는데 이들은 한결같은 시 세계 안에서도 확실한 발전, 성숙을 보여주고 있다. 거꾸로 말하자면 오늘의 〈자연 속으로〉 연작은 60년 가까운 그의 시 작업이 성취한 성과로서, 지금까지의 시력은 이러한 성취를 향해 익혀온 하나하나의 밀알들이라고 할 수 있다.

그리고 이제 그 성취는 생명을 살려내는 시인이라는, 시인의 새로운 21세기적 사명을 일으키는 출발점이 되고 있는 것이다. 사실 김후란 최근 시의 이러한 성격은 1990년에 발간된 시집 『숲이 이야기를 시작하는 이 시각에』를 기점으로 한 후기 시 이후 서서히 특징화되고 있다. 이 부분을 『따뜻한 가족』 『새벽, 창을 열다』를 중심으로 되돌려 살펴본다면,

---

3) 시집 『장도와 장미』(한림출판사, 1967) 『음계』(문원사, 1971) 『어떤 파도』(범서출판 사, 1977) 『눈의 나라 시민이 되어』(서문당, 1982) 『숲이 이야기를 시작하는 이 시각 에』(어문각, 1990) 『서울의 새벽』(마을, 1994) 『우수의 바람』(시와 시학사, 1994) 『세 종대왕』(어문각, 1997) 『시인의 가슴에 심은 나무는』(답게, 2006) 『따뜻한 가족』(시학, 2009) 『새벽, 창을 열다』(시학, 2012)와 시선집 『오늘을 위한 노래』(현대문학사, 1987) 『노트북 연서』(시인생각, 2012) 『존재의 빛』(시월, 2012)이 있다.

그 섬은 어디에 있을까
파도의 옷자락 날리며
물보라 일으키며
잠길 듯 잠길 듯 바다를 헤쳐 간

수천 개 수만 개의 거울이
햇빛에 부서지고
다시 눈부시게 일어서는
파도에 밀리며

그 섬은
아무도 가 보지 않은
먼 바다 어디에 있을까[4]

파도의 옷자락을 시인은 즐겨 사용하는데 어감이 주는 신선함과 소박한 수사 이상으로, 그것이 깊은 뜻과 연관된다는 점은 앞서 살펴본 대로다. 과연 "파도의 옷자락"은 움직이는 생명의 가장 부드러우면서 날카로운 표징이다. 여기서는 그 파도의 옷자락이 스스로 물보라를 일으키면서 바다를 헤쳐 간다.

최근작에서 시인에 의해 숲으로 끌려간 그 옷자락이 그에 앞서서 먼저 생명의 율동을 보여준 것이다. 그 율동을 시인은 수천 수

---

4) 「그 섬은 어디에 있을까」, 『따뜻한 가족』, 시와시학, 2009, p. 15.

만 개의 거울이 햇빛에 부서지는 것으로 묘사한다. 율동이 만들어내는 빛! 생명은 곧 빛 아닌가. 빛의 생산을 거듭하는 파도를 보면서 이윽고 시인은 '그 섬은 어디에 있을까' 궁금해하고 그리워한다. 신성으로서의 생명을 땅, 곧 인간성과 연결짓고 싶어 하는 시인의 인간화 갈망이 서서히 태동하는 대목이다.

말하자면 이 시절 시인은 단순한 자연 묘사 단계를 훨씬 넘어서 바다/파도에 내재한 신성을 느끼면서 그 인간적 접점의 현장으로서 아직 '아무도 가보지 않은' 섬을 발견한다. 김후란의 자연이 지닌 깊이, 그리고 그것을 인격화하는 의미 부여의 능력과 성격은 그즈음 벌써 확연해지고 있는 것이다. 이보다 3년 뒤 2012년에 발간된 시집 『새벽, 창을 열다』(시와시학)에는 다음과 같은 시가 실려 있다. 「한 잔의 물—빈 의자 7」 뒷부분이다.

한 잔의 물 건네는 공양의 손길에
먼 바다 끝에 있는
작은 섬에 오르듯
비로소 빛 부신
그분의 옷자락을 잡는다
경계를 허물고
지혜의 눈이 뜨인다

이 시에는 파도의 옷자락을 바라보며 아무도 가보지 않은 섬을 찾았던 시인이 드디어 그 섬에 오르는 장면이 등장한다. 물론 이 장면은 일종의 환유로 나타남으로써 현실 자체는 아닌 듯하지만,

"먼 바다 끝에 있는/작은 섬에 오르듯"이라는 묘사가 말하는 그 현실감은 상당하다.

시의 숨겨진 메시지는 그다음, 즉 "비로소 빛 부신 그분의 옷자락을 잡는다"에서 그 실체를 드러낸다. 그분이 누구인가. 최근작에 와서 분명해진 신 아닌가. 그러나 시인은 결코 '신'을 어디에서도 직접적으로 적시하지는 않는다. 오히려 "경계를 허물고/지혜의 눈이 뜨인다"는 부드럽고 겸손한 표현을 통해 신과 인간의 도식적인 이원화를 슬며시 비켜가면서 그 경계에 '작은 섬'이 있음을 넌지시 내보여준다.

작은 섬이란 사람이 거의 살고 있지 않은 바다나 다름없는 한 점 뭍이 아니겠는가. 바다와 뭍은 작은 섬에서 만나고 그것은 신과 사람의 만나는 지점으로 상징화된다. 김후란 시의 의미 구조는 이런 과정을 통해 조용히, 그러면서도 착실하게 성숙해온 것이다. 「한 잔의 물」에서 또 한 가지 주목되어야 할 점이 있다. 그것은 제목 그대로 한 잔의 물이다. 다시 읽는다.

　바람에 휘둘려 숨 가쁘던 생
　한 잔의 물 건네는 공양의 손길에

시인은 우리 세속의 생이란 '바람에 휘둘리는 것'으로 생각한다. 흔한 표현 같지만, 거기에 간결하게 압축된 삶의 요체가 있다. 이런 세속에서, 어찌 보면 깊고 높기 짝이 없어 보이는 신의 세계에 어떻게 도달할 것인가. 시에서 그것은 자칫 형이상학적 췌사나 관념적 조작을 통해 거론되기 십상이며, 실제로 국내외의 시에서 이런 분위기의 관념시 혹은 변신론적인 형이상의 시들은 흔하다.

그러나 김후란의 시는 다만 "한 잔의 물"을 통해 인간의 구체적인 헌신이 신에 이르는 길임을 암시할 뿐이다. 고즈넉한 구체성의 그림자 안에서 김후란이 보여주는 신성의 그림이 작은 파동으로 너울거린다. 이 시인에게서 "한 잔의 물 건네는 공양의 손길"과 "파도의 옷자락" 그리고 "먼 바다 끝에 있는 작은 섬"은 모두 동일한 범주에서 어울리는 신이자 동시에 인간이다. 그리고 바로 그것이 시다. 그 일체화의 그림 속으로 걸어 들어가는 이는 행복하다. 나도 그렇다.

[『미네르바』 54호, 2014년 여름.]

샤머니즘에서 기독교로

—윤흥길론[1]

1. 집——두려운 주체의식

그의 집은 우중충하고 스러져간다. 아니 아예 누군가에 의해 빼앗긴다. 거기서 그가 할 수 있는 일은 거의 없다. 그저 바라보거나 기껏해야 이리저리 할퀴는 일뿐이다. 그도 그럴 것이 그 집들은 한 번도 제대로 된 집들이 없었으며, 심지어는 저주가 깃든 집인 경우도 있었다. 요컨대 집과 더불어 그는 막연한 대로 늘 어떤 종류의

---

1) 윤흥길의 주요 소설을 발표순으로 보면 다음과 같다. ①소설집『황혼의 집』(문학과지성사, 1976) ②소설집『아홉 켤레의 구두로 남은 사내』(문학과지성사, 1977) ③장편소설『묵시의 바다』(문학과지성사, 1978) ④장편소설『에미』(청한출판사, 1982) ⑤장편소설『완장』(현대문학사, 1983) ⑥ 장편소설『백치의 달』(삼성출판사, 1985) ⑦소설집『꿈꾸는 자의 나성』(문학과지성사, 1987) ⑧소설집『산에는 눈 들에는 비』(세계사, 1993) ⑨장편소설『낫』(문학동네, 1995) ⑩장편소설『빛 가운데로 걸어가면』(현대문학사, 1997) ⑪소설집『낙원? 천사?』(민음사, 2003). 이하 본문 인용 시, 해당 번호와 쪽수만 밝힌다.

피해자였다.

1) 우리가 산 그 집은 원래 경주네 소유였다. 그러나 해방이 되자 어떤 낯선 사람이 나타나 부당한 방법으로 경주네를 내쫓고 집을 차지해버렸다. 철공소 옆에 오두막을 짓고 경주네 어머니가 술장사를 시작한 뒤로 그 집은 여러 번 주인이 바뀌었다. 그런데, 세상 물정에 너무 어두운 경주네 어머니는 주인이 바뀌는 것에 상관없이 그 집에 들어 사는 사람이면 누구나 다 똑같은 사람으로 알고 끝없는 저주를 퍼붓는다. 〔……〕 그러나 열 개의 손가락을 오그려 갈퀴처럼 만들고 기회만 노리는 경주의 면전에서 나는 갈수록 말을 더듬었고, 결국 쉽게는커녕 자신이 지금 무슨 말을 하고 있는지조차 아리송하게 되어버렸다. (①─17~18)

윤흥길의 첫 소설집 『황혼의 집』에 나오는 주인공은 아직 소년이지만 집에 얽힌 이야기를 이렇게 소개한다. 그 이야기의 요점은 두 가지다. 첫째는 그 집의 소유 상태가 명확하지 않고 말썽이 그치지 않는다는 점, 둘째는 이에 대처하는 주인공, 혹은 소설 화자의 태도나 입장이 소극적이거나 불분명하다는 점이다. 다음 경우는 그 상황이 훨씬 열악하다.

2) 아버지의 진면목이 가장 여실히 드러나기는 아무래도, 도시 계획에 저촉된다 하여 우리집이 강제로 철거당하던 그때가 아니었나 생각된다. 〔……〕 우리는, 특히 형은, 나이는 어리지만, 아버지가 얼마나 무능한 사람인가를 익히 알고 있었다. 집이 무너앉던 그날,

아버지는 과연 이제까지의 당신답게 무척이나 근엄하고 신중한 자세로 사태에 임했다.

〔……〕 그러나 우리는 모두 지쳐 있었다. 여러 해를 여기저기 잠깐씩 남의 집만 전전하며 살아왔기 때문이다. 전에 우리가 살던 크고 좋은 집은 아버지 친구 되는 사람한테 어처구니없이 **빼앗겨버렸**다. (①—36~37)

집 문제는 윤흥길 초기작의 풍성한 소재이자 견고한 주제다. 이미 원로의 반열에 든 그의 30여 년 전 출세작 「아홉켤레의 구두로 남은 사내」도 필경은 이와 관련된 문제들의 중심에 놓여 있는 작품 아닌가. 집 문제가 오늘에 이르기까지 우리 사회의 끊임없는 현안이 되고 있다고 하더라도 이 작가의 집 문제가 지닌 소설 리얼리즘 속에서의 위치와 주제의 핵심으로 들어가는 관건으로서의 의미는 오늘에 와서 바라보더라도 심대하다.

3) 워낙 개시부터가 기대했던 바와는 달리 어긋져 나갔다. 많이 무리를 해서 성남에다 집채를 장만한 후 다소나마 그 무리를 봉창해 볼 작정으로 셋방을 내놓기로 결정했을 때, 우리 내외는 세상에서 그 쌔고쌘 집주인네 가운데서도 우리가 가장 질이 좋은 부류에 속할 것으로 자부하는 한편, 우리 집에 세들게 되는 사람은 틀림없이 용꿈을 꾸었을 것으로 단정해 버렸고, 이와 같은 이유로 문간방 사람들도 최소한 우리만큼은 질이 좋기를 당연히 요구했던 것이다. 그런데 우리의 기대는 어쩐지 처음부터 자꾸만 빗나가는 느낌이었다. (②—149)

소설 화자인 '우리 내외'는 소시민이다. 남으로부터 이렇다 할 도움을 받지도 못하고 남에게 도움을 줄 처지도 못되는 소시민, 소시민에게 꿈이 있다면 작은 성실성으로 살아가는 일상이 누군가에 의해, 무엇인가에 의해 상처받지 않고 조용히 확보되었으면 하는 것 정도다. 그들에게는 타자와 공동체를 위한 슈퍼에고의 거창함도, 자신의 욕망을 키우기 위한 기교와 비전도 별로 없다. 이런 상황에서 가장 크고, 동시에 가장 작은 소망은 자신의 집을 소유하는 것이다. 앞의 인용문 셋은 모두 이 문제와 연관된다. 그러나 세 경우 모두 이 문제에 있어서 일정한 실패를 보여주고 있다. 소년의 시점으로 설정된 1)의 경우 소년의 집은 정당한 값을 지불하고 구입한 정당한 것이었다. 그러나 원래의 집주인은 소년의 동네 여자친구 경주네 것이었는데 부당한 방법에 의해 경주네가 남에게 빼앗긴 터였다. 그리하여 그 이후로는 주인이 누가 되었든 경주 어머니는 집주인들을 저주하였다. 말하자면 그 집은 부정 탄 집이었다. 허나 소년의 입장에서는 억울한 일이어서 자신의 정당성을 입증하기 위하여 열심히 자기주장을 말하여야 했는데 실제로는 "갈수록 말을 더듬는" 형편이었다. 왜 그랬을까, 자기 집인데도 말이다. 한편, 인용 2)의 경우는 멀쩡한 자기 집을 아버지의 실수로 인해서 아버지 친구에게 빼앗긴, 빙충맞고 바보스러운 처지를 보여준다. 그리하여 판잣집에서 살게 되는데 그마저 당국에 의해 철거당한다. 그러나 이 상황 속에서도 화자의 아버지, 즉 주인공의 태도는 인용 1)에서 더듬거리는 소년의 수준을 훨씬 넘어서는 비겁함과 유약함을 보여준다. 철거의 부당함을 호소하는 탄원서를 제출하기도 하지만 결국 거부된 후 마치 무너지는 집 속에서 함께 죽을 듯한 허세를 부리기도 한다. 그 뒤로 그는 고작 계속해서 술 마시는 일만 할 수 있었다. 주체의식은커녕 제 몫 하나 제대로 챙기지 못하는 그에게 하기야 달리 할 수 있는 일이 없었다. 억울한 마음에 교회로 달려가 한밤중에 종을 난타하는 형에 비해 눈치나 슬금슬금 살피는 아버지는 확실히 주체의식 같은 것은 애당초 없는 위인으로 그려진다.

다른 한편 인용 3)「아홉 켤레의 구두로 남은 사내」의 경우, 주인공의 집은 온전히 그의 집이다. 찜찜한 사연이 있는 집도 아니고, 더욱이 집을 빼앗기는 일 따위의 불상사와 연관되어 있지도 않다. "그런데 우리의 기대는 어쩐지 처음부터 자꾸만 빗나가는 느낌이었다." 대체 이번에는 무슨 일일까. 이번에는 자신의 집 방 하나를 셋방으로 내놓기로 함으로써, 즉 셋방과 관련된 일이 발생함으로써 문제가 야기된다. 그 셋방에 아이가 셋 딸린(한 아이는 아직 배 속에 있지만) 젊은 부부가 이사 왔는데, 그 남자가 이른바 시국 사건으로 옥고를 치른 인물이었다. 이 인물은 원래는 출판사 직원으로 살아가는 선량한 소시민이었는데, 성남의 옛 이름이던 광주에 철거민 중심의 대단지에 땅을 마련한 것이 계기가 되어 당국과 싸우는 적극적인 투사형 인간이 되었다. 그러나 막상 그의 집주인이 되는 소설 화자는 시종일관 우유부단의 모습으로 사태에 대처한다. 이러한 유약한 정황은 두 가지 측면에서 유래한다. 그 하나는 기질적인 것이며, 다른 하나는 안주하고 싶은 욕망과 양심 사이의 싸움이 가져다주는 것이다. 예컨대「집」에서의 아버지 같은 인물은 너무 선량해서 외부의 폭력 상황에 대해 그것을 수락하는 것이외에 딱히 다른 방법과 의지가 없는, 바보스러운 경우이다. 다른 하나는 「아홉 켤레의 구두로 남은 사내」에서 집주인이 보여주는 예와 같이 폭력에 대항하고 싶어도 용기가 없고, 그대로 수용하자니 양심에 거리끼는 이중의 어려움을 겪는, 말하자면 나약한 소시민적 지식인이다.

내가 생각한 것은 차알스 램과 차알스 디킨즈였다.

〔……〕램이 정신분열증으로 자기 친모를 살해한 누이를 돌보면서 평생을 독신으로 지내는 동안 글과 인간이 일치된 삶을 산 반면에, 어린 나이에 구두약공장에서 노동하면서 독학으로 성장한 디킨즈는 훗날 문명을 떨치고 유족한 생활을 하게 되자 동전을 구걸하는 빈민가의 어린이들을 지팡이로 쫓아 버리곤 했다는 것이다. 램이 옳다면 디킨즈가 그른 것이고, 디킨즈가 옳다면 램이 그르게 된다. 가급적이면 나는 램의 편에 서고 싶었다. 그러나 디킨즈의 궁둥이를 걷어찰 만큼 나는 떳떳한 기분일 수가 없었다. (②―170~71)

소설 화자를 통한 이러한 독백은 작가 윤흥길의 고백이며, 아마도 또한 많은 지식인들의 고백일 것이다. 대타(對他) 의식으로서의 주체의식은 모든 인간들에게 거의 방어적으로 작동할 것이지만, 그 타자가 폭력적 억압으로 다가올 때 주체의식의 형성은 차라리 두렵기까지 하다. 윤흥길의 초기 3부작이―1976~78년의 3년에 걸친 소설집과 장편소설―모두 가장 억압적이었던 정치적 폭압기의 산물이었다는 점을 고려할 때, 작가의 이러한 진술은 문학인을 포함한 지식인의 주체의식이 실존적으로 어떤 양상으로 가능할 것인지 되묻게 된다. 폭력에 대해 폭력으로 대항하는 일이 어차피 문학의 범주를 벗어나는 일이라면 찰스 램과 찰스 디킨즈 사이의 갈등을 고백하는 일은 우유부단 아닌 문학의 양심이자 실존적 양식(樣式)일 수밖에 없었을 것으로 보는 편이 정직하다.

물론 다른 길이 있을 수 있다. 「황혼의 집」에 나타나는 소년과 소녀, 그리고 소녀의 어머니인 노파의 모습이다. 소년은 자신의 집이 예전에 소녀/소녀 어머니의 집이었다는 악연과 더불어 그녀들의 거친 삶을 들여다보는 화자가 된다. 그 결과 소녀의 오빠는 빨치산이 되어 산으로 갔고, 큰 언니는 목매어 자살을 했고, 어머니인 할멈은 "처참한 소리로 울부짖"곤 했다. 작은 언니는 바람과 함께 가출했고, 이제 그 집에는 어린 막내만 볼모처럼 잡힌 채, 모녀가 동물적인 삶을 살아가고 있다. 이 상황은, 풀이하면, 세 겹의 폭력으로 겹쳐 있다. 무엇보다 어린 막내는 어머니에 의해 물리적인 폭력 상태에 갇혀 있다. 어머니인 할멈은 죽은 남편, 큰딸, 집 나간 작은 딸, 무엇보다 산사람이 된 아들에 의해 삶의 모든 품위와 질서가 송두리째 뽑힌 절망적 폭력 상태에 놓여 있다. 그리고 소설 화자인 어린 '나'는 아무 관련이 없어야 할 모녀 집안에 폭력적으로 개입해 있다. 할멈은 실성하였고, 그녀의 주막집은 전투의 유탄에 맞아 무너졌으며 두 모녀는 행방불명되었다. 그 폭력은 자멸하였고, '나'는 이빨이나 뽑아야 했다. 여기서 무엇을 더 할 수 있을까.

2. 생존과 환상——샤머니즘

「황혼의 집」은 폭력적 억압에서 살아가는 방법이, 또 살아온 역사와 관습이 결국은 샤머니즘에 많은 부분 기대어왔음을 시사한다. 샤머니즘은 점쟁이나 무당 등과 같은 직접적인 풍속의 등장으로 나타나기도 하지만, 모든 일에서 주체의식이 결여된 채 요행만을 기대는 사고방식에의 경사로도 나타난다. 윤흥길 초기의 대표작이 되는 중편 「장마」가 한 전형을 보여준다. 공비가 되어 산에 살고 있는 아들을 가진 어머니와 국군장교로 전사한 아들을 가진 어머니가 안사돈으로 만나서 한집안에 살고 있는 이야기의 이 작품은 남북분단의 비극을 그린 윤흥길 버전의 분단소설이다. 소설 화자가 어린 '나'로 되어 있기 때문에 할머니와 외할머니의 대립 서사로 묘사되고 있는 소설은 두 할머니의 자식 사랑이라는 전통적 육친의 정과 모성애라는 시각에서 그려지고 있기 때문에 좌우의 대립이 이념 대결 아닌, 전근대적 취락 사회와 그 가족의 원시적 욕망의 분쟁이라는 구도로 형성된다. 그러므로 할머니와 외할머니라는 두 노인들은 자기 아들의 위치에 어떤 이념적 자부심을 갖는 것이 아니라, 분열되어 서로 싸우는 전쟁에 동원된 아들들을 향한 본능적 연민으로 휩싸여 있다. 따라서 이미 전사한 아들 쪽의 외할머니는 자식 사후의 심리적 단도리를 매우 단단하게 하고 있는 반면, 하룻밤을 횡하니 다녀간 산 사람을 아들로 가진 할머니는 그를 염려하고 기다리는 마음으로 혼절까지 할 정도다. 그 기다림은 마침내 점쟁이를 찾아가는 형국에 이르고, 아들 대신 출현한 구렁이를 마치 아들처럼 생각하는 샤머니즘적 기운에 포박된다. 결국 「장마」는 여전히 샤머니즘적 세계관/인생관에 머물러 있는 전후 한국 사회에서의 이념 갈등이나 대립은 그 자체가 샤머니즘적 수준의 것임을 보여줌으로써 우리를 씁쓸하게 한다. 이처럼 민족의 비극 문제마저 샤머니즘 안에서 처리함으로써 현실과 문제성을 빈틈없는 리얼리즘으로 육화해내는 것이 윤흥길 문학이다. 말을 바꾸면, 이 작가는 그가 포착한 현실의 문제를 그 현실 내부의 상황에 적절하게 조응시킴으로써 소설적 현실감과 문학적 설득력을 높이는 것이다. 윤흥길 문학을 전반부/후반부로 나눈다면 적어도 전반부에 관한 한 그 주제와 코드는 샤머니즘이다. 언필칭 근대사회라고 자칭하는 우리 현실이 얼마나 샤머니즘과 같은 의사(擬似) 근대에 머물러 있음을 실감있게 드러내주고 있다

1) 소경 점쟁이가 예언했다는 그날이 뽀작뽀작 다가오고 있었다. 날은 여전히 궂었고, 사람들은 모두 지쳤다. 할머니 혼자만은 예외로 하고 인제는 모두가 정말 지쳐버렸다. (①—109)

2) 그들이 가장 궁금해하는 것은 우리 식구들이 어느 정도 미신을 믿고 있는가였다. 물론 그들은 미신이란 말은 입 밖에 비치지도 않았다. 점쟁이의 말 한마디가 이만큼 일을 크게 벌여놓을 수 있었던 데 대해 놀라움을 표시하면서도 속셈이 빤히 보일 만큼 노골적이지는 않았다. 〔……〕 시간이 진시에 점점 가까워질수록 사람이 늘어 우리집은 더욱더 붐볐다. (①—122~23)

3) "가야 헐 디가 먼 질이 아닌디 여그서 이러고 충그리고만 있어 서야 되겠능가. 자꼬 이러며는 못쓰네, 못써. 자네 심정은 내 짐작을 허겄네만 집안 식구덜 생각도 허야지. 〔……〕"(①—127)

이 인용문들은 모두 화자의 삼촌이 되는—소설에서 분명한 이름으로 나와 있지는 않지만 '공비'가 분명한—할머니의 아들이 다시 집으로 돌아오기를 갈망하여 할머니가 점쟁이를 찾는 광경의 묘사이다〔인용 1), 2)〕. 다른 한편 인용 3)은 기다리던 아들은 돌아오지 않고 대신 구렁이가 집마당으로 기어들어온 광경인데, 할머니는 실신하고 외할머니가 그를 달래는 모습이다. 점쟁이는 모월 모시(여기서는 진시—아침 8시 무렵) 아들이 틀림없이 돌아온다고 했을 것이며, 할머니는 철석같이 그 말을 믿고 아예 잔치상까지 차렸다. 그러나 그는 오지 않았다. 온 식구가 부산을 떨고 있는 마당에 나타난 한 마리의 구렁이! 이후 구렁이는 모든 사람들에게 아들의 화신으로 꼼짝없이 여겨졌고, 국군 장교로 전사한 아들을 둔 외할머니가 침착한 어조로 구렁이를 달랜다. 그 어조와 내용은 앙숙처럼 으르렁거렸던 두 안사돈끼리의 앙금을 일거에 털어내는 차분한 것이었지만, 사실상 그것은 무당의 주문에 다름 아니었다! 좌우의 대결과 가족의 불화는 이렇듯 샤머니즘의 어쭙잖은 분위기 속에서 미봉의 형태로 화해되는 듯한 내용을 담고 있는 작품이 「장마」다.

윤흥길은 샤머니즘을 찬양하고 지지하는가. 그렇지는 않다고 하더라도 초기작의 많은 부분들은 샤머니즘에 상당히 침윤되어 있는 모습이다. 사실 그의 초기작에는 샤머니즘의 기운이 은밀하게 배어 있어서 처녀소설집 『황혼의 집』을 전후해서 곳곳에서 그 음험하면서도 칙칙한 작은 귀기를 느낄 수 있다.

예컨대 그 기운은 첫 소설집의 「황혼의 집」에서 이미 그 기미가 나타난다. 그 기운은 바깥 현실의 정황에서도 주어져 있고, 그것에 접하며 그것을 수용하는 화자의 심성에도 잠복해 있다.

때때로 나는 저녁놀에 붉게 타는 경주네 주막집 유리창을 바라보면서 점점 헤어날 수 없는 기괴한 환상에 잠기곤 하였다. 어떤 근거에서 그랬는지 꼬집어 말할 수는 없다. 그러나 나는 처음 보는 순간부터 그 집 주위에 감도는 뭔가 음습하고 특이한 냄새의 분위기를 대뜸 느꼈던 것이고, 아낙네들의 귀띔에 의하여 나의 이렇듯 막연한 헤아림이 확인된 뒤로는, 내 몸뚱이를 둘둘 말아올리는 듯한 어떤 신비한 기운의 부축을 받으며 내 두뇌로는 도저히 풀 수 없는 어떤 엽기적인 사건이 다시 한번 그 속에서 일어나기를 은연중에 기대하는 버릇이 생겼다. (①—19)

여기서 어떤 신비한 기운이란 무엇이며, 엽기적인 사건이란 무엇이겠는가. 비록 아직 소년의 나이에 머물러 있는 자였으나 그에게는 평범하고, 일상적인, 그리고 합리적인 생활에서 벗어난 그 무엇에의 충동과 동경이 몸을 감고 있었다. 샤머니즘의 본질이 엑스터시의 체험으로 인한 일종의 접신에 있다면, 소년이 예감하는 '신비한 기운'과 '엽기적 사건'은 바로 이 접신의 상황 이외 다름 아니다. 이 상황은 토속적인 농촌사회, 그것도 불우한 비극의 현실 가운데 펼쳐지는 동심의 환상적 공간과 연관된 것이어서 샤머니즘

출현과 썩 어울리는 환경이라고 할 수 있다. 그러나 「장마」나 「황혼의 집」 등이 아닌, 도시의 일상 속에서도 윤흥길의 샤머니즘은 생래적인 느낌을 줄 정도로 빈번히 그 소설 세계의 기저에 배어 있다. 제목이 아예 「오늘의 운세」인 중기 작품을 보자.

회사와 가정 사이를 노상 시계불알처럼 왔다리갔다리하면서 틀에 찍혀 나오는 국화빵 같은 생활을 영위해 나가는 월급장이 남편이 마음 속으로 매일 무엇을 꿈꾸고 있는지를 안다면 아내는 아마 기절초풍하고도 남으리라. 나는 출근길과 퇴근길에 하루 두 차례씩 어떤 끔찍한 돌발 사고를 만나는 요행을 기대하곤 했다. 나는 아내가 크게 다치거나 죽게 되는 경우를, 혹은 나 자신이 크게 다치거나 죽게 되는 경우를 자주 상상했다. 〔……〕 뭐라도 좋으니까 제발 사고다운 사고가 발생해서 속이 빤히 들여다보이는 위태위태한 유리그릇 같은 내 평범한 일상이 와장창 깨져 주기를 나는 바라마지 않았다. (⑦―147~48)

내기에의 기대다. 이러한 심리는 샤머니즘에 크게 기울어 있는 사람들이 아니더라도 조금쯤은 대개 갖고 있으며, 그렇기 때문에 '오늘의 운세'니 '토정비결'이니 하는 전래적 관습과 더불어 서양 쪽에서도 '조디악'이니 뭐니 하는, 재미 삼아 벌이는 내기 습관이 있다.

그러나 단편 「오늘의 운세」 속에는 샤머니즘적 기운이 꽤 짙게 깔려 있다. 샤머니즘은 풍요와 건강, 만족 가운데에서는 기를 펴지 못한다. 그러니까 그것은 결핍, 질병, 불만 가운데에서 독버섯처럼 만연하기 일쑤다. 오늘의 도시 생활에서 재래의 무습을 그대로 재현하기는 거의 불가능하므로, 그 새로운 도시형은 간편한 내기 형태를 곧잘 띠게 된다. 이런저런 일에 내기를 걸기 잘하는데, 가장 현대적인 스포츠라는 골프에도 내기가 횡행한다고 하지 않는가. 결핍, 질병, 불만으로 가득 찬 도시인들, 그러면서도 주체의식의 형성을 두려워하는 도시인들의 왜곡된 습관을 윤흥길이 다시금 그려내는 것은 한국인들의 오랜 관습을 정직하게 반영하는 일일 것이다. 그러나 주체의식의 결여가 샤머니즘으로 기우는 것은 안타까운 일인데, 「오늘의 운세」는 그 불안한 예감의 길을 간다.

샤머니즘은 미래에 대한 불안의 소산이며, 자신과 자신의 가족에 대한 방어의 환상이다. 그것은 근본적으로 허구이며 허위다. 소시민의 두려움과 허위의식을 즐겨 그리던, 때로는 그 처참한 비극의 현장까지 마다하지 않았던, 그 가운데에서도 속수무책일 수밖에 없었던 허약한 주체의식이 샤머니즘과 결탁되는 모습을 보여주었던 윤흥길은 이후 서서히 모종의 환상공간으로 옮겨간다. 중기 소설집 『꿈꾸는 자의 나성』에 실린 많은 작품들, 예컨대 「어른들을 위한 동화」 연작들이 바로 그 공감대를 형성하고 있다. 동화 연작 ②는 변종 잉꼬라는 새의 습격에 의해 두 아들의 오른쪽 눈이 각각 실명되는, 납득할 수 없는 사건을 다룬다. 이 사건은, 그 진원지가 되는 박씨 집안이 새로 현신한 혼령의 저주를 받은 탓이라는 무속적 진단을 받는다. 아들들이 피흘리며 피해를 입는 새의 습격 사건은 결국 여섯 아들과 마누라의 가족회의에 의해 가장인 아버지가 희생되는 기이한, 매우 비현실적이며 종교적인 내용을 소개한다. 비현실적 내용은 ③, ④도 마찬가지인데 ③에서는 어느 여름

날 서울 근교를 출발한 노선 버스가 여름이 가고 가을이 가고 혹한의 겨울이 오기까지 종점인 서울엔 근처에도 가지 못하고 낯선 시골 어딘가를 아직도 헤매고 있는 내용을 그린다. 더군다나 불평하는 승객들은 운전사에 의해서 압도당한다. 승객들 가운데 말단 공무원 김은 노선 버스로 출퇴근하는 처지여서 이 상황을 벗어나려고 애를 쓰지만 바보나 이단자로 몰릴 뿐이다. ④의 경우도 비현실성은 심하다. 가난한 시골 출신의 샐러리맨 김병도 씨는 노력 끝에 회사 상무에까지 올라갔으나 말썽쟁이 고교생 아들로 인해 피곤하다. 그러던 어느 날 퇴근길에 회사 경비원도, 자기 아파트 경비원도, 심지어는 아내와 자식들도 그를 못 알아보는 황당한 일을 겪는다. 자신의 자신됨을 주장하지만 객관적으로 인정되지 않는 비현실…… 이런 상황은 사실 훨씬 이전 「어른들을 위한 동화」(『황혼의 집』 수록, 일련번호를 붙인다면 ①번일 것이다)에서도 이미 비슷하게 출현한 일이 있어서 비현실은 샤머니즘을 거친 모종의 환상으로 넘어가고 있는 것이다. 그것은 불만이 낳은 한 초월의 형태일 수 있지만 새로운 환상을 예감케 하는 어떤 기운일 수도 있다.

3. 기독교의 발견

1997년 장편소설 『빛 가운데로 걸어가면』을 상하권으로 상재하기를 전후하여 윤흥길 문학은 본격적으로 기독교 문학으로의 길을 걸어간다. 그러나 사실 그는 처녀소설집 『황혼의 집』에서부터 기독교적 색채를 은근히 띠고 있어서 짙은 샤머니즘적 기운과 함께 작가 심리의 배후에 종교적 관심이 깔려 있음을 은밀히 보여왔다고 할 수 있다. 그런 가운데에서도 한 전기를 이루는 작품이 있다면 1987년의 중편 「꿈꾸는 자의 羅城」(같은 제목의 소설집에 수록)이 아닌가 싶다. 크리스마스를 앞둔 어느 날 기독교 회관 근처 다방 안이라는 상징적인 상황 설정과 더불어 두 사내가 펼치는 다음 대화 속에서 그 기운은 강하게 올라온다.

"에인젤피쉬⋯⋯. 이름이나 생김새가 그럴 듯하지요. 에인젤⋯⋯ 에인젤피쉬⋯⋯."
이름의 열거가 끝나자 이번에는 개개의 열대어 종류에 대한 비평으로 들어가는 것이었다.
"그야말로 천사처럼 착하고 우아한 몸으로 기품 있게 움직이는 놈입니다. 허지만 이름하고는 달라서 사실은 아주 불행한 놈이지요. 녀석의 불행은 너무 착한 데서부터 시작됩니다. 〔⋯⋯〕 하늘나라에 있을 때나 천사지 이 혼탁하고 잡박한 생존의 전쟁터에 내려오면 에인젤피쉬도 볼장 다 보는 겁니다. 악마가 아니고 천사이기 때문에 숙명적으로 비극의 주인공이 될 수밖에 없는 거지요."
천사어를 이야기하는 동안에 그의 목소리는 알게 모르게 높아지고 차츰 열기를 띠어 갔다. 때마침 아기 예수의 탄생을 축하하는 종소리가 다방 안에 울려퍼지고 있었다. (⑦─237~38)

두 사내는 소설 화자인 회사원 한 사람과 로스앤젤레스로 가는 꿈을 시도 때도 없이 발설하는 몽상가 한 사람이다. 두 사람은 사회적으로 무능하지만 선량하다는 공통점을 갖고 있는데 별 이해관

계 없이 만나서 어항 속의 물고기에 대한 이야기를 나누고 있는 것
이다. 물고기는 에인젤피쉬 이외에 키싱, 수마트라, 검미어, 구피
등이 거론되는데 그들의 생태는 모두 인간들의 삶에 비유되어 좋
을 알레고리 같은 스토리를 지니고 있다. 여기서 중요한 것은 이상
택이라고 불리는 그 사내가 로스앤젤레스로의 꿈을 보류하고, 물
고기 관찰에 집중하고 있다는 사실이다. 천사이기 때문에 비극을
감수할 수밖에 없는 '에인젤피쉬'처럼 현실에서는 뭇사람의 조롱
을 받으면서도 환상에 매여 사는 인물, 샤머니즘이 생존의 불가피
한 양식이면서 자아도취의 한 환상이듯이 이상택은 비록 요행에
생존을 거는 샤머니즘의 수준을 벗어났지만, 현실보다는 환상에서
어떤 삶의 가치를 찾는다. 그 사내를 긍정적으로 바라보는 소설 화
자의 시선에서도 그 환상의 가치는 여전해 보인다. 여기서 기독교
적 비전도 신비의 환상을 문으로 한다면, 그 문은 쉽게 열릴지도
모른다는 예감을 배태시킨다.

　기독교적 상상력과 소재가 본격화된 작품은 『꿈꾸는 자의 나성』
으로부터 꼭 10년이 지난 뒤 상자된 장편소설 『빛 가운데로 걸어
가면』(상·하)이다. 이 소설에서 작가는 작부와 놈팽이로 살아온 두
남녀 임종술과 김부월의 삶을 통해 기독교가 우리 사회 현실의 밑
바닥을 어떻게 변화시키고 어떻게 왜곡시키는지를 실감나게 그려
낸다. 샤머니즘을 통해 자신과 가족의 안녕을 방어하여온 우리네
인생들이 어떤 또 다른 풍화작용을 일으키는지, 작가는 풍성한 전
라도 사투리와 비속어들을 모두 동원해서 걸쭉한 장편소설을 완성
한다. 작가에게 먼저 중요한 관심으로 다가온 것은 기독교 진리,
혹은 교리에 대한 깊은 천착이라기보다 교회 혹은 교인들의 실제

생활에 수용된 교회/교인들의 모습이다. 여기서 그것은 특히 배우지 못하고 가난한 하층민과의 만남의 현장을 통한 교섭이다.

　적어도 무신론자 임종술이 알고 있는 한 예수꾼들은 대개 그 모양 그 꼴이었다. 저 잘난 맛에 남들 내려다보는 재미로 어깨에 잔뜩 힘 주고 살아가는 맹랑한 것들이었다. 언제나 저만 옳고 저만 착했다. 언제나 저만 깨끗하고 저만 똑똑했다. 그러면서도 다른 한편으로는 먹잘 것이 있거나 뭔가 생색이 날 만한 일에 남보다 먼저 뛰어들어 잽싸게 실속을 챙기는 이악스런 존재로 종술의 눈에 비쳤다. 그동안 가까운 주변에서 예수꾼을 여럿 알고 지냈지만 그들을 상대해서 재미를 본 기억이 도무지 없는 그였다. 특히나 천당은 일찌감치 예약해 놓은 듯이 처신하는 찰예수꾼일수록 외려 예수의 예자도 모르는 저 잡살뱅이에 비해 조금도 나을 게 없는 한심스런 인간이라고 그는 이제껏 굳게 믿으며 살아왔던 것이다. (⑩—25)

　말하자면 이러한 생각을 주인공 사내는 하고 있었던 것이다. 그는 아내 김부월의 푸념과 등쌀에 밀려 투신자살하려고 한강으로 나왔다가 박 장로라는 노인에 의해 인도된 후 그의 집에서 무료로 숙식을 제공받고 빌딩 관리인으로 취직까지 된 처지였으나 기독교와 교인들에 대한 생각은 이처럼 여전히 부정적이다. 이러한 생각은 아마도 많은 안티들의 생각 일반의 반영일는지 모른다. 그러나 이에 대해 교인 쪽의 반응은 사뭇 진지하다.

　"옳으신 말씀이오. 그 말을 들으니 정말로 부끄럽소. 허지만 기독교인이라고 모두들 그런 건 아니오. 워낙 숫자가 많다보니 개중에는 벼라별 사람이 다 섞여 있을 수밖에요. 댁에서 말하는 그런 사람은 말하자면 예수 그리스도를 팔아서 세상적인 이익을 취하는 악덕 상인 같은 기독교인이지요. 예수님은 뒷전으로 빼돌린 채 사람들 앞에서 자기 욕심만을……"

〔……〕

"난들 왜 허물이 없겠소. 하나님 보시기에 죄인 아닌 사람은 아무도 없는 법이오. 나 역시 허물로 죽을 수밖에 없었던 죄인이라오."
(⑩—25~26)

임종술을 살려준 박 장로의 고백은 진지하고 진실되다. 그러나 이러한 진실, 혹은 진실된 태도가 소설 전편을 지배하는 주제는 아니다. 무엇보다 박 장로 자신과 그 가족의 신앙 생활이 기독교 본질과의 관련 아래에서 깊이 있게 탐구되는 것은 아니며, 소설의 본질은 오히려 임종술과 김부월의 몸에 침투된 기독교의 파장에 대한 추적이다. 그 과정과 결과에서 드러난 것은 "밖에서는 툭하면 폭력이나 쓰고 안에서는 엉뚱하게 간증을 하겠다고 야단"인 두 사람의, 아무것도 달라지지 않은 행태이다. 서로 우습게 알면서 서로 패악질하는 두 남녀는 성령이라는 이름 하나 더 추가하여 그 둘 사이의 관계뿐 아니라 세상 사람들을 향해서도 더 웃기는 상황을 연출하게 된 것이다. 이 과정에서 김부월이라는 여자는 훨씬 뻔뻔스럽게도 간증을 하게 되었다든가, 임종술이라는 남자는 그래도 "벼룩이도 낯짝이 있고 빈대도 콧잔등이 있어"서 그 우스꽝스러운 장면을 막는다든가 하는 장면이 나오는데, 이것은 중요치 않다. 중요한 것은, '10월 28일 휴거 사건'을 통해 소설 전체의 주인공으로 부각된 김부월이 '기독교적 환상'의 중심으로 진입하였다는 사실이다. 이 사실은 기독교를 포함한 모든 종교, 혹은 신앙이 지닌 환상적 속성과 그 실체, 그리고 그 가치를 떠올리게 한다.

바로 그 순간, 부월의 눈앞에는 이제까지 전혀 몰랐던 새로운 세계가 환히 열리는 기분이었다. 청년이 손에 쥐어준 종잇장은 이를테면 자신의 운명을 바꿔 탈 수 있는 열차의 차표에 해당하는 것일지도 모른다는 엉뚱한 생각이 들었다. 그러자 출처도 알 수 없는 어떤 수상한 기쁨이 부월의 가슴 속에서 갑자기 용솟음치기 시작했다. (⑩－309)

그리하여 부월은 이른바 10월 28일에 하늘로 들림을 받는다는 휴거에 매달리는 감람나무파의 전도사가 되어 거리에서 종말을 외치는 일에 나선다. 이단이라고 할 수 있는 이러한 종파는, 기독교적 교리를 자신들 멋대로 악용하는 세력들이며 그들은 예나 지금이나 우리 주변에서 끊임없이 발호한다. 그러나 한 가지— 이들에게는 그들만의 환상이 있다. 흔히 성령파라고 일컬어지는 극단적인 이단주의자들에게 특히 현현하는 환상은 객관적으로 확인이 불가능하다. 그러나 정통 기독교에서는 성경을 중심으로 한 말씀의 세계에 입각하여 그것이 비록 환상이라 하더라도 전체적인 질서 안에서만 용인된다. 소설의 주인공 김부월이 내달리고 있는 이단적 환상은, 그러므로 샤머니즘의 그것과 크게 다를 바 없는 지향점을 보인다. 윤흥길 소설의 기독교적 지향은, 그런 의미에서 문학과 기독교의 행복한 만남이라기보다 기독교 안에서도 여전히 왜곡된 한국인의 정서적 불안에 대한 증거로 해석된다. 샤머니즘에서 기독교로의 이행이 한국인의 삶을 충분히 행복하게 하고 있다는 메시지는 이 소설에서 박 장로 일가의 모습만으로는 아마도 만족스러울 수 없을 것이다. 그러나 어떤 종류의 환상 속을 늘 떠돌던 윤흥길 소설이 마침내 기독교의 그것에 이른 것은 매우 자연스러워 보인다. 샤머니즘이나 기독교나 윤흥길에게 있어서 그것은 간난의 힘든 현실을 살아가는 서민들의 삶의 방식이자 위로였기 때문이다. 힘든 몸을 거두어야 했던 관념의 집이었다.

[『본질과 현상』 28호, 2012년 여름.]

근대에도 신화는 있다
―성석제론[1]

1. '사邪'와 '가假'의 근대

아도르노에 의하면, 소설은 "이성에 의해 만들어진 작품"으로서, 단순한 방랑의 이야기 같아 보이는 호메로스의 『오디세이아

---

1) 1986년 시를 쓰면서 문인 생활을 시작한 성석제는 1994년 ①『그곳에는 어처구니들이 산다』(민음사, 1994)라는 소설집을 내놓으면서 소설가로서의 왕성한 활동을 시작했다. ②『낯선 길에 묻다』(민음사, 1997) ③『왕을 찾아서』(웅진출판, 1996. 여기서는 개정판인 문학동네, 2014) ④『새가 되었네』(강, 1996) ⑤『검은 암소의 천국』(민음사, 1997) ⑥『아빠 아빠 오, 불쌍한 우리 아빠』(민음사, 1997) ⑦『재미나는 인생』(강, 1997) ⑧『궁전의 새』(하늘연못, 1998) ⑨『호랑이를 봤다』(작가정신, 1999. 여기서는 개정판인 문학동네, 2011) ⑩『순정』(문학동네, 2000) ⑪『황만근은 이렇게 말했다』(문학동네, 2002) ⑫『내 인생의 마지막 4.5초』(강, 2003) ⑬『번쩍하는 황홀한 순간』(문학동네, 2003) ⑭『인간의 힘』(문학과지성사, 2003) ⑮『어머님이 들려주시던 노래』(창비, 2005) ⑯『지금 행복해』(창비, 2008) ⑰『지금은 서툴러도 괜찮아』(샘터사, 2012) ⑱『단 한 번의 연애』(Human&Books, 2012) ⑲『위풍당당』(문학동네, 2012) 등의 시집과 소설집들이 있는데, 여기서는 그중 절반 미만이 다루어졌다. 이하 본문 인용 시 해당 번호와 쪽수만 밝힌다.

아』도 이미 시민적·계몽적 요소를 지니고 있는 소설이었다는 것
이다. 이러한 생각은 『오디세이아』를 신화적 서사시라고만 여기는
전통적인 해석에 대한 도전이자 새로운 개념으로 보인다. 옛날이
야기라고 불리우는 범신화적 범주가 소설이라는 장르로 열릴 수도
있게 된 것이다. 그러므로 『오디세이아』가 소설일 수 있듯이 근대
에도 신화가 있을 수 있는데, 아도르노의 방점은 오히려 후자에 찍
혀 있다. 소설=근대라는 암묵적 방정식에 대한 인식의 파괴와 더
불어 성석제 소설의 신화성이 자연스럽게 떠오른다. 그의 소설들
대부분은 이른바 '이야기', 혹은 '옛날이야기'이며 그것들은 어떻
든 근대적 질서와 동행하는 리얼리즘의 구도 안에 있다기보다는,
이야기가 생래적으로 꾸미기 마련인 어떤 '거짓'들로 신화를 재생
시키고 있기 때문이다. 가령 오늘날 한국 땅에서 호랑이를 본다는
것은 동물원에서나 가능한 일이고, 그것이 문학이나 예술 속에서
거론된다면 하나의 상징으로 수용될 것이다. 그럼에도 성석제는
"호랑이를 봤다"고 소설 『호랑이를 봤다』에서 늠름하게 말한다.
대체 그가 본 호랑이는 어떤 것인가.

　한 나그네가 있었다. 나그네는 나그네이므로 정처없이 어딘가
로 가야 할 운명이었다. 〔······〕 이룰 수 없는 사랑에 귀를 먹었다.
〔······〕 안갯속을 헤매며 옛이야기의 주인공처럼 자학했다. 〔······〕
숲에서 비릿한 냄새가 섞인 바람이 불었다. 〔······〕 나그네는 이유도
모르는 채 숨을 죽였다. 〔······〕 나그네는 어디로 갈까, 어떻게 할까
망설이며 두리번거렸다. 그 순간, 끄어훙! 숲을 흔드는 노호가 나그
네의 귀를 찢을 듯했다. 긴 꼬리를 늘어뜨린 싯누런 그림자가 공중

을 가로질렀다. 〔……〕 나그네는 노인의 뼈만 앙상한 무릎을 감싸 안고 울었다. 〔……〕 마침내 나그네가 울음을 그쳤다. 그때 노인은 나그네에게 말했다.

"자네 호랑이를 봤구만." (⑨—75~78)

사랑에 빠진 어느 나그네가 시골길을 정처 없이 헤매다가 호랑이를 만났다는 이야기다. 정확히 말한다면, 호랑이를 만났다는 확실한 증언은 없다. 한국 설화에서 호랑이 이야기는 가장 빈번히 등장하는 소재의 하나인데, 그 특징은 상징도 아니고, 사실 확인도 되지 않은 글자 그대로의 설화라는 점이다. 그런 의미에서 한국 설화의 전형이다. 이 호랑이가 성석제의 소설에 일찍이 등장했다는 사실은 그의 소설집 제목들이 보여주듯, 예컨대 『어머님이 들려주시던 노래』, 『왕을 찾아서』 등등과 함께 소설의 설화적 성격을 이미 강하게 드러내고 있다. 호랑이도 '있다'가 아니라 '봤다'고 하지 않는가. '봤다'고 하는 것은 이야기의 주체적 형성을 의미하며, 거기에는 사실 보고와 동시에 사실 조작이 개입한다. 그 대신 객관적인 입증은 배제된다. 소설과 설화, 혹은 신화는 이 지점에서 미묘하게 갈라진다. 소설은 주체와 객체를 아울러 포섭하면서 그 긴장을 질서화하면서 발생하는 반면, 설화나 신화는 전해오는 이야기들 그 자체일 뿐이다. 그 '자체일 뿐'이라고 했으나 물론 그리 간단치는 않다.

가령 한 신화학자에 의하면 "신화는 과학기술 세계에서 점차로 잊혀가고 있고, 이런 세계의 안목에서 보면 이미 오래전에 극복된 과거지사처럼 보인다"고 한다. 한편 "이 사실은 신화가 변함없이 모호한 동경의 대상으로 남아 있다는 생각의 계속일 뿐"이라는 것이다. 신화와의 관계는 그리하여 오늘날 분열의 관계라고 그는 말한다.[2] 말하자면 신화는 벌써 지나가버려 끝난 것이라는 생각과 그럼에도 불구하고 그리운 동경의 대상이라는 생각의 모순 속에 있다는 것이어서 간단하게 볼 문제는 아니다. 성석제의 소설들은 바로 이 간단치 않은 모순과 분열의 틈 안에서 작동한다.

『호랑이를 봤다』에서 나그네는 정말 호랑이를 봤을까. 소설의 묘사 장면은 그것이 거의 사실임을 말해준다. 다시 한 번 그 부근을 살펴보자.

> 그러나 막 걸음을 내딛는 순간, 어찌할 수 없는 강력한 노린내가, 지린내에 섞여 코의 점막을 습격했다. 나그네는 그 자세 그대로 얼어붙었다. 나그네의 소매 사이로 차가운 습기가 스멀스멀 기어올랐다. 나그네의 온 몸에는 소름이 돋았고 털이란 털은 곤두설 대로 곤두서서 하늘을 향했다. 나그네는 꼼짝도 하지 못했다. [······] 모든 것이 정지한 듯했다. 들리느니 자신의 숨소리요, 보이느니 자신의 코끝에 솟은 땀방울이었다. [······]
> 나그네는 언제부터 자신이 뛰기 시작했는지 몰랐다. 살이 긁히며 옷이 찢기며 내달았다. [······] 마침내 나그네가 울음을 그쳤다. 그때 노인은 나그네에게 말했다.
> "자네 호랑이를 봤구만." (⑨—76~78)

---

2) K.휘브너, 『신화의 진실*Die Wahrheit des Mythos*』, 이규영 옮김, 민음사, 1991, p. 9 참조.

호랑이가 직접 나타난 부분은 없으나, 직접 나타난 것 같아 보이는 묘사는 실감나게 그려져 있다. 이쯤 되면 호랑이가 출현했다고 보아야 할 것 같다. 아무 일도 없는 상황에서 나그네가 그처럼 혼비백산할 수 있겠는가. 그러나 가만히 들여다보면 이 작품은 호랑이를 보고 싶어 하는 작가 자신의 동경의 소산이라는 점이 명백해진다. 무엇보다 지금 이 나라 어느 곳에도 호랑이는 없지 않은가. 그럼에도, 아니 그러니까 성석제는 호랑이를, 호랑이가 출몰하던 그 시절을 그리워하고 있는 것이다. 휘브너의 해석과 얼추 들어맞는다. 왜 그럴까. 호랑이를 만나면, 사람들은 힘을 합해 그 호랑이를 잡지 못하는 한, 십중팔구 호랑이에게 잡아먹힌다. 즉 생명을 잃는 것이다. 이러한 위험한 동물과의 만남은 생사의 순간을 제공하는 것이며 절체절명의 시간을 지나는 것이다. 여기에는 어떤 사(邪)나 가(假)가 개입할 여지가 없다. 사와 가를 거부하고 증오하는 마음 앞에서 호랑이와 그 시대는 동경의 대상이 될 수밖에 없다. 그 그리움이 작가를 신화시대의 리얼리스트로 잠시나마, 그러나 끊임없이 탈바꿈시킨다. 이와 관련하여 작가 성석제는 의미 있는 자기 고백을 행한다.

10년 전의 나는 오늘의 나다. 그럼에도 그립다.
2011년 2월 성석제 (⑨—99)

개정판에 붙인 '작가의 말' 전문인데, 여기서 '10년 전'은 '100년 전' '1000년 전'으로 바꾸어도 마찬가지일 것이다. 그는 '그전'의 자신이 그리운 것이다. 오직 과거이기 때문에? 아마도 '사'와 '가'로 범벅이 된 근대, 그 속에서 어쩔 수 없이 오염된 자기 자신을 조금이라도 털어버리기 위해서가 아닐까. 과연 그는 근대 한복판에서 신화를 재현시키고 있는 어리석은 나그네, 혹은 "한량없는 연륜을 갈무리"하면서 "지혜로 빛나는 눈빛"의 노인인지도 모른다.

성석제 소설집 『호랑이를 봤다』는 많은 에피소드들이 '~이야기'라는 이름으로 수록되어 있고, 이 이야기들의 모음이 곧 소설집이다. 그 이야기들은 그런데 「호랑이를 본 장군」 이야기를 제외하면 한결같이 이 시대의 '사'와 '가' 이야기들이어서, 우리 모두 매스컴에서 지겹도록 듣고 보는 딱한 내용들이다. 가령 그것은 "자식 농사라고 남부럽지 않게 잘 지어놓았더니 맨 허탕, 똥탕"(⑨-35)이 되어버린 이야기인데, 그들은 사기를 치거나 사기를 당하면서 살아가는 인생들이다. 이러한 인생은 근대화된 우리 사회가 불가피하게 부딪히고 있는 문제인데, 그럴 것이 기계화로 요약되는 근대사회에 적응해서 잘 살아갈 수 있는 인물들과 그 그룹들은 소수에 불과하기 때문이다. 대다수는 그들 언저리에서 그들 흉내를 내면서 살아갈 수밖에 없는 구조이기 때문에 어차피 사기꾼 내지 잠재적인 사기꾼이기 마련인 것이다. 성석제가 파악한 현실과 그 현실 속의 인간 군상들 모습인데, 그들을 외면할 수 없는 작가의 시선은 많은 경우 풍자와 해학의 형태를 띨 수밖에 없다. 신화로의 소급과 동경은 풍자와 해학이 지향하는 정신의 본향이다. 『호랑이를 봤다』에서 짜증날 정도로 늘어놓은 사기의 현실 에피소드들은 왜 작가가 그 본향으로서의 호랑이 설화로 소설을 매듭짓는지에 대한 이유와 과정을 보여주고 있다. 그것은 정면 대결로 현실에 맞서지 못하고 있는 근대인들 몸에 배어 있는 '사'와 '가'에 대한 짜증이며, 거기서 '사람'을 건져내려는 사랑이다. 왜 좀 '위풍당당'하게 살지 못하느냐는 것이다.

2. 소설이 전기충격기가 될 수 있을까

성석제가 소설을 내놓기 시작한 지 올해로 꼭 20년이다. 이 시간의 중간쯤, 즉 2003년에 발간한 소설집에 『번쩍하는 황홀한 순간』이 있다. 32편의 작품들이 수록되어 있고 이들은 소설이라기보다 콩트라고 불리는 편이 훨씬 어울릴 것 같은데 "~이야기"라는 말만 빼어버리면 『호랑이를 봤다』와 매우 흡사한 모양새다. 그러나 『호랑이를 봤다』가 여러 에피소드들이 하나의 주제를 향해 집중된 중편소설이라면, 『번쩍하는 황홀한 순간』은 그야말로 독립적인 작품들로 구성된 콩트적 소설집이다. 이 책은 소설가로서의 10년을 지낸, 성석제의 문학관이 알기 쉽게, 그야말로 '번쩍하는' 소설집이다. 무엇보다 이야기 형태로 간접 전달되어온 '사'와 '가'의 현실이 구체적으로 묘사되면서, 그 묘사 자체가 풍자와 해학을 동시에 발생시키고 있다는 점이 주목된다.

1) 사냥은 사냥인데 불법이란 무엇이뇨. 물론 거룩한 불도(佛道)와 동의어인 불법(佛法)이 아니다. 무법과 친구이고 비법(非法)의 사촌이다. 아무렇게나 해서 불도를 닦을 수 없듯, 아무렇게나 불법을 저지를 수도 없는 노릇, 더욱이 앞서 열거한 바대로 복잡다단한 사

냥에서의 불법은 지식과 노력과 의지가 없이는 불가능하다. (⑬—
8~9)

2) 헤어드라이어의 열풍에 60그램은 됨직한 웅담이 꾸들꾸들 굳
기 시작하더니 마침내 자그마한 비닐봉지에 쏙 담길 수 있게 작아졌
다. 그 봉지를 일행 중 하나가 양복 뒷주머니에 집어넣는다. [……]
다음날 양복을 입은 우리는 무사히 검색대를 통과한다. 우리의 여행
경비는 웅담에서 빠지고 남는다.
　[……] 무슨 학교 동창이냐고? 그건 말하지 않겠다. 하여튼 우리
는 아직 학교에 있다. 우리 학교는 담이 높고 창살이 좀 많다. (⑬—
25)

3) 그 라면은 내가 그때까지 사회에서 먹었던 어떤 라면보다 감
동적이고, 기념비적이고, 호소력 그 자체였으며 그 라면 때문에라도
다시 군대에 가고 싶을 정도다. (⑬—38~39)

4) "이 차, 링컨롤스익스플로러벤츠엑셀마하바라타샬바타 89년
식."
　청년은 차를 들여다보더니 끄떡끄떡했다.
　"아저씨, 가짜 휘발유를 썼네."
　그 말을 들은 정비업소 사장들은 약속이나 한 듯 엉덩이를 털고
일어나서 각자의 가게로 들어가버렸다. 모두 한마디 말도 없이. 나
는 주유소 쪽을 향해 주먹을 부르르 떨었다.
　"우리 집은 아녜요. 요번에 왕창 잡혀갔어요."

청년이 나를 위로해주었다. (⑬—83~84)

위의 인용문들을 담고 있는 소설들에는 일단 '나(우리)'라는 화자가 있으며, 그렇지 않은 경우 독립된 삼인칭 화자가 있다. 전해진 이야기 형식이 아니라 조직적인 소설이다. 그러면서 이 소설들은 불법과 사기를 그 내용으로 하면서 전개된다. 소재는 불법 사냥, 군대에서의 배고픔, 가짜 휘발유 등등인데 공통된 것은 '사'와 '가'의 현실이다. 그렇다면 주제는 이러한 현실의 고발인가. 그것이 아닌 것은 아니지만, 그보다 더 리얼하게 다가오는 것은 가짜로 가득 찬 현실을 살아가는 인간들, 그 인간들을 향한 작가의 숨겨진 연민, 즉 사랑이다. 성석제 소설의 브랜드처럼 떠오르는 해학은 그러므로 단순한 기법 이상, 그 문학 전체의 정신이라고 말해서 지나치지 않아 보인다. 그의 시선에 포착된 인간 현실이 너무 안타깝기 때문이다.

그는 정말로 다른 사람들의 술맛이 떨어질까 두려운 듯 조심스럽게 전기충격기를 집어넣었다. 무안한 듯 얼굴이 붉게 달아올라 있었다. 누군가 세상이 험악한 것에 대해 개탄했고 다른 누군가는 전기충격기를 가지고 다니는 소심함에 대해 비웃었다. 누군가 속절없이 수십 년 재산을 도둑맞은 사람 이야기를 했고 또다른 누군가는 신고를 하고도 죄인 취급을 당한 데 대한 울분을 터트렸다. 누군가 그 자리에 있던 경찰을 옹호하기 위해, 보험금을 타먹기 위해 허위신고를 한 이웃 가게 주인에 대해 장황하게 늘어놓았으며 또다른 누군가는 최악의 경기와 부도 사태에 대해 십여 분을 연설했다. (⑬—151)

이러한 서술은 진행되고 있는 현실과 그 현실에 대한 사람들의 언급으로 구성되어 있다. 소설이 행동이라는 해석에 동의한다면, 이 서술은 소설의 충실한 동행자다. 그러면서도 앞의 서술은 그 현실에 대한 사람들의 언급을 담고 있는데, 이 언급은 말하자면 반응과 성찰의 성격을 띤다. 양자를 통해서 드러나고 있는 인간 현실은 거짓과 개탄으로 요약될 수 있는데, 흡사 소설 모티프처럼 등장한 전기충격기가 자기방어용 호신 수단이라는 사실이 관심을 끈다. 사회 구성원 모두의 세금을 징수하여 경영해나가는 국가가 있음에도 불구하고 그 구성원 개개인이 방어용 호신 수단을 가지고 있는 사회. 작가의 현실 인식 기저에는 이러한 근본적인 회의와 불신이 있다. 어떤 공의와 법에 의해서는 사회 안녕은 물론 개개인의 생존도 보장되지 않는 사회에서 각 개인의 생존 활동은 불가피하게 타인을 침범하고, 침해받은 또 다른 개인은 방어 수단을 가지지 않을 수 없다. 기계주의에 의해서 물성화된 근대사회가 필연적으로 연출하고 있는 풍속이다. 자, 작가는 어느 구성원 쪽에 설 것인가. 아니면 근대 혹은 반근대의 이념 아래 설 것인가.

올바르게 고민하는 작가라면 어느 쪽에도 쉽게 설 수 없을 것이다. 그러나 합리적 이성이라는 초기의 그럴싸한 출발에도 불구하고 영혼마저 물성화의 길을 걷고 있는 근대와 소설이 반려자가 될 수 없다는 의식에 이미 성석제는 매우 가까이 가 있다. 따라서 그는 세상이 험악해져서 온갖 범죄가 난무하고, 여기에 대항하고 호소하는 일마저 효과가 없고, 오히려 거짓으로 당국을 속이는 자가 잘 살아가는 전도된 사회, 사업 부도가 속출하는 사회가 이 같

272

은 물성화의 산물임을 넌지시 증언한다. 전기충격기를 내놓은 소설 「호기심족」에서 작가는 전기충격기로 자기방어를 충분히 할 수 있다고 말하지 않는다. 그러나 그것을 사둔 사람, 그것을 둘러싸고 울분, 열변을 토하는 사람들의 모습을 건조하게 즉물적으로 그려내면서 그 사람들 모두를 향한 해학적인 사랑을 숨긴다. 그 해학은 때로 자신이 다치는 자해를 동반하기도 한다.

그는 전기충격기를 꺼내들고 뭐라고 혼잣말을 하며 살펴보고 있었다. 속고 산 것을 후회하고 있는 것인지도 몰랐다. 그러다가 그는 조그맣게 탄성을 질렀다.

〔……〕 그리고는 자신의 무릎 위에 전기충격기를 갖다댔다.

순간 그의 몸이 총 맞은 늑대처럼 공중으로 펄쩍 솟아올랐다.

〔……〕 기절한 사람과 개를 깨우느라 우리는 술이 다 깨버렸고 그는 전기충격기 값의 두 배가 넘는 술값에 개의 피해를 보상하느라 탁월한 성능이 확인된 전기충격기를 내게 넘겨야 했다. (⑬—151~54)

아마도 우리들의 삶에는 실제로 전기충격기가 필요할지도 모른다. 아니다. 전기충격기로도 개선되지 않는다. 그만큼 근대라는 두꺼운 껍질로 각질화된 존재가 되어버린 오늘의 삶은 전기충격기 같은 것쯤으로는 잠시 놀랄 뿐 별 효용이 닿지 않을 것이다. 문학이 그렇지 않은가. 전기충격기만도 못한 자극을 줄 뿐인 소설이, 상당한 효력을 자랑하던 신화를 동경하는 것은 어쩌면 매우 자연스러운 일일 것이다. 『어머님이 들려주시던 노래』를 들으며 『왕을 찾아서』 『위풍당당』한 모습을 꿈꾸는 일은 따라서 비천한 현실을 뛰어넘고 싶은 소설의 어쩔 수 없는 욕망이라고 할 수 있다.

『어머님이 들려주시던 노래』에는 동명의 단편소설「어머님이 들려주시던 노래」를 비롯하여 이러한 동경과 욕망을 담고 있는 작품들로 가득 차 있다. 가령 그 제목들부터 옛 냄새가 나는「어머님이 들려주시던 노래」「만고강산」「본래면목」들은 포스트모더니즘의 난해한 소설과 기술들이 범람하는 판국에 고리타분하고 진부해 보이기까지 한다. 그러나 책장을 넘기고 독서에 일단 진입하면, 재미있게 빨려드는 이른바 가독성이 단연 압권이다. 익살스러운 문체가 동반하기 일쑤인 '거짓말 리얼리즘' 때문이다. 점잖은 말로 옮기면, 설화적 리얼리즘인데 그것은 요컨대 옛날이야기가 반드시 갖기 마련인 거짓말 재생산 작업의 결과이다. 거짓말은 그럴듯해야 리얼리티가 높고, 리얼리티가 강할수록 거짓이라는 논리를 안고 있는 것이 설화적 리얼리즘의 세계다. 이 세계의 이야기들은 몇 개의 패턴을 갖고 있는데 그중 가장 전형적인 것이 부자=악, 가난=선의 공식이며 이 공식 안에서 형제들은 사이좋게 그 역할을 나누어 가졌다. 흥부와 놀부 이야기가 대표적이라고 할 만하다.「어머님이 들려주시던 노래」에서도 그 리얼리즘은 감동적인 장면을 펼쳐 보여준다.

"네 아버지가 큰아버지 앞에서 단 한번 큰 소리를 냈다가 집에서 쫓겨나면서 받은 건 삼태기 하나였구나. 나는 호랑이 같은 동서에게서 머릿수건 하나를 물려받았고. 무슨 정신으로 호미 하나를 삼태기에 담아들고 나왔는지, 아마도 일하면서 들고 있던 걸 넣었던 게지. 나중에 보니 삼태기 하나와 호미 하나, 머릿수건이 전부였더니라."

설령 사실이었다 하더라도 이와 같은 진술은 더 이상 진실처럼 보이지 않는다. 옛 이야기에서 너무도 자주 목도된 구조이기 때문에 실감 있는 묘사일수록 거짓에 가깝다는 것을 독자는 알게 되었다. 그러나 여기에 중요한 반전과 함정이 있다: 거짓말일수록 재미있다!!

옛 이야기라는 것은 대부분 농촌 사회의 소산이다. 따라서 가난한 사람들은 당연히 논밭도 없는데, 그들의 집은 꼭 "오막살이"여야 하며, "조반석죽을 끓여먹을 솥"도 없을 뿐 아니라 "물 길어올 동이"도 없다. 오죽하면 "오줌이 아까우니 집으로 돌아와 누어라"는 어른들의 지시가 있었다는데, 사실 여부와 상관없이 그것은 거짓에 가까운 수사이다. 그러나 또한 그것은 가난을 넘어서려는 해학의 수사라는 것을 독자들은 알고 있다. 참/거짓으로 나눈다면 수사는 거짓의 세계에 속한다. 그러나 그 거짓은 참을 드러내기 위한 방법적 거짓인데, 이를 가리켜 수사라고 하며, 수사가 유머와 익살로 곤궁의 현실을 극복해나간다면 그것을 해학의 문체라고 부를 수 있다. 「어머님이 들려주시던 노래」는 성석제 소설의 핵심이 이로부터 출발하고 있음을 확인해준다. 「본래면목」에서의 주인공 황봉춘이 소설 결미 부분에서 토해낸 말은 그런 의미에서 의미심장하다.

"우리 사는 기 사는 기 아이민서 사는 기네." (⑮ — 256)

그의 말은 삶의 신산함을 말하는 것이었겠지만, 그 이상의 울림
이 있다. 〈생불사생(生不似生)〉이라고 할까, 삶이 삶 같지 않다는,
삶과 삶 아닌 것이 동일시되기도 하는 혼란의 울림이며, 초극의 울
림이다. 시각적으로 본다면, 그것은 또 눈에 보이는 세상과 사이버
세상과의 겹침으로 보일 수도 있다. 덧붙여 나오는 작가의 '끝내는
말' 또한 심상치 않다.

　　지금도 난 잘 모르겠습니다. 황봉춘의 말이 무슨 말인지, 그가 누
　　구이며 나는 누구인지. (⑮—256)

아무래도 이러한 진술 속에는 잇속만이 판치는 근대의 영악한
세태를 현실로 받아들이기 힘들어하는 작가의 신화적 본능이 작동
하고 있는 것 같다. 이제 그 문학적 의미로 들어가야 할 것이다.

3. 신화적 호흡과 소설적 체계

성석제 소설을 신화에 대한 애정 내지 집착으로만 규정한다면,
그것은 상당한 무리다. 왜냐하면 이미 『오디세이아』가 사이렌 이
야기를 통해서 신화와 노동이 서로 엉키어 있는 것을 보여주었듯
이, 신화가 독자적으로 작동하는 일은 신화시대에서도 거의 드문
일이었기 때문이다. 하물며 근대의 탈신화시대에서야 어떻겠는가.
오디세우스의 모험들은 설화 속에서 구전되어오던 것들인데, 호메
로스는 이것들을 자기 식으로 조직함으로써 기존의 신화와 갈등을

일으킨다. 이와 관련된 많은 언급을 할 수는 없겠으나 호메로스가 그 시대에 벌써 시민적·계몽적 상황 인식을 상당 부분 하고 있었다는 사실은 지적될 필요가 있다. 이 사실은 가령 니체의 '안티케(Antike. 그리스 로마 고대문화)' 해석에 의해 꽤 알려진 사실인데, 이로써 그리스 신화는 작가(호메로스)에 의해 통찰되고 해석되고 조직되고 있었음이 밝혀진다. 완전한 거짓말로서의 신화는 어차피 원형 보존되지 않는다는 것이다. 그렇다면 성석제는 호메로스에 가까이 가고 있는 것인가.

일반적으로 호메로스의 『오디세이아』는 항해자와 상인의 이야기로만 알려져 있다. 그러나 아도르노는 이 작품 속에 민주적인 요소, 즉 자유와 이성, 시민에 관한 관념들이 이미 내재하고 있었다고 파악하면서 그것이 계몽적 사고였다고 말한다.[3] 계몽이 근대사조를 뒷받침한 힘이었다는 사실을 인정하는 한, 호메로스 시대 또한 근대와 분리된 독자적인 신화시대라는 막연한 통념은 근거가 희박해진다. 마찬가지로 우리가 살고 있는 근대 역시 신화와 절대적으로 유리된 합리적 시민사회라는 관습적 인식 또한 새로운 검토를 만나게 된다. 신화와 합리적 이성은 각각 개별적 질서를 지닌 별개의 세계가 아닐 수 있다는 것이다. 신화 속에서 노동은 오늘의 체계와 다른 비약과 생략을 보여주는 것 같지만, 섬세한 관찰과 대국적인 통찰은, 그 노동도 합리적 노동이라는 것이 아도르노의 견해이며, 이 견해는 상당한 설득력으로 오늘의 현실을 설명한다. 그만큼 오늘의 노동은 차라리 신화적으로 보이는 부분이 많기 때문

---

3) M. Horkheimer/T. W. Adorno, *Dialektik der Aufklärung*, Frankfrut, 1969, p. 50.

이다. 비합리적으로 드러난다고 해서 모든 것이 신화적인 것으로 환원될 수는 없으나, 적어도 거기에는 신화로 돌아가고 싶은 욕망이 있다. 이 욕망이 끊임없이 성석제를 소설로 충동질한다.

마사오.
나는 지금 그를 만나러 간다.
[……]

나는 지금 마사오에게 가고 있다. 그가 죽었으므로.
한때 그는 지상에서 가장 강한 사내였다. 한때 그는 가난과 불의, 불평등에 시달리던 모든 사람에게 희망을 주는 존재였다. 한때 그는 아이들의 우상이었으며 어른들에게는 왕으로 군림했다. 한때의 그는 사람의 몸에서 태어났는지를 의심하게 만들 만큼 영광으로 둘러싸여 있었다. (③—9~10)

장편소설 『왕을 찾아서』에 나오는 마사오. 작가의 표현에 의하면 "사람의 몸에서 태어났는지를 의심하게 만들 만큼 영광"으로 둘러싸여 있는 그는 호메로스의 오디세우스보다 확실히 위대하고, 훨씬 큰 거인이다. 그는 소설 화자인 '나'의 어린 시절 마을을 폭력으로 지배하던 '주먹'이었다. 아무도 힘으로 그를 당할 수 없었던 그는 군에 입대해서도 폭력적인 이름을 떨쳤다. 그러던 그가, 영원히 죽음 너머에 있을 것 같았던 그가 죽자 마사오를 영웅시했던 것은 소설 화자를 비롯한 어린 날의 악동들이었다는 사실이 밝혀지며, 그 시절의 추억이 마치 현실처럼 전개된다. 그렇다. 영웅은—

거인은 어린이들에게나 있었던 것이다. 마찬가지로 신화시대에나 있었다.

그러나 오디세우스가 그렇고 에우리스가 그렇듯이 영웅은 몰락한다. 마사오는 병을 앓고 쓸쓸하게 죽는다. 한때 온 마을을 주름잡고 군대까지 호령했던 그의 빈소는 썰렁하기 짝이없다. 완력을 자랑하던 영웅의 죽음답다. 그렇다면 썰렁한 빈소는 어떻게 설명되어야 할 것인가. 한마디로 말해서, 거기에는 마사오 신화와 전혀 관계 없는 노동의 합리적, 일상적 진행이 이루어지고 있었던 것이다.

공장이니만큼 쉽게 보기 힘든 연장이나 부품, 공산품들이 많았다. 어디서 나왔는지 몰라도 아이들의 장난감으로 쉽게 전용될 수 있는 깡통, 철선, 쇠구슬도 나왔고 가끔은 이상하게 생긴 유리병도 나왔다. 그러나 아이들은 제사공장 안에 들어가서 공장에는 별로 쓸모가 없는, 아이들의 보물을 마음대로 가져올 수는 없었다. 〔……〕 나는 평범한 집안에서 태어났고 평범한 환경에서 자랐으며 평범한 기질에 평범한 성격을 유지하고 평범한 것에 만족하는 평범한 어린애였다. 비범성은 타고나는 것이다. (③—140)

근대 이후 합리성은 결과적으로 평범성이라는 이름으로 일상화, 범속화되었는데, 그것은 결국 물성화된 현실에의 순응을 의미한다. 루카치가 소설의 가능성에 짐짓 힘을 주었던 까닭도 영성이 물성을 통해 체화될 수 있다는 소설 리얼리즘적 기대가 있었던 까닭이다. 보자, 신화가 이루어지고 있는 한편에서는 평범한 시민적 질서가 그대로 진행되고 있지 않은가. 어차피 신화는 특수한 비범성과 연결되어 있고, 그 신화가 그 사회 전체를 신화화하지는 않는다는 사실을 『왕을 찾아서』의 이야기 구석구석이 잘 반영하고 있다.

가장 최근(2013년 현재) 성석제가 상재한 장편소설 『위풍당당』은 그 자신으로서도 작가 역정의 큰 봉우리를 넘는 지점이자, 신화와 소설 사이를 미상불 긴장감 있게 점검해보아야 할 비평적 입장에서도 하나의 가설을 마련해야 할 상황을 보여준다. 작가는 이러한 사정을 먼저 눈치채고 아예 '신화적 소설'을 꾸며 내놓는다. '작가의 말'에서 성석제는 "이 소설은 주어진 운명으로서의 식구가 아닌, 자신의 선택에서 한 식구가 된 사람들의 이야기"라고 했는데 이것이 바로 '신화적 소설'아니겠는가. '운명으로서의 식구'가 신화라면 '선택해서 한 식구'가 된 것은 소설이다. 그렇다면 신화는 무엇인가.

> 그 지천벽 앞 용소에 오늘도 배가 하나 떠 있다. 나뭇잎처럼 길쭉한 일엽편주다. 그 위에는 삿갓 쓴 노인이 앉아 낚싯대를 드리우고 있다. [……] 중국 당나라 시인 유종원의 시라도 읊을 법하다. [……] 노인은 낚시는 뒷전이고 있는 물고기를 쫓아버리고 싶기라도 한 양 노래를 불러대고 있다. (⑲—8~9)

아닌 게 아니라 도교의 대가 노자를 연상시키는 대목이 소설의 첫머리부터 등장한다. 이러한 장면은 단순한 소재상의 문제를 넘어선다. 잘 알려져 있듯이 노자에 의하면 물고기도 용이 된다고 하지 않는가. 낚싯대를 드리우고 있는 노인도 낚시는 뒷전이고 노래를 부르고 있다니 합리적 계몽사회의 풍경은 아니다. 신화 같은 풍경이다. 그러나 도가의 풍경에 담긴 노인의 노래는 뜻밖에도 오페라 아리아 「별은 빛나건만」이라는 근대 서양물이다. 이 묘한 조화는, 노인의 조수 격인 장년의 사내가 잠수복으로 물을 드나드는 모습에서 우선 감지된다. 그러나 『위풍당당』에서 주목되는 현상은, 많은 다른 작품들과 달리 이 소설은 현재진행형으로 움직이고 있다는 점이다. 그의 소설 대부분이 이른바 이야기를 전달하는 전달체이거나 보고하는 보고체로 이루어짐으로써 소설 화자가 일인칭 '나'로 되어 있는 경우에서조차, 이야기와 화자는 별 관계가 없어 보이기 일쑤였다. 그러나 『위풍당당』은 삼인칭 화자들의 등장에도 불구하고 현실감 있는 동작들의 진행이 이루어지고 있다. 근대소설의 규범적 관습에 가깝다. 소설에는 두 남자 이외에도 여러 연령대의 남녀들이 나오는데 각자 나름대로 스토리를 지닌, 성석제 특유의 에피소드들이 출몰한다. 에피소드들이 공통으로 엮일 수 있는 지렛대가 될 만한 소재가 있다면, 이 역시 성석제 특유의 것, 즉 시골 읍내를 중심으로 한 '주먹'들의 활약이다. 그러나 이 활약도 엄청난 사건들과 결부된 무대의 중심을 지나는 것은 아니다. 거기에는 작가 자신의 동일화 문제와 자주 실리는 연민/동정의 문제가 오히려 '주먹'을 싸고돈다. 말하자면 '주먹' 내지 그들 주변의 '조무래기'들이 걸핏하면 사용하는 말투들이 소설 전편에 흥건하게 깔려 있다.

"형님, 살았습니다! 세동이가 살아 있습니다!"
명철의 외침을 듣자 반가우면서도 욕설이 튀어나왔다.
"쉬부랄 개 족발 같은 멍청한 쉐키."

명철이 계속 소리를 질렀다.

"형님, 119에 전화 때릴까요?"

그는 고개를 흔들었다.

"그쪽에서 알면 좋을 거 없다. 애들한테 오라고 전화해"(⑲—63)

계보상 성석제는 이문구, 김주영 쪽에 가까울 수 있다. 그러나 그는 훨씬 더 근대 비판적이면서 근대에 근접해 있다. 그에게 이문구나 김주영 같은 전근대적 풍속을 실감 있게 그려달라는 요구를 하는 일도, 그것을 극복한 현대사회의 모순을 파헤쳐달라고 요구하는 일도 모두 부질없는 일이다. 『위풍당당』에서 마을의 어른 격인 여산이 조폭 우두머리 격인 정묵과 벌이는 대결을 자세히 들여다보면 성석제소설의 본령이 보인다. 대결 사이에서 보이는 것은 유유히 흐르는 강과 강마을, 그리고 "강의 모든 것을 때려엎을 기계 군단"(⑲—220)이다. 그 군단은 강과 인간이 함께한 역사 수천 년을 하루아침에 바꿔버릴 태세의 중장비 행렬이다. 그러나 이러한 대결을 생태를 파괴하는 개혁 세력과 자연을 지키려는 보수적 향토파의 싸움으로만 바라보는 것은 진부한 시선이다. 성석제가 아니더라도 숱하게 시도되었던 이 시선을 넘어서 소설 안에서 숨 쉬고 있는 신화적 호흡과 소설적 체계의 공존을 보아야 한다. 자, 성석제의 소설은 소설의 신화화인가, 신화의 소설화인가.

[『본질과 현상』 32호, 2013년 여름.]

자연을 노래하며 자연을 생각한다

1

구랑위(鼓浪嶼)의 바다는 따뜻했다. 지난 1월 초, 유난히도 춥고 눈 많았던 한국으로부터 온 방문객은 계절의 감각을 놓칠 정도로 다소 당황스러웠다. 우선 하문(厦門) 공항부터 특이했다. 세계의 다른 공항들과 달리 공항이 바로 도시와 붙어 있는 것 아닌가. 자동차를 타자 곧장 다리를 건너 도심으로 가는데, 섬에서 뭍으로 가는 것인지, 뭍에서 섬으로 가는 것인지도 알 수 없었고, 무엇보다 동서남북을 알 수 없는 기이한 지형이 낯선 곳에 왔음을 실감시켰다. 그 지형과 느낌은 꼭 미국의 뉴욕과 J. F. 케네디공항을 연상시켰는데, 나중에 알고 보니 실제로 많은 부분이 뉴욕과 닮아 있었다. 무엇보다 섬으로 이루어진 도심부가 그러했는데 이 섬이 다른 작은, 아름다운 섬 구랑위를 품고 있는 것이 뉴욕을 능가하는 자연미라고 할 수 있을 것이다. 실제로 중국은 그 자체가 거대한 자연의 보고라고 할 수 있다. 산과 강의 조화를 갖춘 전국토가 아름다움 그 자체이지만, 하나하나 뜯어보면 섬세함과 웅장함의 절묘한 질서가 예부터 선현묵객들이 노래한 유장함의 미학이 자연 그대로의 반영임을 알 수 있다.

가로 보면 고개요, 모로 보면 봉우리.
여기저기 산을 봐도 모두가 다르구나.
여산의 참 모습을 모르는 것은,
이 몸이 저 산속에 갇혀 있는 탓이로다[1]

중국 역사상 최대의 시인으로 일컬어지는 소동파의 시다. 위의 시는 서림산(西林山) 절벽을 돌아본 다음의 절구다. 여산(廬山) 남쪽을 십여 일 동안 돌아다닌 소동파는 그 빼어난 풍광에 마음을 빼앗겼는데, 그중에서도 특히 수옥정(漱玉亭)과 삼협교(三峽橋)에 반했다. 수옥정(漱玉亭)과 삼협교(三峽橋)를 본 후의 시는 다음과 같다.

칭산은 무정한 듯,
교만하게 우뚝 서서 아는 체를 안 하누나.
여산의 얼굴이 보고파서
다시 오면 그때는 친한 사람 되겠지.

---

1) 소식(蘇軾), 『동파지림』상, 김용표 옮김, 세창출판사, 2012, p. 87.

옛날부터 오늘 구경 그리워하였노라.

소싯적엔 아득한 안개, 꿈속의 여행.

이제는 꿈이 아니로세!

여기는 진짜 여산이다![2)

중국에는 확실히 산이 많다. 오악(伍岳)이라든가, 육대명산(六大名山)이라든가 하는 산들의 웅자와 풍치는 과연 대단하다. 태산, 화산, 형산, 항산, 숭산, 황산들이 제각기의 독특한 아름다움을 뽐내는데, 나는 그중 가장 멋지다는 황산에 올라보았으니 중국 산의 맛을 얼추 보았다고 할 수 있지 않을까. 강으로 말하면 상해와 중경을 동서로 가로지르는 장강의 넉넉함과 그림같은 도시 계림의 품안을 흘러가는 이강의 수줍음을 또한 모른 체할 수 없을 것이다.

한편, 자연 예찬의 노랫소리는 한국의 문학에서도 그 울림이 오래되었다.

별 든 언덕에 가녀린 풀 정말 고운데

약초 넝쿨 푸성귀 싹이 비를 맞아 살쪄 있네.

나물 캐는 계집아이 노랫가락 퍼지는데

꽃에 노니는 나비가 함께 나풀나풀거리네.

들꽃을 머리에 꽂고 구름 뚫고 다니다가

이슬에 옷이 촉촉한 황혼녘에 돌아오네.

홀연 새들이 그윽이 서로 지저귀는 것을 보고

---

2) 같은 책, p. 86.

고향 향해 머리 돌리니 그리움이 가물가물 참을 수 없네.[3]

그러나 중국의 자연과 한국의 자연은 동양의 자연이라는 공통점에도 불구하고 사뭇 다른 데가 있다. 가장 큰 차이는 물론 규모에 있다. 산과 계곡을 아울러 자랑하면서 가장 많은 한국 관광객을 끌어들이고 있는 장가계와 같은 규모는 한국에 없다. 한편 수만 개의 오밀조밀한 섬들을 품고 있는 한국의 남해안과 같은 풍경이 중국에는 없다. 그러나 무엇보다 다른 점은 앞의 시 작품들에서 발견되듯이 자연을 수용하는 태도, 즉 자연관의 차이라고 할 수 있다.

중국의 자연관은 자연에 대한 전폭적인 수용, 그 순응이라고 할 수 있다. 물론 시대에 따라서 다르지만 대략 다음 두 가지 방향에서 요약될 수 있지 않을까 생각한다.

1) 도교적 자연관: 노자와 장자를 중심으로 한 일종의 신비주의적 자연관이다. 지인무기(至人無己), 신인무공(神人無功), 성인무명(聖人無名)을 내세우는 장자의 이상주의 소요유(逍遙遊) 사상이 보여주듯 물고기가 붕새가 되어 하늘로 날아오르고, 붕새는 바람을 타고 올라가 대붕이 된다는 자연의 조화가 일어난다. 자연은 무한 경계의 자유로 뻗어가며, 자연 그 자체의 오묘한 질서로 움직일 뿐 사람이 이용하는 대상이 아니다.

2) 유교적 자연관: 자연으로부터 현실과 사회, 그리고 개인의 삶의 지혜를 배우려 한다. 자연은 거대한 학교인 것이다. 예컨대 소나무나 국화에게서 절개를 배우고자 한 도연명 시인의 자세는 이

---

3) 이종묵, 『한시 마중』, 태학사, 2013, p. 191.

러한 태도의 한 전형이다.

여산의 빼어난 풍광을 노래한 소동파가 "여산의 참모습을 모르는 것"이 "이 몸이 저 산속에 갇혀 있는 탓"이라고 했을 때, 거기에는 자연과 인간의 자연스러운 일치가 발생한다. 이러한 일치는 도교적 자연관과 유교적 자연관의 융합이 일궈낸 결과로서, 오늘날에도 중국의 자연이 자연 그대로의 아름다운 모습을 지키고 있는 사상적 배경이 아닐까 생각된다.

다른 한편 한국의 자연관은 중국에 비해 섬세하면서, 무엇보다 인간과의 교통이 중시된다. 위의 작품은 「양분으로 가는 길에 나물 캐는 처자를 보고」라는, 이승소(李承召)의 시다. 그는 1481년 중국 북경을 갔다가 양분이라는 곳을 지나면서 이 시를 지었는데 봄 들판에 널려 있는 풀과 나물, 꽃과 나비를 보면서 읊은 것이다. 여기서의 자연은 황산이나 장가계 같이 거대 풍경이 아니다. 거대 풍경이 객관적인 사물성을 확보하고 있다면, 상대적으로 작은 풍경이라고 할 수 있는 풀과 나물은 그것을 바라보는 사람의 마음속에 들어와서 비로소 사물이 된다. 말하자면 한국인에게서 자연은 무심한 자연이 아니라, 한 사람 한 사람의 필요와 닿아 있는 자연인데, 그 필요는 향수와 같은 정서적 필요, 자연 속에서 농사를 지어 생업을 영위해야 하는 노동적 필요 등이 있을 수 있다. 여산 속에 갇혀 있다 싶은 산인일체(山人一體)의 소동파식 자연관보다 한국의 그것은 훨씬 소규모적이고 현실적이라고 할 수 있다. 반면 한국의 자연은 중국보다 훨씬 작은 면적에 사계절이 확연한 데에 따른 변화의 색깔이 특색으로 언급될 수 있다. 동일한 산야라고 하더라도 계절이 바뀔 때마다 그 모습이 다르기 때문에 아기자기한 맛이 독특하며, 풍취의 스펙트럼이 넓다. 가령 이렇다.

흰 이슬 내려 들판은 서늘한데
낮은 논엔 올벼가 누렇게 익어가네.
볏단이 뭉게구름처럼 쌓여 있는데
논에는 수북한 물이 허옇게 비치네.[4]

깡깡 언 마을에 눈서리가 문에 수북 쌓였는데
화로를 낀 채 짝할 이는 그림 속의 매화라네.
소싯적 산수의 흥을 따라 다니던 그 길처럼
겨울 꽃향기 소매 가득 담고 눈을 밟고 돌아올 듯.[5]

더운 바람에 숲에는 나뭇잎이 무성한데
여러 산에서부터 비가 시커멓게 다가오네.
자그마한 청개구리 한 마리 쑥보다 새파란데
파초 위에 뛰어올라 까치 울음 흉내 내네.[6]

위의 시들은 각각 가을, 겨울, 그리고 여름을 노래하고 있는데, 그 자연 대상은 비슷하더라도 색깔이 모두 다르다. 확실히 이런 다양성과 다채로움은 한국 자연의 맛깔스러운 특징이다. 그러나 오늘에 와서 보면, 한국의 자연은 다양성을 지니면서도 규모면에서

---

4) 같은 책, p. 11.
5) 같은 책, p. 161.
6) 같은 책, p. 324.

상당한 스케일을 보이고 있는 것도 사실이다. 금강산, 설악산, 지리산, 한라산 등의 명산이 이미 세계적인 주목을 받고 있을 뿐 아니라 잘 알려지지 않은 숨은 명산으로 태백산, 덕유산, 소백산 등 전국토의 삼분의 이가 산인 나라답게 명산 풍경을 내놓고 있다. 남해안의 기기묘묘한 해안선 이외에도 '유네스코 세계 7대 관광지'로 선정된 제주도 전체의 풍광은 이른바 '가꾸어 가는 자연'으로서 새로운 면모를 보여준다.

2

그러나 자연은 오늘날 위협받고 있다. 물론 인간에 의한 위협이다. 편의상 그 위협을 나는 세 가지로 나누어 살펴본다. 첫째는 인간의 직접적인 자연 훼손이다. 예컨대 꽃이나 나무를 꺾는 일 따위다. 예전보다 이러한 행위는 훨씬 줄어든 것으로 보이지만, 개인적 훼손이 줄어든 대신 조직적인 수준의 그것은 크게 줄어든 것처럼 보이지 않는다. 아파트 등 대단지 주거 형태로 바뀌면서 단지 내 녹지용으로 자연이 훼손되는 경우가 상당하다. 다음으로는 쓰레기에 의한 자연 훼손이 심각한 사회문제로 대두되고 있다. 현재 한국의 경우 하루에 발생하는 쓰레기의 양은 5만 톤을 훨씬 넘어서 1년 누적 약 2천만 톤에 육박한다고 한다. 이것을 한 사람으로 환산해 보면 일인당 약 1.1킬로그램 이상의 쓰레기를 하루에 배출한다는 것이다. 그리하여 쓰레기를 매립할 장소를 찾지 못해 갈수록 이 문제가 심각해지고 있다. 더욱 주목되는 일은, 쓰레기가 갈수록 증가

하고 있다는 점이다. 경제 발전과 소득 향상은 의식주 모든 분야에서 생활 쓰레기를 양산하고 있는데, 예컨대 음식물 쓰레기의 폭주를 들 수 있다. 밤낮없이 진행되는, 아파트 등 건설공사장에서 발생하는 폐기물 쓰레기도 엄청나고 멀쩡한 가구류들이 쓰레기로 버려지는 광경도 심심찮게 발견된다. 백화점이라든가 가게에서 쏟아져 나오는 상품 쓰레기들도 상당한데, 요컨대 사회 발전은 곧 쓰레기 확대로 이어지는 현실이다. 따라서 산과 강 등의 자연은 물론, 인간이 딛고 살고 있는 땅 자체가 쓰레기에 의해 완전히 뒤덮이고 부패해가는 실정이다. 더 이상 자연이 아름답다는 자연예찬송(頌)은 조만간 허구로 지적받을 수밖에 없는 날이 올 것이다.

세계적으로는 미국 2.0킬로그램, 영국 1.59킬로그램, 일본 1.13킬로그램 등이 일인당 하루 쓰레기 배출량으로서 한국보다 높은데, 선진 수준과 쓰레기가 거의 비례하는 것을 알 수 있다. OECD 국가 평균은 하루 일인당 약 1.6킬로그램이다. 작년(2012년) 3월 27일 제26회 국제연안정화 행사 결과가 발표되었는데, 그 내용은 많은 사람들을 경악시켰다. 예컨대 2011년 9월 셋째주 토요일 전세계에서 약 60만 명의 사람들이 33,400킬로미터의 해안에서 41,600톤의 쓰레기를 수거하였다는 것이다. 또 266,997점의 의류를 수거했는데, 그것으로 2012년 런던 올림픽 개회식 관객 전체에게 모자, 셔츠, 바지를 제공할 수 있는 양이었다. 음식물 포장 쓰레기는 한 사람이 858년간 매일 세 끼 식사의 양에 해당하는 것으로 보고되었다. 바다와 땅이 이렇게 썩어가고 있는 마당에 하늘인들 온전히 맑을 수 없을 것이다.

그 하늘은 핵먼지에 의해 가공할 죽음의 위협으로 덮여본 바 있다. 현재까지 공식적으로 핵실험에 성공한 나라는 중국, 미국 등 7개 국이며 2,053번의 핵실험이 실시된 것으로 알려져 있다. 핵 강대 국들은 지상, 지하, 수중, 대기권을 막론하고 핵실험을 했는데 특히 대기권에서 실험을 했을 때 방사능 낙진이 바람을 타고 퍼지는 등 치명적인 위협이 현실이 된다. 핵무기가 얼마나 끔찍한 위력으로 인류를 위협하고 있는지 잘 알려진 사실이지만, 직접 핵무기는 아니라 하더라도 원자력발전소의 잠재된 핵 성분을 감안하면 현재 지구상에는 엄청난 핵 잠재력이 저장되어 있다고 할 수 있다. 핵무기 개발과 유지를 위해 지출하는 돈도 미국 613억 달러(2011년도)를 비롯해서 세계적으로 모두 1천억 달러를 넘는 것으로 추정된다.

이렇듯 자연과 인류를 근본에서부터 위협하고 있는 핵 개발은 1995년 미국이 핵실험 금지 조약을 발표했으나 실험을 하는 나라들은 오히려 증가하는 추세다. 바야흐로 자연은 이러한 위협에 직면하여 더 이상 스스로를 지탱할 수 없다고 지금 신음 중이다. 이 모든 결과로 온실가스가 뿜어져 나오는 등 지구는 핵과 쓰레기 등 인간 죄악의 뜨거운 배설물들로 말미암아 더운 숨을 토해내며 빈사에 이르렀음을 호소한다.

자연을 인간의 적수로 의식하고 인간이 자연과 무관한 온전한 인간 자체가 될 수 없을까 골몰했던 사람으로서 19세기 독일 철학자 니체를 만날 수 있다. 그는 "예술은 자연을 훨씬 능가한다"고 하면서 자연은 신이 만들었지만, 예술은 인간이 만들었기 때문이라고 그 이유까지 밝혔다. 그의 생각은 다분히 이원론적이어서 인간 대신, 예술 대 자연으로 된 도식은 니체 이후 끊임없는 논란을 야기하고 있다. 그 논란의 한가운데에 포스트모더니즘이 있다. 포스트모더니스트들은 니체의 사상 노선을 따르면서 자연으로부터 인간의 해방을 이런저런 논리로 만들어낸다. 물론 그들은 과거의 전통적인 철학이 인간 세상의 실재와 무관하거나, 적어도 절박한 관련성이 희박한 이른바 형이상학의 관념에 빠져 있다고 비판함으로써 상당한 설득력을 얻을 수 있었다. 19세기 이후 근대사회가 형성되면서 자연과학과 실증주의가 시대의 중심이 되었고 영성 대신 물성(物性)이 시대정신이 되었기 때문이다. 기계가 천사가 되었다는 어느 철학자의 개탄은 현실이 되었다. 물(物)과 육(肉)을 중시한 니체 철학은 막강한 영향력을 갖게 되었고 모더니즘은 포스트모더니즘으로 한층 그 소리를 높이게 된 것이다. 인간은 영성 아닌 물성을 통해 자연으로부터 이제 독립된 듯이 보이며, 강물 소리, 산바람 소리도 HD텔레비전이나 스마트폰을 통해 자연보다 더 자연 같은, 맑은 천연음으로 재생된다. 아날로그를 압도하는 디지털의 위력은 인간이 창조한 기계가 신의 창조물인 자연을 대체하고 위협하고 있음을 보여준다.

그리하여 오늘날 자연을 노래하는 일은 부질없는 시대착오적 여가 취미로 밀려나고 있다. 무엇보다 눈앞에 펼쳐진 아름다운 풍경을 볼 줄 모른다. 깊은 계곡— 삼협 물결의 장쾌한 소용돌이와 그 흐름 가까이 가려고 하지 않는다. 주머니에 담겨 있는 스마트폰을 꺼내어서 항상 게임에만 열중한다. 자연과 인간 사이를 기계가 차단하고 있는 것이다.

따라서 오늘의 문학은 기계가 차단시킨 자연과 인간 사이의 거리를 회복시키는 일을 사명 삼아야 한다. 문학에 사명이 있다고 하면, 아마도 많은 사람들이— 소설가와 시인 등 문학인들조차 코웃음을 칠는지 모른다. 오늘의 문학은 그만큼 기계화되어서 이미 스마트폰 속으로 들어가 있는지 모른다. 문학과 미디어 사이의 관계를 역사적으로 섭렵하면서 문학이 전자미디어를 통해 새롭게 탄생하는 일이 하등 이상할 것 없다고 말할는지 모른다. 종이책과의 관계가 이루어졌듯이, 전자책과의 관계도 전자시대에는 지극히 자연스러운 일이라고. 그러나 이 현상은 단순한 미디어의 문제 아닌 사람과 기계, 영성과 물성의 대립이라는 근본적인 상황과 관계된다는 점이 기억되어야 한다.

사람과 영성은 자연 그 자체이다. 생명이 거기서 왔고, 정신이 거기서 왔다. 기계와 디지털은 삶의 용구(用具)일 뿐 그 자체가 생명은 아니다. 이렇게 볼 때 자연을 위협하는 많은 것들, 그러니까 쓰레기며 핵무기들보다 더 결정적인 위협은 아마도 스마트폰과 같은 작고 거대한 기계 세계에 있는지도 모른다. 위협은, 적은 항상 가까이 있다고 한 사람은 촉나라의 유비였던가. 디지털의 절정은 이제 그것이 U턴할 때가 되었거나, 적어도 아날로그와 병존할 때가 되었음을 알린다. 미세한 음과 저장 능력을 자랑하던 CD판도 이즈음 다시금 그 옛날의 LP판과 만난다고 하지 않는가. 자연으로의 되돌아감, 혹은 자연과의 평화스러운 공존은 오늘 하문에서 열리는 한중작가회의를 통해 새삼스러운 전기를 맞는 느낌이다. 자연의 모습이 아름다울 때, 그 아름다움은 그 자체로 훌륭한 가치다. 그것은 모방될 수도 기계화될 수도 없다. 독일의 철인 칸트는 아름다움은 도덕이라고까지 말했다. 이제 필요한 일은 어떤 위협으로부터도 이를 지키는 일이다. 문학은 이 일을 해야 한다고 나는 믿는다. 아름다운 하문의 섬 구랑위는 외지인을 주민으로 받지 않는다고 하는데, 다소 배타적으로 보일 수 있지만 이런 의미에서 오히려 바람직하다. 자연을 지키는 문학, 근대 이후의 문학은 여기서 사명을 느껴야 한다.

〔제7차 한중작가회의 기조연설문, 중국 하문, 2013. 5.〕

과학으로 과학을 넘어서려고 했으나
─의사 시인 G. 벤의 경우

1

「정시(靜詩)」「절대시(絶對詩)」 등의 현대시 특유의 개념과 연관된 시론을 전개하였고, 〈서정시의 제문제〉라는 유명한 강연으로 20세기 중반 세계 시단을 뒤흔든 고트프리트 벤Gottfried Benn(1886~1956)이 원래 의사였다는 사실은 그의 저명한 이름만큼 잘 알려져 있지는 않다. 그러나 그는 피부비뇨기과 전문의로서 오랜 세월 군의관과 개업의로서의 생활을 했고, 그의 이러한 의사활동은 그의 시 작품과 시 이론에 결정적인 영향을 끼쳤다.

익사한 술 배달꾼이 테이블 위에 받쳐져 있다
누군가 그의 이빨 사이에
한 송이 짙은 보라빛 아스터 꽃을 끼워 넣었군
긴 메스를 들고

피부 아래

흉곽에서부터

혀와 입을 잘라낼 때

그 꽃과 내가 부딪혔던 것 같군

꽃이 옆쪽 뇌수로 미끌어졌으니까

시신을 꿰맬 때

대팻밥 사이 가슴 구멍 속으로

난 그만 그 꽃을 싸 넣었지

네 꽃병 속에서 실컷 마시거라!

편안히 쉬거라!

작은 아스터 꽃아!

「작은 아스터 꽃Kleine Aster」이라는 시인데, 얼핏 보아도 시체 해부실의 풍경임을 알 수 있다. 1912년 벤의 나이 26살 때의 작품인데, 이 시는 「시체공시장·기타Morque und andere Gedichte」라는 5편의 연작시 가운데 첫번째 작품이다. 이 시와 함께 수록된 다른 작품들, 「아름다운 청춘Schöne Jugend」「흑인신부Negerbraut」 「순환Kreislauf」「진혼곡Requiem」에 모두 시신이 등장하는데, 의사로서 그가 시체 해부의 체험을 소재로 하였음이 분명하게 드러난다. 실제로 벤은 연작시 5편을 쓰고 난 다음의 느낌을 "온몸이 텅 비고, 배가 고팠으며, 다리가 후들후들 떨렸다"고 고백하고 있다. 제일차세계대전의 전운이 감돌던 시기이기도 했으나, 시체 해부 등의 의사 체험과 결부된 시 쓰기의 긴장 때문이었던 것으로 보이는 이러한 진술은, 작품의 내용이 지닌 전율과 더불어 시인 벤과 의사 벤이 얼마나 긴밀하게 겹쳐져 있는지 잘 말해준다.

이 시는 제목이 꽃임에도 불구하고, 꽃이 일반적으로 상기시키는 연상을 배반하고 있다. 아름다움과 같은 전통적인 서정성에서 멀리 떠나서 오히려 그것을 공격한다. 서정성의 중심에 풍경을 감상하여 그 느낌을 내면화하는 감성이 있다면, 벤은 그 대신 그 자리에 현상에 대한 즉물적인 묘사를 갖다 놓는다. 무대 위에 놓인 시체가 공포 이외에 무슨 감정을 일으키겠는가. 그러나 시인은 거기서 시적 모티프를 발견하고 그 자체를 시의 대상으로 삼는다. 물론 시신의 이빨 사이에 보라빛 아스터 꽃이 끼워져 있는지의 사실 여부는 불분명하고 중요하지도 않다. 아마도 사실일 것이다. 비록 시신이지만, 그 몸에 끼워져 있는 꽃 한 송이가 기이한 부조화를 야기하면서 시인을 움직였을 것이다. 그러나 그다음부터는 의사의 냉엄한 해부 장면의 묘사가 이어진다. 아스터 꽃조차 시신을 꿰맬 때 함께 그 속으로 들어가버린다. "대팻밥 사이 가슴 구멍 속으로/나는 그만 그 꽃을 싸 넣었지"라고 했을 때, 시인과 의사와의 기묘한 만남이 증언된다. 그러나 결국 꽃은 시신 속으로 들어가지 않았는가. 의사 벤의 생활로서의 습관이 시적 모멘트를 압도했다고 볼 수 있을 것이다. 그러나 벤은 다시 시인으로서 일어선다. "네 꽃병 속에서 실컷 마시거라!/편안히 쉬거라!/작은 아스터 꽃아!"라는 시의 결구는 시인이 꽃의 편에 서 있음을, 그러나 시신 속에서 피나 마실 수밖에 없는 파국의 현실임을 이중의 시선으로 드러낸다. 시인과 의사라는 겹의 입장이 절묘하게 그려진 작품이다.

벤이 처한 이 '겹의 입장'은 20세기 초 당시의 독일, 더 나아가 유럽-세계의 현실을 압축하는, 일종의 상징언어가 된다. 왜냐하면

이 시대는 과학/합리성이라는 계몽의 신화가 극성을 부리는 근대의 전성기였기 때문이다. 교통·통신의 발달이라는 전형적인 풍속은 무기의 발달로 이어지면서 각국, 특히 독일의 야심을 북돋우고 있었으며 문학/예술의 정신적 측면에서도 과학의 발달을 바탕으로 하는 자연주의가 미덕시되고 있는 상황이었다. 19세기 중반 니체가 전통적인 형이상학에 반기를 들고, 다윈이 창조론 자리에 진화론을 끌고 나온 이후, 게다가 마르크스가 유물론을 노골적으로 사상화하면서 물질을 기반으로 한 근대는 쾌속질주하였다. 니체-다윈-마르크스는 근대의 삼두마차인 셈이었는데, 그 가운데를 과학이 통과하였다. 시가 전통 정신이라면, 의학은 근대과학이었으므로 벤은 이 두 영역에 걸친 인물로서 '정신'과 '과학'을 운명적으로 포괄해야 하는 상황에 있었던 것이며, 「작은 아스터 꽃」을 포함한 연작시 「시체공시장·기타」는 그 상징적 기능을 드러낼 수밖에 없었다.

고트프리트 벤은 1886년 5월 2일 만스펠트 마을에서 개신교 목사인 구스타프 벤Gustav Benn과 그의 부인 카롤리네Caroline 사이에서 두번째, 아들로서는 장남으로 출생했다. 벤의 부모는 7남 2녀의 자녀를 두었는데, 벤은 아버지와 위선적인 가정 분위기에 반감을 갖고 있었으며 이러한 반감은 증오로 발전하여 그의 시작에 중요한 모티프로 작용하였다. 그 자신 자전적 기술을 통해서는 별로 이에 대해 깊이 언급하고 있지 않지만 그의 시에 나타나는 갈등 모티프가 아버지로부터의 억압과 긴밀히 관계되고 있는 것으로 연구자들은 해석한다. 냉랭하던 부자 관계는 대학 진학에 즈음하여 본격적으로 대립하는데, 신학 공부를 고집한 아버지에 맞서서 벤은 의학을 주장했던 것이다. 당시에도 의학 공부에는 학비가 비쌌는데, 아버지의 거절로 벤은 마르부르크의 군의학교를 가게 되었다. 비교적 학비가 저렴했기 때문이다. 마르부르크에서의 공부는, 그러나 의학에만 한정되지 않고, 문학사와 문헌학 등 인문학 쪽으로도 광범위하게 관심을 이끌었다. 의사 시인으로서의 면모가 이때 벌써 싹트고 있었던 것이다. 나중에 그의 유명한 강연 〈서정시의 제문제〉에서 그는 이 시절을 다음과 같이 회고한다.

당시 베를린 리히터펠데에는 『소설신문』이라는 잡지가 있었는데, 이 잡지에 익명으로 보낸 내 시들이 비판을 받게 되었다. 거기에 시 작품들을 투고하고 몇 주일씩 떨리는 마음으로 그 결과를 기다렸다. 소개된 내 작품에는 이런 평이 함께 실렸다. "고트프리트 벤―감정은 다정하나 표현력 부족. 기회 있는 대로 다시 투고하길" 오랜 시간이 지난 뒤, 몇십 년 뒤 내가 소위 시인이라는 이름을 듣게 되었다는 사실을 생각해보자. 당시의 평과는 달리 나의 감성은 지금 여러 의미로 훨씬 비정해진 것으로 규정된다.

군의학교 시절 이미 시인으로서의 훈련을 쌓았던 벤은 결국 의사가 되었고 시인이 되었다. 그러나 잡지의 처음 평과는 달리 그는 결코 다정하고 감성적인 시인은 아니었다. 오히려 냉정한, 감정을 잘 드러내지 않는, 정적인 시인이었고, 그 원인으로는 타고난 기질과 함께 의사라는 직업이 지적되었다. 의사가 된 벤은 바로 군의관으로 일차대전에 종군하게 되었는데 시인이 된 지 얼마 지나지 않은 다음의 일이었다. 그러나 그는 군생활에 적응하지 못하고 입대한 그해 다시 군에서 돌아왔다. 제대한 그는 1917년 베를린에서 피부비뇨기과 의사로 개업하여 1935년까지 일하였다. 그러나 1935년 4월 그는 베를린을 떠나서 하노퍼에서 병무청 고급 군위관으로 다시 군복무를 하게 되는데, 이 해에 시선집이 출판된다. 이 책은 나치 시절에 나온 그의 마지막 작품집으로서, 그는 많은 공격을 받는다. 1937년 벤은 베를린으로 돌아와 공공원호담당 의사로 근무하고, 다음 해에는 정부로부터 집필금지령을 받는다. 벤은 1933년 『새로운 국가와 지식인』『예술과 권력』 등의 글을 발표해서 사실상 나치를 지지했는데 뒤에 그가 그 지지를 철회하자 곧 보복을 당하게 된 것이다. 1945년 벤은 다시 베를린에서 개업하였고 3년 뒤인 28년에는 후기 시를 망라한 『정시(靜詩)』라는 시집을 발간했다. 1951년에는 예술원에서 시상하는 독일 최고의 문학상인 뷰흐너상을 받았는데, 새로운 서독정부 수립 이후 나치협조 문제가 논란의 대상이 되었던 그가 이 상을 수상하였다는 사실은 또 다른 화제가 되었고, 상당한 의미를 지니게 되었다. 벤은 칠순을 맞은 1956년 7월 확실한 병명 없이 병사하였다.

짧다고도, 길다고도 할 수 없는 벤의 일생을 관통한 키워드는 물론 시인이었고, 의사였다. 거기서 좀더 자세한 세목으로 들어가보면, '정시'와 '절대시'라는 개념이 나오고 피부비뇨기과라는 의사로서의 전공이 나온다. 그 밖에도 그에게는 두 번에 걸친 부인의 죽음, 세 번의 결혼이라는 파란의 사생활이 이야기될 수 있고, 더불어 첫 시집 제목 『시체공시장·기타』이 암시하듯 숱한 죽음의 그림자(직업상 겪은 일, 전쟁 체험 등을 포함)가 주변에 감돌았음이 부기될 수 있다. 이런 키워드들을 연결해보면, 결국 의사 시인이라는 한마디로 요약될 수 있을 것이다.

2

의사와 시인의 관계는 벤에게 본질상 어떤 영향을 주었을까. 이 문제는 비단 벤 개인에게 있어서 뿐 아니라 의학과 문학의 관계에 대한 하나의 소중한 리포트가 될 수 있다는 점에서 관심의 대상이 된다. 벤의 경우 그 관계는 상당한 것이어서, 본인의 의도와 상관없이 그의 시와 시 이론을 지배하지 않았나 생각된다. 편의상 그 영향을 첫째 시작품, 그리고 둘째 시 이론으로 나누어 살펴볼 수 있을 것이다.

시 작품에 있어서 의사나 의학으로부터의 영향은 『시체공시장·기타』의 연작시들에서 강하게 나타난다. 앞에서 살펴본 「작은 아스터 꽃」과 「아름다운 청춘」에서도 젊은 처녀의 시신이 시의 대상이 되어 있는데, 시신의 등장 자체가 시인이 의사 시인임을 보여준다. 세상에 의사라는 직업 이상 시신을 자주 만날 일이 있겠는가. 그는 죽음으로 둘러싸인 전쟁 상황 속에서 일상적으로도 주검과 맞부딪치면서 삶의 일부로서 죽음/주검을 체험하였고 그것을 시화하였던 것으로 보인다. 「아름다운 청춘」에서 처녀의 죽은 몸을 쥐가 갉아먹는데, 그 광경 역시 「작은 아스터 꽃」에서처럼 죽은피를 빨아 마시는 쥐를 통해 시체화된 인체, 결국 단순히 시체화된 인간을 그리면서 인격이 제거된 인간 추락의 현실을 암울하게 증언한다. 몸을 통해, 몸으로서의 인간을 통찰하는 시선은 해부학적 시선

이며, 그것은 의사의 시선으로서 가장 극명하게 부각되지 않았을
까. 이러한 해석은 연작시편 중 다른 작품들, 그러니까「순환」「흑
인신부」「진혼곡」에도 마찬가지로 적용될 수 있는데 공통된 것은
모두 사람이 시체의 상태로만 나온다는 점이다. 뿐더러「순환」에
서는 시신에 붙어 있는 금이빨이 그나마 가치가 있는 것으로 추출
되고,「흑인신부」에서는 죽음을 걸고 자행되는 섹스가 부각됨으로
써 싱싱한 생명체로서의 인간은 철저히 모독된다.「진혼곡」은 아
예 죽은 뼈들과 살들을 부위별로 다시 위치시키면서 성적 상상력
속에서 출생과 죽음을 환기시킨다. 순전히 육체로서의 인체만을
인간으로 바라보는, 극도의 자연주의적 태도를 드러내는 것이다.
이런 의사적 접근이 가장 여실하게 부각된 작품으로「코카인」이라
는 시를 훑어볼 수 있다.

　　나를 몰락시키는 것, 달콤한 것, 간절히 바라던 것
　　그것을 너는 내게 준다. 벌써 목구멍이 메어온다.
　　벌써 저 아래쪽에서는 낯선 소리가
　　언급된 일 없는 내 자아의 형상과 부딪친다.
　　어머니의 칼집에서 튀어나온 칼에
　　더 이상 어디서든 작업을 하지 않고 강하게 휘두르지도 않는다.
　　—: 벌판에 푹 빠져서
　　거기엔 거의 그 모습이 드러난 혹들이 보이는구나!
　　그저 밋밋한 것, 작은 어떤 것, 평평한 것 —
　　이제 바람의 입김이 되어 올라오네
　　원형, 둥글게 된, 무— 아주 희미하게

지나가는 뇌경련의 그 떨림

파열된 자아 ― 완전히 부푼 종양

날아가버린 열 ― 방어는 달콤하게 무너지고 ―

흘러가라, 흘러가라, 너 ― 해산하거라

피문은 배가 불룩한 모습으로 해체된다.

「코카인」이라는 시의 전문인데, 그것을 먹고 난 다음의 인체 반응을 즉물적으로 묘사한 것이다. 코카인의 복용이 인체를 어떻게 변화시키는지 보여주는데, 그것이 단순히 신체의 변화에 국한되지 않고 정신적인 자아의 파괴까지 가져오는 끔찍한 상황을, 그러나 매우 담담하게 묘사한다. '담담하다'고 했지만 사실은 매우 건조한, 마치 약제 처방문과도 같은 몇 개의 명사들 연결로 이어진 작품이어서 이것을 시라고 부를 수 있는지도 불분명해 보인다. 그러나 벤의 시는 그 전체가 바로 이 같은 구문과 형식으로 이루어지는 것이 대부분이며, 여기에 그의 독특한 세계가 있다. 말하자면 정신의 신체화를 즉물적인 방법으로 표현하는 것인데, 그 발상 자체가 의사 체험과 긴밀하게 연관되어 있다고 할 수 있다. 특히 성적인 것의 영향을 그는 강하게 의식하고 있는데 「코카인」에서도 칼집, 칼등의 용어는 남녀 성기를 상징하면서 그것들이 신체의 해체와 신생에 작용하면서 인간의 정신을 흔들고 있음을 시인은 말하려고 한다. 동시대의 프로이디즘과 관련 지어볼 수도 있겠지만, 비슷한 시기의 수직적 영향 관계를 주목하기보다는 20세기 초 유럽의 사상적 풍토가 지닌 공통성을 유추하는 것이 오히려 자연스러워 보인다. 게다가 벤은 피부비뇨기과 전문의였다는 사실도 이와 관련해서 기억될 만하다.

피부비뇨기과 전문의로서의 벤의 위치와 성격은 그의 시에 각별한 의미를 지니는 듯하다. 무엇보다 피부과라는 특성과 그의 시가 내포하는 피상-표면-변방 지향성은 아주 밀접하게 상호작용한다. 이를 위해서 벤 시학의 내용과 그 핵심을 간단히 살펴본다면, 벤의 시와 시학의 지향점은 다음과 같은 그의 말에 뚜렷하게 함축되어 있음을 보게 된다.

믿음을 갖지 않은 시, 희망을 갖지 않은 시, 아무에게도 향하고 있지 않은 시, 당신을 환상적으로 조립시켜 주는 언어로부터 튀어나오는 시, 절대적인 시, 이러한 시들로부터 비로소 분열된 시간을 집중시키는 시가 나온다.

절대적인 시는 현대물리학의 공식에서 오랫동안 그래왔듯이 시간을 조작하지 않는 상황에 있으며 결코 연대를 필요로 하지 않는다.

우리의 질서는 표현, 각인, 문체를 법칙으로 한 정신이다. 다른 모든 것은 절멸한다.

일반적인 몰락의 내부에서 자기 스스로를 내용으로 체험하고, 이 체험으로부터 새로운 문체를 형성하려는 예술적 시도, 가치의 일반적인 니힐리즘에 맞서서 하나의 새로운 초월성, 창조적인 즐거움의 시도—

서정시의 전통을 일거에 뒤집는 벤의 이러한 선언은 19세기 중반 이후 격랑에 휩싸인 서양정신사에 문학을 새롭게 자리매김함으로써 그 성격을 분명하게 한다. 시의 영역에서 시작된 이러한 돌

출은 문학 전반에 이른바 표현주의 열풍을 일으키면서 전대미문의 양상을 전개한다. 위의 선언들과 더불어 벤은 '절대시'라는 개념을 세워나갔는데 그중에서도 "표현, 각인, 문체를 법칙으로 한 정신"이 새로운 질서라고 하면서 다른 모든 것들을 거부한 표현에의 집념은 피부라는 표면만을 상대로 한 그의 직업과 결코 무관하다고 할 수 없을 것이다. 그는 표면-피상을 본질로 여기고 그의 이론을 추구해나갔는데, 가령 인간의 뇌에서 뇌수보다 뇌피를 중시하는 그의 태도를 대표적인 예로 지적할 수 있다. 벤은 모든 사물의 중심을 부정하는데, 그 이유는 그 사물의 사물됨을 결정하는 것은 표면이지 중심이 아니라는 것이다. 중심은 거의 비슷하다는 것. 그리하여 뇌피를 중시하는데, 꿈을 일컬어 "뇌피로부터 나오는 현실"이라고 정의하였다. 그에게 있어서 참된 현실은 꿈일 뿐인데, 그도 그럴 것이 "현실은 상실되었기"때문이다. 현실 상실은 벤 시의 근본 모티프인데, 그것은 일차대전의 종군 경험에서 유래한다. 의미 없는 전쟁, 죽음만을 가져오는 전쟁에 그는 절망하였고 아예 현실이란 존재하지 않는다는 인식에 이른다. 그는 이렇게 말한다.

전쟁에 이겼을 때나 졌을 때나 이런 현실이란 존재하지 않는다는 혼미 상태에서 벗어나지 못했다. 어떤 현실도 참을 수 없었으며 어떤 현실도 이해할 수 없었다.

「현실」이란 제목의 시도 있는데, 그 시의 앞부분은 이렇다.

현실은 필요 없는 것

꽃과 피리의 근본 모티프로부터
한 사람이 그 실존을 증명한다면,
그런 실존은 존재하지 않는다.

　따라서, 종래의 현실이 사물과 현상의 중심에 놓여 있었다면, 벤
은 그것을 부인하고 피상, 즉 표면으로 나간다. 이때 그 현실은 물
상적인 의미의 현실이 아닌, 꿈이라는 현실이다. 현실의 자리에 꿈
이 대체된 것인데, 이 꿈속에 시인은 태고의 설화, 신화 등을 넣음
으로써 벤의 시는 또한 현재로부터 시간적으로도 멀리 올라간다.
피상주의는 지리적으로도 그를 유럽에서 멀리 떨어진 변방으로 나
가게 함으로써 중심 부정은 시간적으로는 역사 부정, 공간적으로
는 유럽 부정으로 나타난다. 그리하여 그는 일체의 이동/운동/동
력학을 부정하는 일종의 정적 실존을 지지한다. 이것을 도식화하
면 아마도 다음 표가 가능할 것이다.

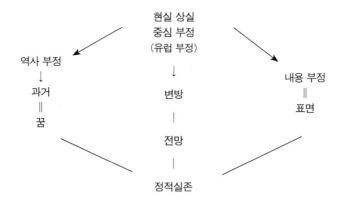

벤의 이러한 이론과 사상은 19세기 중반 이후의 과학주의, 물질주의, 신체주의와 자연주의/표현주의의 진행과 긴밀하게 연결되며, 직접적으로는 전쟁을 통한 절망감의 결과이다. 그러나 보다 더 직접적인 충격은 그의 개인적인 사정, 즉 의사 체험에 기인한다는 점이 간과되어서는 안 된다. 피부과 전문의로서 벤은 매일 사람들의 피부를 관찰했으며, 피부야말로 그 사람의 정체성을 결정짓는다는 결정론에 가까이 간 것으로 보인다. 피부 이외의 내재적 요소는 모든 인간이 비슷비슷하게 보였을지도 모른다. 그렇다면, 벤의 절대시와 정시는 유럽 문화사에서 필연적인 결과물일 수 있다는 결론에 나가게 되는데, 의사 시인 벤은 다만 결과일 뿐일까. 그가 그의 시와 시학으로 얻게 된 그만의 시적 성과는 무엇일까.

벤의 시는, 조금 과장해서 말한다면, 의학-자연과학의 결과다. 그러나 그의 시가 단순한 의학 리포트는 아니다. 이런 지점에서 그의 시를 자세하게 살펴본다면, 벤은 자연과학적 방법으로 자연과학을, 자연과학시대를 극복하려고 했던 것이 아닌가 평가된다. 그는 예술을 자연과학과 비교해서 보았으며, 양자를 동일한 범주에서 바라보았다. 벤은 앞선 선배 니체에 의해 관념적으로 추구된 초인의 자리에 예술, 특히 시 자체가 초월적 질서를 갖고 있다는 것을 시현하였다. 시는 바로 그 구체성 자체이다. 니체가 허무주의에, 그리고 많은 과학자들이 실증적 역사주의에 함몰된 모습으로 근대가 요동쳤다면, 벤은 '시'라는 구체성으로 이들을 모두 극복하고자 했으며, 그 모습이 '절대시'와 '정시'로 드러난 것이다. 그런 의미에서 절대시와 정시는 자연과학과 인문학이 만난 뜨거운 현장이며, 차가워 보이는 그 외형에도 불구하고 거기에는 이즈음 불

붙고 있는 이른바 융합과 통섭의 열기가 일찌감치 내연(內燃)하고
있다.

〔『문학과 의학』 7호, 2014년 상반기.〕

제3부　시인이여, 절망을 노래하라

시인이여, 절망을 노래하라

노래는 언제 하는가, 시인이여! 슬플 때도 하고 기쁠 때도 할 것
이다. 노래는 무엇인가. 말의 춤 아닌가. 사람은 기쁠 때도 슬플 때
도 가만히 있지 못한다. 몸의 움직임을 말을 통해 드러내는, 즉 춤
인 노래를 부른다. 기쁨과 슬픔을 유난히 반복하는 우리 민족은 그
리하여 가만히 있지 못하고 춤춘다. 그것도 말의 춤을— 시와 시인
이 소멸되어가는 세계에서도 흥청망청 시와 시인들이 넘쳐나는 우
리나라. 말이 춤추는 이 신명의 나라에, 그러나 가슴을 먹먹하게
하는 시를 읽기는 막상 그 기회가 드물다. 물론 그런 시가 드물기
때문이다. 그렇다면 정녕 그런 시와 시인은 무엇이며, 누구일까.

내겐 애인도 집도 없고,
살아갈 곳도 없지.
내 몸에 지닌 모든 것이
풍성해지고 나를 만드네.

8행으로 된 시 「시인Der Dichter」의 후반부 4행이다. 릴케는 이렇듯 시인이 누구인지를 간명하게 써놓았는데, 요컨대 시인에게는 그의 몸 이외엔 아무것도 없다는 뜻이다. 말하자면 실존 자체가 시인이며, 바로 시다. 어느 괜찮은 시인이 언젠가 "시인은 매일 거지로 거듭난다"고 했을 때 그것은 그가 지닌 모든 것, 그러니까 재산이나 신분, 지식은 물론 자신의 품성이나 인격으로부터도 벗어나 자유로운 빈 몸의 상태에서 시를 써야 한다는 것을 말하는 것이었다. 릴케에 의하면 시인에겐 가난이 곧 풍요인 것이다. 오직 몸 하나 이외에 아무것도 없을 때, 그 몸은 엄청난 힘으로 시를 뿜어낸다는 것 아닌가. 공(空)의 위력, 아무것도 없음의 절망이 절망감으로 연결되지 않는 시의 힘이다.

시는 이 역설 속에 있다. 시는 세상을 뒤집어 본다. 누군가는 전복적 상상력이라는 말을 쓰는데 아마도 이 역설의 다른 이름일 것이다. 그러나 이 역설과 전복에 대해서는 세심한 공부가 필요하다. 무조건 모든 것을 뒤집어버린다는 뜻은 아니기 때문이다. 예컨대 법에 대해 불법, 도덕에 대해서 반도덕을 지향하는 패륜이 시는 아니다. 진짜 역설과 전복은, 일체의 고정관념이나 개념 행위에서 벗어나되, 그 탈주와 더불어 이루어지는 새로운 생명의 질서를 바라본다. 그리하여 개념에 포박된 일상인들에게 신선한 충격을 주지 못한다면, 그 역설과 전복은 범죄자의 허망한 탈주 이외에 다름 아닐 것이다. 그렇다면 일상에 가하는 아름다운 새로움이란 어떤 것일까.

명민한 짐승들은 이미 알아채고 있지
이 해석된 세상에서 사람들이 별로 안주하지 못하고 있음을,
매일같이 다시 보곤 했을 산비탈 나무를,
어제의 길거리, 습관의 왜곡된 충실성을.

릴케의 「두이노 비가」 중 〈제1비가〉 일부인데, 대체 무슨 말인가. 무엇보다 이 세상은 "해석된 세상"이라는 말에 주목하자. 이 세상은 세상 본래의 세상이 아니라는 뜻이다. 이 세상은 이리저리 이름붙여진 것들로 가득채워진, 그리하여 세상 자체가 누덕누덕 어떤 것들로 덧입혀진, 그런 세상이다. 누구에 의해서? 물론 사람들에 의해서다. 좀 유식하게 말한다면, '개념화된 세상'이 바로 '해석된 세상'이다. 세상의 본질은 온데간데없고 사람들이 자기들 마음대로 이름 붙인, 그러니까 세상을 잃은 세상이다. 웃기는 것은, 사람들은 자기들 좋을대로 세상을 만들어놓고서 거기서도 안주하지 못한다는 사실이다. 심지어 이 사실 자체조차 모르고 살고 있다는 점에서 짐승만도 못하다.

결정적인 대목은 "어제의 길거리, 습관의 왜곡된 충실성"에 있다. 생각해보라, 충실성이란 무엇인가. 그것은 어제도 오늘도 내일도 시종여일 약속된 공간과 시간을 지키는 행위이다. 그것은 매우 성실해 보이지만, 사실은 기계적인 일상의 반복일 뿐 자기 나름의 성찰도 없고, 따라서 어떤 새로움도 없다. 릴케의 '비가'는 여기서 생기는 슬픈 노래이다. 결국 릴케는 이러한 왜곡된 습관의 충실성에서 탈주하는 것이 시라고 말하고 있는 것이다. 이것이 전복적 상상력이며 비일상성의 역설이다.

그러나 최근 우리 시에는 전복적 상상력과 역설의 시학에 대한 오해가 만연되어 있는 듯하다. 사회의 정상적인 통념을 거부하고 반사회적, 비도덕적 표현과 외설에 가까운 성적 말장난을 일삼으면 그것이 곧 전복과 역설인 것처럼 받아들여지고 있는 분위기다. 그러다보니 전통적 서정시나, 현대적 서정의 메시지를 갖고서는 소위 "뜨지 못하는"기이한 소외감이 전염되는 상황인 모양이다. 실제로 나는 서정시로서는 도무지 행세할 수 없어서 외설과 패륜을 방불케 하는 시들로 '방향 전환'을 함으로써 주목을 받게 된 몇몇 젊은 시인들을 알고 있다. 슬픈 일이다. 그렇게 해서 동세대의 주목을 잠깐 끌어본들 무슨 소용이 있을까. 이런 시인들에 의해서 우리 시의 언어들은 황폐해가고 이 시대는 많은 숫자의 시인들에도 불구하고 시가 시들어버린 시대로 기록되지 않을까 두렵다.

이러한 유의 젊은 시인들은 말할 것이다: 오늘의 현실이 자신들을 그쪽으로 몰아가고 있다고; 정치-사회적 불의와 불평등, 자본주의의 관능성과 성문화가 저희들의 출생지라고; 요컨대 자기들은 이러한 절망의 현실을 드러낼 뿐이라고— 그러나, 내가 보기에 그들은 절망을 노래한다기보다 절망을 즐기고 있는 것 같다. 시인들이여, 정말이지 참된 목소리로 절망을 노래하기 바란다. 절망은 노래함으로써 그 꼬리가 엷어진다. 절망은 과연 어떻게 노래되는가.

[······] 그러니 잊지 못하는 자여, 이제는 잊어라. 하늘 무덤 위 꽂힌 곡괭이 사슴뿔처럼 빛나고, 지하 정화조 속 시집 못 간 암퇘지 맑은 물로 흐느끼니, 잊지 못하는 자여, 잊지 못하는 자여, 이제는 잊어라.

이성복의 시 「잊지 못하는 자여, 이제는 잊어라」(『달의 이마에는 물결무늬 자국』, 문학과지성사, 2012)의 끝구절이다. 한과 분노로 생긴 절망. 절망을 절망으로 그리려 하는 마음 속에 한과 분노는 남는다. 그러나 이 때문에 시는 안 되고 외설과 욕설, 한탄이 난해의 모습으로 뒤엉킨다. 절망은 노래함으로써 사라지고, 그 자리에 유머가 피어난다. **절망을 노래하라, 시인이여.**

[『시인수첩』 40호, 2013년 봄.]

시인 기형도

살아 있어도 아직 오십대 중반일 그— 기형도. 그러나 그는 벌써 고전 비슷하게 된 느낌이 있다. 기형도의 시는, 말의 깊은 뜻에서 절망을 노래하는 역설의 시다. 그러나 많은 경우, 역설의 문학이 풍자와 독설을 동반하기 일쑤인데, 기형도의 시는 그런 분위기가 거의 보이지 않는다. 그렇기는커녕 단아한 모습으로 엷은 페이소스를 자아내면서 흡사 한지에 물이 스며들듯 그의 시 한 줄 한 줄이 알 수 없는 슬픔을 빨아들인다. 그렇다기보다는 오히려 그의 시는 슬픔이 고요히 배어 있는 축축한 원고지 같다. 이 조용한 시가 그런데 절망을 노래한다고?

그의 절망은 불통(不通)과 불명(不明)으로부터 우선 유발된다.

그런 날이면 언제나
이상하기도 하지, 나는
어느새 처음 보는 푸른 저녁을 걷고

있는 것이다, 검고 마른 나무들
아래로 제각기 다른 얼굴들을 한
사람들은 무엇엔가 열중하며
걸어오고 있는 것이다, 혹은 좁은 낭하를 지나
이상하기도 하지, 가벼운 구름들같이
서로를 통과해가는

나는 그것을 예감이라 부른다, 모든 움직임은 홀연히 정지
하고, 거리는 일순간 정적에 휩싸이는 것이다
보이지 않는 거대한 숨구멍 속으로 빨려 들어가듯
그런 때를 조심해야 한다, 진공 속에서 진자는
곧, 아무 일 없었다는 듯이
검은 외투를 입은 그 사람들은 다시 저 아래로
　　　　　　　　　　　　　　　—「어느 푸른 저녁」 부분*

　이 시는 시인의 현실 반응으로서 "이상하기도 하지"라는 느낌을
말하고 있다. 무엇이 그토록 이상할까. 우선 그 이상한 느낌은 "검
고 마른 나무들/아래로 제각기 다른 얼굴들을 한/사람들은(이) 무
엇엔가 열중하며/걸어오고 있는 것"에서 온다. 그러나 그것은 그
냥 일상의 현실일 뿐이다. 아니다. 그것은 일상이지만, 이 일상은
이미 시인에 의해 "검고 마른" 나무들로 덧칠해져 있다. 따라서 무
엇엔가 열중해서 걸어오고 있는 사람들은, 그 풍경 자체로 벌써 비

---

* 이 글에 인용된 시의 출처는 모두 『입속의 검은 잎』(문학과지성사, 1989)임.

극적이다. 그러므로 일상은 비극적인 일상이며, 그러한 일상은 시인에게 이상하게 느껴질 뿐 이해되지 않는다. 이러한 몰이해는, 말하자면 불통이다. 그러나 시인은 그 자신이 사람들과 불통한다는 생각에 앞서서 사람들끼리도 서로 불통한다고 본다. "가벼운 구름들같이/서로를 통과해" 간다고 하지 않는가. 자신의 이러한 느낌 때문에 시인은 "모든 움직임은 홀연히 정지/하고, 거리는 일순간 정적에 휩싸"인다고 적는다. "걸어오다"가 "서로를 통과해" 가며 "홀연히 정지"하는 모든 움직임은 그리하여 시인에게 이상하고 낯선데, 이러한 불통은 결국 시적 화자의 맞은편에 있는 시의 대상, 즉 현실이 온전한 제 모습을 분명히 보여주지 않는 불명료성에서 유래한다고 보아야 할 것이다. 이처럼 백지 상태는 아니지만, 무어라고 말할 수 없는 불명의 상황을 시인은 흔히 "푸른"색으로 나타낸다(「먼지투성이의 푸른 종이」).

반면에 시인은 앞의 시에서 "검고 마른" 나무와 "검은 외투를 입은" 사람들을 두려움의 표상으로 말했듯이 두려움, 죽음, 공포를 검은색으로 나타낸다. 그의 유고 시집 『입 속의 검은 잎』은 제목과 더불어 이러한 사정을 긴박하게 압축한다.

그의 장례식은 거센 비바람으로 온통 번들거렸다
죽은 그를 실은 차는 참을 수 없이 느릿느릿 나아갔다
사람들은 장례식 행렬에 악착같이 매달렸고
백색의 차량 가득 검은 잎들은 나부꼈다
나의 혀는 천천히 굳어갔다, 그의 어린 아들은
잎들의 포위를 견디다 못해 울음을 터뜨렸다

그해 여름 많은 사람들이 무더기로 없어졌고
놀란 자의 침묵 앞에 불쑥불쑥 나타났다
망자의 혀가 거리에 흘러넘쳤다
[⋯⋯]
이곳은 처음 지나는 벌판과 황혼,
내 입 속에 악착같이 매달린 검은 잎이 나는 두렵다
—「입 속의 검은 잎」부분

　죽음을 나타내는 검은색, 검은 잎이 공포스러운 분위기를 자아
내는 이 시에서 '그'의 정체는 분명히 밝혀져 있지 않지만, 어쨌든
그는 죽었고, 그럼에도 그의 혀는 무섭다. 따라서 그가 누군지는
상당한 문맥 안에서 시사되지만, 시인은 여전히 "그렇다면 그는
누구인가, 내가 가는 곳은 어디인가" 묻는다. 이 질문은 사실상 그
가 누구인지 시인은 이미 알고 있고, 시인이 가는 곳 또한 어디인
지 알고 있다는 반어적 진술이다. 이처럼 시인이 반어의 언어 조작
테두리를 맴도는 까닭은, 시인 바깥의 현실과 시인 사이에는 교감
되지 않는 불통의 세계가 있기 때문이며, 그것이 또한 그럴 수밖에
없는 까닭은 그 현실 자체가 불명료하기 때문이다. 이러한 상황은
시인에게 '안개'라는 이미지로 그려진다. 기형도의 안개는 그러므
로 순수서정의 산물 아닌, 이름 붙일 수 없는 현실 상황을 향한 불
가피한 호명이다.

　그 일이 터졌을 때 나는 먼 지방에 있었다
　먼지의 방에서 책을 읽고 있었다

문을 열면 벌판에는 안개가 자욱했다

그해 여름 땅바닥은 책과 검은 잎들을 질질 끌고 다녔다

—「입 속의 검은 잎」 부분

시인의 바깥 세계는 이처럼 온통 안개뿐이다. 안개 속에서는 실
체가 명료하게 파악되지 않을 뿐 아니라, 어떤 분명한 모습이라도
모호하게 은폐된다. 이 불명의 안개와 더불어 이 시는 "책과 검은
잎들"의 수난을 말하다가 마침내 시인 자신의 입속에 검은 잎이
악착같이 매달려 있다고 고백하면서 결국 "나는 두렵다"고 호소한
다. 이 시의 마지막 행에는 시적 자아가 두 가지 모습으로 나타나
고 있는데, 하나는 "내 입 속에 악착같이 매달린 검은 잎"이며 다
른 하나는 "검은 잎이 나는 두렵다"는 것이다. 즉 검은 잎을 품고
있는 시인의 입, 그리고 검은 잎이 두려운 시인의 공포 두 가지다.

입이란 무엇인가. 그것은 말하는 입, 즉 언어이다. 다른 한편 그
입속에 악착같이 매달린 검은 잎의 '잎'은 나뭇잎이다. 기형도의
시 곳곳에 출몰하는 이 잎은 대체로 '검은 잎'인데, 잎이 푸르지 않
고 검다면 이미 나뭇잎은 아닐 것이다. 그것은 생명 있는 나무로부
터 버려진 죽은 잎인데, 거꾸로 그것은 나무라는 생명을 죽인 잎의
상징일 수 있다. '검은 구름'(「정거장에서의 충고」), '검은 외투'(「어
느 푸른 저녁」) 등과 같이 그 죽음의 상징은 여러 시들 곳곳에 끼어
서 죽음의 기운을 조성한다. 말하자면 검은 잎의 잎은 이미 나무
를 떠나서 세상 도처를 굴러다니며 공포를 불러일으키는 것이다.
그리고 마침내 시인의 입속에까지 악착같이 붙어서 시인을 두렵게
한다. 결국 시인은 아무 말도 할 수 없게 된다. 왜? 무섭기 때문이

320

다. 그러나 부지불식간에 강요된 이 침묵은 끝내 침묵으로만 끝나지 않는다. 시인은 서사적인 진술로서의 침묵을 서정적인 자기만의 집을 만들어 표현함으로써 발언한다. 그 집은 '빈집'이며 안개에 둘러싸여 있다. 시인은 그 집안에 갇혀서 존재할 뿐이다. 불통과 불명의 세계에서 유폐된 비극적인 실존이지만, 시인은 그 비극의 공간을 완벽한 상징으로 구축했다는 점에서 위대하며, 그의 비극을 바라다보는 독자는 역설적으로 행복하다. 마치 예수의 십자가 저주를 통해 구원을 얻는 인간들처럼. 절망은 절망을 통해서는 노래되지 않는다.

　　사랑을 잃고 나는 쓰네

　　잘 있거라, 짧았던 밤들아
　　창밖을 떠돌던 겨울 안개들아
　　아무것도 모르던 촛불들아, 잘 있거라
　　공포를 기다리던 흰 종이들아
　　망설임을 대신하던 눈물들아
　　잘 있거라, 더 이상 내 것이 아닌 열망들아

　　장님처럼 나 이제 더듬거리며 문을 잠그네
　　가엾은 내 사랑 빈집에 갇혔네
　　　　　　　　　　　　　　　　　　　　　—「빈집」 전문

〔〈기형도 추모의 밤〉(문학의 집·서울, 2012 가을) 강연초.〕

시인 복거일

장편소설 『한가로운 걱정들을 직업적으로 하는 사내의 하루』(문학동네, 2014. 이하 본문 인용 시, 괄호 안에 쪽수만 밝힘)로 최근 주목을 받고 있는 복거일은 원래 시인이었고 지금도 시인이다. 시인 이외에 그에게는 몇 가지 호칭이 더 있는데, 그중 대표적인 것이 소설가다. 그 밖에도 그는 시사, 혹은 사회평론가로 불리며, 서정적인 에세이집과 문학평론집을 내놓기도 했다. 글의 모든 분야에서 활발한 활동을 해온 그는 그런 의미에서 문필가나 저술가로도 불릴 수 있는데, 특이한 점이라면 이렇다 할 베스트셀러 없이도 전업작가로서의 삶을 30여 년 살아왔다는 사실이다. 대단한 일이다. 『높은 땅 낮은 이야기』(문학과지성사, 1988) 『보이지 않는 손』(문학과지성사, 2006)과 더불어 이번 장편소설을 작가 스스로 '현이립 3부작'이라고 부르는데(현이립은 작품 속 주인공 이름이자 사실상 작가 자신이다) 대중성이 별로 고려되지 않은 이런 소설들과 더불어 전업작가의 길을 걸어온 그의 발자취가 신기함을 넘어 존경스럽다.

사실 그의 첫 작품들이(소설 『비명을 찾아서』, 시집 『五丈原의 가을』) 문학과지성사에 투고되었을 때 소설에 대해서는 가상 역사 소설이라는 점에서 특이한 관심이 주어졌었다. 그렇게 그 문학적 지향의 특이함이 평가되었는데, 인간과 생명에 대한 그의 물성주의 세계관〔이러한 생각은 매우 강경하여 나중엔 심지어 '수성(獸性)'의 옹호'라는 말도 과감하게 사용한다〕은 예나 이제나 나로서는 다소 낯선 것이 사실이다.

그 복거일이 지금 중병을 얻고, 또 치료를 거부하면서 사회적 파장을 일으키는 가운데 시인으로 돌아왔다. 치료를 거부하고 죽음을 각오한 작가의 '장편소설'이 화제가 되고 있지만, 나는 왜 그가 시인으로 돌아왔다고 생각하는 것일까. 우선 이 책에는 국내외 몇 시인들의 시와 함께 많은 자작시들이 나오는데, 그 시들이 사실상 이 책의 흐름을 만들고 있다.

나는 오늘 서정적이다
저리 흐드러진 벚꽃
화사한 빛깔을 내 깃발로 펼치고
눈길에 봄 풍경 한껏 담으면
마음은 이리 가볍게
보얀 봄 하늘을 난다.
한사코 막는 땅의 중력을
잘라도 잘라도 붙잡는
이 끈끈한 인연을 벗어나는 데
서정만한 것이 있으랴.

나는 오늘 서정적이다. (p. 85)

이 시는, 인용 부분의 네 배쯤 되는 길이의 장시다. 이와 더불어 이 시 안팎으로 복거일 문학의 본질이라고 부를 만한 어떤 것들이 함축, 진술되어 있다. 예컨대 시에 앞서서 산문적으로 묘사되고 있는 마음 안팎의 풍경이다.

> 월드컵공원에서 한강으로 나가는 구름다리에 올라서자, 문득 가슴이 부푼다. 조망이 시원하고 바람엔 먼 하구의 갯내가 실렸다. 이립은 멈춰 서서 풍경을 눈 속에 가득 담는다.
> "서정적 풍경이라……" 탄식에 가까운 감탄이 나온다. (p. 84)

정말로 서정적 풍경이며 서정적 마음이다. 이러한 풍경은 이 책의 강 하류에 넘쳐흐른다. 그러나 그것을 죽음을 앞둔 스산한 마음 탓이라고만 할 수는 없다. 그럴 것이 비슷한 모습은 그의 다른 작품들 곳곳에 편재한 근본 심성이자 정서이기 때문이다. 특히 그는 강물, 혹은 흐르는 것에 유독 관심이 많고 거기서 자주 서정성을 발견하곤 한다. 심지어는 "발아래 쉬지 않고 **흐르는** 강변북로의 **차들까지 서정적** 풍경의 한 부분"(p. 84~85, 강조는 필자)이라고 말하지 않는가.

시인에게서 서정적 모습을 보는 것은, 혹은 반대로 서정적 모습에서 시인을 연상하는 것은 일반적으로 어려운 일이 아니다. 그러나 복거일에게서는 동시에 이와 전혀 다른 모습이 병존하는데, 이 때문에 그를 서정적 시인이라고 얼핏 생각하지 않을 수도 있다.

그러나 이 자리에선

벚꽃 흐드러지고

우거진 수풀 속으로 꿩 울음 들리고

엄마 치맛자락 뒤로 수줍게 숨는 저 세 살배기에겐

내가 그래도 가장 흥미로운 풍경인 이 자리에선

난 의견을 달리하고 싶네, 내 비록

열역학 제이법칙을 존중하지만 (pp. 86~87)

복거일은 서정에 침잠하면서 동시에 열역학 제이법칙, 엔트로피와 같은 과학적 개념을 즐긴다. 그는 전공인 경제학 지식과 함께 자연과학-생물학, 우주과학에 대한 지식이 풍부하며, 문학 지식보다는 오히려 이들 지식에서 문학적 발상이 촉발되는 경우가 많다. 가령 18세기 말/19세기 초의 낭만주의적 '감성'을 '수성'과 연결시키는 일은 문학 지식 밖의 일이다(낭만주의적 '감성'은 오히려 '영성'과 연결되는 것으로 서양문학사는 가르친다). 이렇듯 문학 지식보다 자연과학-생물학 지식에 대한 그의 사랑은 매우 열정적이어서 그의 문학은 신기하게도 이러한 열정의 소산이기도 하며, 이 점은 우리 문학에서 매우 특별한 현상이 된다. 실제로 그의 사회/자연과학 지식 존중은 감정 과잉의 센티멘털리즘에 빠지기 일쑤인 우리 문학의 총체적 현실 이해에 적잖은 도움을 주는 것이 사실이다.

그러나 지식 존중이 자칫 지식주의로 흐른다면, 문제는 뜻밖에 심각해질 수 있다. 예컨대 소설 속의 다음과 같은 대화를 본다면 어떨까.

"〔……〕 독자들은 이렇게 생각할 수도 있습니다. 대책을 내놓지 못하는 지식이 과연 얼마나 소용이 있는가."

문득 몸에서 힘이 빠져나가는 느낌이 든다 〔……〕

"〔……〕 지식은 이 세상의 어떤 질서를, 실은 질서의 한 부분을, 보여주죠. 그래서 아무런 쓸모가 없는 것처럼 보이는 지식도 이 세상의 질서를 이해하는 데 도움이 됩니다."(pp. 82~83)

지식은 그러나 대책을 내놓지 못하기 때문에 유효하지 못한 것이 아니라 그 자체가 하나의 가설이라는 점에서 근본적 한계를 지닌다. 복거일이 누누이 피력하고 있듯이 인간은 사라져가는 유한한 존재이다. 지식은 이 유한한 인간의 연구이며, 그 집적이다. 말하자면 일정한 시공 안에서만 작용하는 역사적 개념이지, 결코 불변의 진리는 아니다. 지식은 누군가의 주장/지론이기 때문에 서로 대립하거나 병립하는 다양한 속성을 지닌다. 예컨대 18세기 이전의 창조론은 19세기에 와서 진화론에 밀려났고, 오늘에는 두 이론이 양립한다. 무슨 '―법칙'이라는 것도 따라서 사실 무리한 표현이다. 20세기 전반부를 지배한 현상학은 그리하여 인간은 사물의 본질을 밝히겠다는 교만을 버리고 "사물 자체에게로!" 돌아가라는, 일종의 '내려놓기' 철학을 내놓지 않았는가. 더욱이 그것이 과학 지식이라면 인간과의 관계가 보다 깊이 고려되어야 한다. 인간은 물적/육적 존재이면서 동시에 영적 존재이니까.

살과 뼈 등을 수집해서 인간을 창조해보려는 실험 끝에 만들어진 괴물 프랑켄슈타인의 해괴한 모습을 보자. 혹은 파우스트 2부에서의 호문클루스를 들여다보면 영국 소설가 셸리나 독일 문호 괴테의 메시지들을 읽을 수 있다. 인간은 육으로만 이루어지지 않는다는 것 아닌가. 조각가 피그말리온이 자신의 작품에 영적인 생기를 불어넣어 진짜 사람이 되었다는 그리스신화의 매력을 문학은 더 사랑할 수밖에 없는 것이다. 인간의 육적인 소멸과 영적인 소멸은 그런 의미에서 동일시되지 않는다. 물론 인간은 모두 소멸하지만 영생에 대한 믿음도 있다. 그러나 소멸하기 때문에 아름답다고 생각하면 안타깝다. 그럼에도 이 언저리에서 떠도는 여운이 복거일 문학의 힘이 되는 서정이다. 물질적 서정이라는 특이한 자리도 이 시인의 각별한 문학 세계를 풍성하게 하는 데에 기여할 것이다.

> 다음 세상을 믿지 못하는 자에게도
> 진혼곡이 어울리는 것은
>
> 이 몸의 질서가 멈추어
> 이 몸에 묶였던 물질이 스사로 풀려나
> [……]
> 꽃들은 더욱 곱고
> 사람들 사는 이야기들은 점점 재미있어지고
> 아득한 깊이에서 타오르는 별들은 목숨이 길어서 (pp. 196~97)

[『시인수첩』 42호, 2014년 가을.]

달을 바라보며

—시 교육 가능한가

"공교육에 있어서 시 교육 이대로 좋은가"라는 연제는 시 교육
이 적잖은 문제들을 안고 있다는 오늘의 현실 인식을 반영한다. 현
실의 어느 부분도 그러하겠지만 문학, 특히 시 분야에서의 교육 문
제를 테이블에 올려놓는다면, 많은 논의들이 오고 갈 수 있을 것이
다. 무엇보다 상당한 숫자의 시인들을 고려한다면 이 문제는 단순
히 시단 내부만의 문제 이상의 보다 큰 사회적 관심과도 만날 수
있지 않을까 생각된다. 나로서는 오늘의 이 같은 논의의 진전과 활
성화를 위하여 다음의 세 가지 가설로부터 문학인 전반의 보다 깊
이 있는 탐구가 있기를 희망한다. 이 가설은 일종의 단절론인데,
그것은 첫째 전통의 단절, 둘째 지식/정보의 단절, 끝으로 무엇보
다 삶과의 단절이라는 가설이다.

첫째, 전통의 단절이란 시 교육의 현장에서 제공되는 교재들이
이른바 20세기 이후 한국 현대시에 집중되어 있다는 사실과 관계
된다.[1] 우선 『중학 3 시』의 경우 작품이 제공된 시인들은 모두 63명

인데 그중 절반에 가까운 30명이 생존 시인들이다. 이들 가운데 2편 이상이 수록되어 이름이 중복된 시인들이 5명으로서, 요컨대 살아 있는 몇몇 시인들 중심으로 그 작품이 읽히고 교육되고 있다는 점이 입증된다. 한편 작고한 시인들의 경우에도 이영도 박재삼 김동명 조병화 박목월 김영랑 김규동 신동엽 김수영 천상병 노천명 김광섭 김종삼 등 대부분이 20세기 후반, 우리 시대와 거의 동시대 시인들이다. 20세기 전반부 시인들로서는 김소월 한용운 정지용 백석 등 몇몇이 수록되어 있을 뿐이다. 그 이전, 그러니까 19세기 이전 상황은 썰렁하다고 할 정도로 거의 취급되지 않고 있다. 유리왕 윤선도 송순 황진이 등과 작자 미상의 작품 몇 편이 실려 있을 뿐이다. 이러한 작은 통계가 말해주고 있는 사실은 분명하다. 한국 문학사 기술에서 늘 문제되어온 전통의 단절과 계승 문제, 혹은 시대 구분의 문제가 초중고등의 학교 교육 일선에서도 여전히 극복되지 못하고 있다는 것이다. 물론 19세기 이전의 시문학은 시 이외 다른 교과 시간을 통하여서 강의될 수 있겠으나 통시적 시각을 통하여 시의 역사와 전모를 바라보게 함으로써 우리 시 전체를 포괄적인 감각 안에서 익히는 습관은 매우 긴요하다. 전통의 단절이라는 오래된 누습으로부터의 탈피가 절실한 것이다.

다음으로, 지식−정보로부터의 단절이라는 가설은 훨씬 많은 논의를 요구한다. 이 시대가 지식−정보라는 시대라는 점을 감안할 때, 시(문학)를 둘러싸고 있는 숱한 지식과 정보에 정직한 눈을 돌

---

2) 이 글에서 논의의 대상으로 삼은 텍스트는 김규중·류원호·박길제 엮음, 『국어교과서 작품읽기—중3 시』(창비, 2011)와 박길제·오연경·표영조 엮음, 『국어교과서 작품읽기—고등 시』(창비, 2010)이다.

리는 일은 이제 매우 중요한 일이 되었다. 시(문학)가 감성적 작업이라는 선입견 때문에 혹시라도 이 부분에 대한 관심이 상대적으로 덜 긴요하다는 의식/무의식이 있다면 신속하게 그 생각은 달라져야 한다. 문제는, 청소년들에게 시 지식과 정보를 어느 범위와 수준에서 가르칠 것인가 하는 점이다. 이 일은 결국 인간에게 끼치는 문학의 선한 영향력의 문제와 연계된다. 이와 관련해서는 상당한 문학이론이 이미 축적되어 있으나, 최근에 흥미있는 한 보도가 나와 있다.[3] 시와 관련된 지식과 정보의 유용성이 인정된다면, 이에 관한 교육이 이루어져야 할 필요성, 당위성은 충분하다. 자, 무엇을 어느 정도 가르치는 것이 유익할 것인가.

현대시와 관련된 지식이 서구 시로부터 온다는 사실은 명백하며, 그 수용과 교육이 필수적이라는 사실 또한 부인될 수 없다. 예컨대 현대시의 태동이라는 측면에서 니체와 보들레르에 대한 최소한의 강의는 고등학교 정도에서 행해져도 좋지 않을까. 현대시와 신성, 혹은 신성 상실에 대한 정직한 지식 없이 때로 난해해 보이는 현대시를 주입식으로 강독한다면 설득력이 있겠는가. 아울러 신성 상실의 배경 없이 청소년들이 이른바 현대시를 이해하는 일이 가능하겠는가. 『중학 3 시』에는 외국 시인으로 로버트 프로스트가 소개되어 있을 따름인데, 수많은 서양 시인들 가운데 왜 하필이면 그가 선택되었는지 텍스트는 아무 말도 하지 않는다. 「가지 않

---

3) 미국 뉴스쿨 대학 카스타노 심리학 교수팀에 의하면, 다양한 글들 가운데 순수소설을 읽은 독자가 타인의 마음을 읽는 능력이 가장 탁월하다는 연구결과를 내놓았다. 인지, 정서능력이 현저하게 높다는 것인데 복잡한 인간성의 이해, 창의성이 배양된다는 것. 순수시의 경우도 원용 가능할 것으로 추정된다. 『중앙일보』 2013. 10. 4일자 참조.

는 길」이라는 그의 시 내용으로 미루어 보아서 아마도 서정시라는 특성 때문이 아니었을까 짐작된다. 만약 이러한 짐작이 사실이라면, 이른바 서정시만이 순수하고 교육적(특히 청소년 교육적)이라는 고정관념을 부지불식간에 형성하여 이쪽으로 편중된 지식과 정보에만 치중하기 쉽다. 수록된 작품들 대부분이 실제로 그러하다. 그러나 그러한 판단이 정당하다고 하더라도 청소년 교육(비단 시 교육만이 아니라)에서 가장 긴요한 유의점은 균형이므로 모든 지식은 골고루 전달되어야 하며, 서정적 전통과 현대적 전위에 대한 지식도 비록 낮은 단계에서나마 편중되지 않게 수업되어야 할 것이다. 사실 청소년-서정시-순수시로 이어지는 도식이 알게 모르게 청소년 시 교육 현장을 지배해옴으로써 오히려 그 반발과 반작용 또한 만만치 않다는 사실을 기억할 필요가 있다.

가령, 한국 시단의 연소화 현상을 유발하고 있는 젊은 시인들의 도전이 한결같이 전위적 반란으로서의 난해시에 집중되고 있는 원인도 그 상당 부분은 그들의 직전 세월, 그러니까 청소년기가 비역동적/정태적인 서정시 편중에 기인하고 있다는 점이 지적될 만하다. 나는 여기서 서정시와 전위시 어느 쪽에 대한 비판이나 옹호를 말하고 있지 않다. 말하고 싶은 것은, 청소년=서정시, 젊은 시인 =전위시의 잘못된 메두사적 구도를 지적하고자 하는 것이다. 이 상황은 시정되어야 하며, 그것은 중고교 시 교육에서부터 이루어져야 한다.

지식과 정보의 올바른 전달은 시 교육의 올바른 환경을 확보해주는 일 이외 다름 아니다. 나라에 따라, 민족과 문화권에 따라, 그리고 역사의 변천에 따라서 어떤 시 작품이 있는지 간단한 배경과 더불어 두루두루 조금씩 소개함으로써 시가 인류 문화에 있어서 불가결의 요체임을 터득토록 해야 한다. 아울러 시의 용어가 된 주요 낱말들도 그것이 역사의 산물임을 알도록 배경을 인식시키는 일이 긴요하다. 청소년 시 교육에서는 지식과 정보에 관한 한, 소량이라도 폭넓고 다양하게 주어지는 일이 좋을 것이다.

끝으로 가장 중요한 대목은, 삶과의 단절에서 벗어나 시 교육이 각자의 삶 중심으로 올바르게 돌아오는 것이다. 나는 이 일을 '시와 인생의 회복'이라는 말로 부르고 싶다. 모든 교육이 한 사람 한 사람 삶의 현장으로부터 자라나야 한다면, 문학— 시 교육은 특히 그러하다. 왜 시를 쓰는가, 왜 시를 읽는가, 왜 시를 배우는가. 아니, 대체 시와 내가 무슨 관계가 있다는 것인가…… 등등 '왜'로 이어지는 존재론적 질문과 이 항목은 결합되어 있다. 만일 이 질문이 없다면 시와 삶은 단절된 것이다. 이 문제는 최근 다소 그 중요성이 인식되어가는 경향이 있어서 이 글의 텍스트가 된 책들도 이러한 관점에서 편집을 한 흔적이 보인다.

가령, 책 『고등시』를 보면, 한 걸음 '나로부터 출발', 두 걸음 '바깥을 향하여', 세 걸음 '너와 나의 거리' 등 시를 읽는 주체로서의 '나'를 중심으로 시 읽기가 시도되고 있어서 반갑다. 특히 나와 너의 관계 안에서 읽기와 듣기, 마침내 쓰기까지 바라보게 하는 일은 바람직하다. 그러나 시는 바람직스러운 언어생활로 나아가기 이전에 나 자신만이 지니고 있는 그리움이나 괴로움, 무언가 솟구치는 어떤 것을 말하고자 하는 내발적 외침이다. 청소년들은 여기서 우선 발화하고 진술하는 훈련이 필요하다. 발화와 진술이 물론 시 자체는 아니지만, 그러나 그 과정에서 '나'는 나의 언어가 객관화되는, 말하자면 공적인 언어가 될 수 있는 가능성에 놀라게 된다. 공적인 언어가 되기 이전의 '나'의 언어는 고통과 고민, 불만과 한으로만 가득 찬 사적인 불평의 토설이었는데, 그것이 객관화의 길을 바라보게 된다는 것은 하나의 경이다. 문학이, 시가 왜 필요한가 하는 인식의 첫 걸음은 그렇게 시작한다. 그리하여 청소년들은 문학을 통하여 자신들의 고민이 극복되고 꿈이 승화하는 길을 만나며, 시가 자신들의 삶에 마치 새로운 은총처럼 다가오는 경험을 할 것이다. 결국 존재론적인 의미에서 시에 다가가는 길이, 이미 정답으로 나와 있는 형식들을 배우는 것 보다 훨씬 생생한 시적 체험이 될 것이다.

여기에 이르는 길은 정서적 반응이지, 과학적 분석은 아니다. 예컨대 서로 멀리 떨어져 있는 연인들이 함께 바라볼 수 있는 하늘의 달은 그들에게 얼마나 구원인가. 구원은 바라봄에서 오는 것이지 달의 성분을 연구실로 옮겨서 분석하는 데에서 오는 것은 아니다. 밤하늘에 떠 있음으로 달은 달의 위력을 드러낸다. 어떤 엄청난 성분의 매장으로 달은 그의 힘을 드러내지 않는다. 우리에게 있어서 달은 바라봄의 대상일 수 있기에 마음을 설레게 하는 것이다. 시인은 밤하늘의 달을 그리움으로 바라보는 자이지, 그곳을 향해 날아가기를 시도하는 자가 아니다. 시인은 그리하여 가슴 속에 자신의 달을 품는다. 실천이 아닌 관조 속에서 시인의 달은 그의 삶을 환한 생명의 출렁임으로 결정짓는다.

이제 청소년들에 앞선 초등학생들, 그리고 대학생들에게 시 교육은 어떠해야 할 것인가 하는 문제가 남는다. 먼저 초등생 시 교육과 관련해서는 비교적 소박한 한 가지의 제언을 드리고 싶다. 그것은 무조건 시를 암송토록 하자는 것이다. 나는 독일 체류 시절 이런 모습들을 너무 자주 보았다. 1986년인가, 뒤셀도르프에 머무르고 있을 때 나는 어느 가정의 초대를 받은 저녁 시간, 여덟 살 어린이가 시를 열 편 넘게 암송하는 광경에 감탄하였던 일이 있다. 그 어린이는 식사 시간에 앞서서 마치 현악기 연주로 손님 접대를 하듯이 괴테의 「들장미」를, 아이헨도르프의 「귀향」을, 하이네의 「로렐라이」를, 릴케의 「자장가」를…… 끊임없이 외었다. 처음에 나는 그 어린이만의 재능인 줄 알았는데 나중에 보니 많은 어린이들이 시를 잘 외었는데, 학교에서 권장한다는 것이었다. 사실 암송력이 좋은 어린 시절에 시를 외는 것보다 더 시와 가까이 있을 수 있는 길이 있겠는가.

대학에서의 시 교육도 나는 시 암송으로 되돌아갈 것을 권유한다. 대학에는 국문학과와 문예창작과가 있어서 두 학과의 경우 그 교과과정은 이 글에서의 대상이 아니므로 제외하고 일반교양으로서의 시 교육이 있다면, 시 암송보다 좋은 교육은 없다고 할 것이다. 문학인이 아닌 비문학인들이 그리하여 한용운과 정지용, 윤동주와 이육사를 줄줄 외고 다니는 풍경은 생각만 해도 상쾌하다.

〔〈2013 전국시인대회―공교육에서 시 교육, 이대로 좋은가〉 주제.〕

제4부 사람을 살리는 글

'헛됨'이라는 아이러니

소설가 최인호가 갔다. 1973년 첫 소설집 『타인의 방』(예문관)의 해설을 썼던 나로서는 만감이 오고 가는 가운데, 인생의 허무를 느끼지 않을 수 없다. 전도서를 쓴 솔로몬의 기록대로 "헛되고 헛되며 헛되고 헛되니 모든 것이 헛되도다"는 말씀이 뇌리를 맴돌 뿐이다. 솔로몬은 지혜의 왕이라고 하지만, 실은 세상 복락과 영화도 마음껏 누렸던 사람이어서, 그가 '헛됨'을 읊조릴 때에는 그 실감이 배가된다. 헛되게 하는 것은 아무래도 죽음 아니겠는가. 지상에서의 모든 것이 무로 돌아감으로써 인간이 추구하고 소유해온 것들이 아무 쓸모없이 된다. 죽음은 과연 모든 것을 헛되게 한다. 믿는 이들에게 죽음 이후의 천국과 구원이 물론 보장되어 있지만 지상의 것들과 이별하는 것은 사실이고 눈에 보이는 세계는 전부 상실된다.

최인호의 죽음이 더욱 허무하게 느껴지는 까닭은, 반세기에 이르는 그의 작가 생활이 매우 화려했기 때문이다. 신화비평적인 각도에서 한국 문학은 흔히 '가을의 문학'으로 불리기도 하는데, 이것은 그 문학적 특질이 환희나 긍정보다 한, 우수 등 부정의 성격을 갖고 있기 때문이라는 해석이다. 쾌활한 문학의 즐거움에 아쉬워해온 독자들에게 '봄의 문학'은 늘 안타까운 그리움의 대상이었다. 최인호의 홀연한 등장은 이러한 결핍을 해소시켜주는 단비와도 같아서 그의 작품이 발표될 때마다 많은 독자들이 열광하였다. 이러한 작품 세계와 그 폭발적인 수용의 힘은 그의 작품들을 영화로, 연극으로 확장시켜서 문학예술이 총체적으로 어울리는 행복한 순간들을 많은 사람들에게 선사하였다. 어찌 화려하다고 하지 않을 수 있겠는가. 어떤 이는 그의 문학이 달콤하고 아름답고 다정하였으나 시대의 아픔을 외면했다고 투덜거리는데, 이는 잘못된 이해이다. 문학은, 소설은 시대의 고통을 그려내기도 하지만, 현실에서 상처받은 영혼을 아름다움으로 위로하는, 보다 순화된 기능으로 사람들과 현실에 기여하기도 한다. 최인호의 자리는 거기에 있었다.

최인호는 "주님이 오셨다"는 말과 더불어 하직하였다. 그 순간까지 그는 글을 썼고 소설을 발표했다. 훌륭한 문학인이었고 성실한 신앙인이었던 그는 신앙과 문학을 함께 움켜쥐고서 두 세계가 함께 하는 탁월한 전범을 우리에게 보여주었다. 그는 영원한 생명이 하늘나라에 있음을 믿고 소망 가운데 기도하면서도 '헛된' 것일 수도 있는 지상의 문학을 놓지 않고 마지막까지 최선을 다했다. 솔로몬이나 최인호 같은 지상의 승자들을 통해 고백되는 '헛됨'은 천국의 영생을 증언하는 거대한 아이러니임이 분명하다.

[『창조문예』 202호, 2013.]

국어와 문학

"아빠, 누가 이걸 만들었어요?"

"하나님이 만드셨지."

일곱 살 아들과 젊은 아버지의 대화가 내 귀에 들어왔다. 1980년대 초 어떤 여름날, 미국 서남부 그랜드캐니언 앞에서의 일이다. 계곡의 놀라운 모습에 충격을 받고 있던 나에게 그들 부자의 대화 또한 작은 충격으로 밀려왔다. 엄청난 자연의 모습을 보고 누가 그것을 만들었냐고 묻는 어린이의 발상이나, 하나님이 만들었다는, 늠름하면서도 다정한 아버지의 대꾸가 흥미로우면서도 부러웠다. 나라면 뭐라고 대답했을까. 아마도 많은 한국의 어린이들은 "누가 만들었는가"라는 질문 대신, "어떻게 이렇게 되었느냐"고 묻지 않았을까. 이에 대한 대답 역시 이러저러한 과정을 거쳐 이렇게 되었노라는 식의 설명으로 이루어졌을 것이다. '사실'을 전하려고 했겠으나, 그러나 아무런 감동도 전달되지는 않았을 것이다. 왜냐하면 사실 그 자체가 이 엄청난 자연의 신비를 밝혀주는 본질도 근원도 아니기 때문이다. 게다가 일곱 살 어린이에게 그 같은 설명은 이해도 되지 않고 설득력도 없지 않겠는가. "누가 만들었는가" 하는 식의 질문과 "하나님이 만드셨다"는 식의 대답은 종교적 차원의 옳고 그름을 떠나서 자연과 인생, 이 세계에 대한 깊은 성찰을 요구하는 철학과 관계되는 것이기에 그 미국인 부자의 대화가 나에게 깊은 울림으로 지금도 남아 있는 것이다. 그들은 그렇게 생각하고, 말하고 살고 있었는데, 그 교훈은 말과 사상과의 관계를 생각하는, 이른바 어문교육의 기초로서도 소중한 단서를 제공한다.

최근 시 교육을 논의하는 어느 자리에서 나는 고등학교 어문교육이 '국어'와 '문학' 두 개의 별도 교과목으로 나뉘어 있다는, 어처구니없는 이야기를 듣게 되었다. 그렇다면 대체 '국어'에서는 무엇을 어떻게 가르치는가. '국어'에서는 '말하기' '듣기' '쓰기'를 한다는 것인데 대체 무슨 텍스트를 갖고 그것을 수행하는지 수상쩍기 짝이 없다. 문학작품이 제외된 어떤 텍스트에서 말하기, 듣기, 쓰기가 가능하다는 것인지 알다가도 모를 일이다. 이런 식으로 교과과정이 진행되어온 지 꽤 되는 모양인데, 대학에서 서양 문학 수업만 맡아온 탓인지, 나는 이 해괴한 어문교육의 현장에서 철저하게 까막눈 꼴이어서 매우 부끄럽다.

안 된다. 더 이상 이런 식의 어문교육이 진행되어서는 안 된다. 사람들이 말하고 쓰는 일에는 그 사람의 전인격과 철학이 살과 뼈처럼 함께 붙어 있는데, 그것이 그대로 육화되어 있는 장소가 바로 문학작품이다. 문학작품을 제외하고 국어 공부를 한다는 것은 난센스다. 그것은 그냥 입놀이, 귀놀이, 손놀이에 지나지 않는다. 혼과 사상이 들어 있지 않은 말은 그냥 소리, 즉 사운드sound일 뿐이다. 아, 알겠다. 이즈음 젊은이들이 왜 그처럼 영혼에 대한 생각이 부족한지를— 누가 이들에게서 사상과 넋을 빼앗아 갔는가. 하루빨리 '국어'와 '문학'은 다시 통합되어야 하며, 우리의 '어문(語文)'은 글자 그대로 말과 글이 함께 가는, 깊은 어문 교육이 되어야 한다. 어문 교육이 수준 낮은 '교육 기술자'들에 의해 좌우되는 폐해는 이제 불식되어야 한다. '교육 테크니션'들은 물러가고 그 자리에 철학적/문학적 사고의 인문주의자들이 앉아야 할 것이다. 말과 글의 문학적 함축을 모르는 교육처럼 국가적 재난은 없을 것이다.

〔『창조문예』 205호, 2014년 2월.〕

왜 다시 낭만인가

'낭만'에 관한 책을 최근에 내놓았다(『사라진 낭만의 아이러니』, 서강대학교출판부, 2013). 낭만과 낭만주의에 대한 이야기들을 포함하고 있는, 절반쯤의 학술서인데, 엄밀히 말한다면 낭만성에 대한 실용적 목적을 지닌, 다소 낭만적인 학술서라고 할 수 있다. 이 책이 나오자 여기저기서 심심찮은 반응들이 나왔는데, 주로 고개를 갸우뚱하는 것들이 많았다. "노교수는 시대착오를 자처하는 걸까"라는 의문형을 비롯하여 "낭만주의 예찬"이라는 평들이 있었다. 물론 이 책은 단순한 낭만주의 예찬서는 아니다. 평들 가운데에는 "인문학의 상징인 낭만성으로 거듭나야 할 상황에 직면해 있는 것이 우리 사회"라는 문구가 그중 마음에 와 닿았다. 이런 평들은 대부분 신문지상을 통해 발언되었는데, 반면 디지털 영상문화에 속한다고 할 수 있는 미디어들로부터는 아예 외면되었다. 자연스러운 일이었다. 말로는 인문학, 인문학 하지만 인문학은 낭만성과 더불어 이 시대의 중심에서 사라진 것이 분명하며, 시대착오를 언급한 유력 일간지의 표현대로 "어쩌면 박물관에서나 찾아야 할 소멸 중인 단어"인지도 모른다.

연예인, 방송인들을 중심으로 한 티브이나 스마트폰의 화려한 화면들 때문에 오늘의 문화야말로 멋진 낭만주의가 아니냐는 질문을 받을 때가 있다. 얼핏 "말 되는 것" 같아 보인다. 그런데 왜 다른 한편에서는 낭만이 소멸 중인 단어라는 비판이 나오는 걸까. 작은 분별의 문제 같지만, 여기에는 오늘의 사회와 문화를 바라보는 큰 혼선이 숨어 있다. 이 시대의 피상적 화려의 정체, 그 본질은 과연 무엇이냐는 물음. 이 물음에 우리는 답변을 준비해야 한다. 싸이와 소녀시대를 앞세운 이른바 케이팝 열풍이 세계를 뜨겁게 달구었고, 이러한 현상은 일시적인 바람이 아닌, 한국 문화의 새로운 능력과 양태로 자리매김하게 되었다. 따라서 기성 아날로그 세대에게는 때로 못마땅해 보이기도 하는 일부 영상 프로그램도 그것이 좀비시되어서는 안 될 것이다. 그렇다면 그것이 신낭만일까. 여기에 적지 않은 고민의 지점이 있다. 케이팝은 디지털 영상문화의 산물이다. 즉 기계의 산물이다. "현대는 기계라는 천사가 지배하는 시대"라고 일찍이 서구의 어느 비평가가 갈파하였듯이, 오늘의 문화는 사실상 기계문명 내부에서 움직인다. 따라서 문화의 기본 기능이라고 할 수 있는 '비판'도 기계에 예속된 비판을 하고 있을 뿐이다. 창조성, 천재성, 영원한 가치나 신비성 등의 전통적 개념들의 자리는 거기에 없다. 물론 싸이 등의 발상이 독창적이라거나 획기적이라는 이론이 제기될 수도 있으나, 그 모든 것이 디지털 메커니즘의 회로 없이는 성취될 수 없는, 철저한 기계의 자식들임은 피할 길이 없다. 게다가 쾌락 위주의 레크레이션 문화가 지닌 화려함은 자칫 낭만적인 것으로 잘못 투영될 수 있다. 감각적 소비성은 오히려 좀비 문화로 비치지 않겠는가. 그렇다면 참다운 낭만성은?

낭만성의 핵심은 역시 반어적 아이러니가 지닌 비판적 저항정신이며, 그것은 문자 예술인 문학을 통해서만 발휘될 수 있는 '기록'이라는 두뇌와 떼어놓을 수 없다. 스마트 시대에도 어문의 반란은 늘 예비되어 있다.

〔『창조문예』203호, 2013년 12월.〕

낭만과 분석

최근 시인 겸 소설가, 그리고 사회평론가로도 불리우는 복거일 씨가 '한가로운 걱정들을 직업적으로 하는 사내의 하루'라는 긴 제목의 장편소설을 내놓아서 화제다. 물론 책 이름이 길어서 화제인 것은 아니다. 그는 이 소설에서 자신이 간암 환자임을, 그럼에도 일체의 치료를 거부하고 있음을 최초로 밝혀서 화제인 것이다. 사실 인간관계에서 그와 그리 멀다고 할 수 없는 나로서도 이 책을 통해 그가 중병에 들었음을 처음으로 알았으니, 그는 조용히 병과 더불어 저술활동을 해온 것이다. 발병 3년쯤 된 것으로 책에 나와 있는데 그 사이에도 그는 여러 권의 책을 출간했으니까. 그의 변에 따르면, 항암치료를 받을 경우 완전한 환자가 되어 시간만 낭비할 뿐이어서 자신은 그 길 대신 열심히 글을 쓰다가 가는 길을 택했다는 것이다. 이러한 목숨 건 선택은 의료계에 충격을 주었겠지만, 사실 글 쓰는 문학인, 나아가 우리 인생 모두에게 생명에 대한 깊은 성찰의 계기를 만들어주었다.

그러나 이 책으로부터 받은 나의 작은 충격은 다른 부분에서 왔다. 복 씨가 사회과학을 전공한 해박한 지식인임은, 게다가 진화론에 관심이 많고 이와 관련된 자연과학 쪽 지식도 매우 깊고 넓을 뿐 아니라 이런 지식들을 아주 중시한다는 사실은, 이 작가를 아는 이들은 대충 알고 있다. 그러나 복 씨 스스로 죽음에 즈음하여서도 철저한 물성론자의 자리를 굳건히 지키고 있음에 외경심과는 다른, 일종의 안타까움을 나는 느끼게 된다. 인간이 물(物)과 영(靈)의 통합된 존재라면, 또 그러한 인식이 문학의 오래된 기본 바탕이라면, 그의 문학관은 한쪽, 즉 물에 기울어 있는 것이다. 자연과학 지식과 이에 기초한 세계관은 19세기 말의 자연주의자를 연상시키기도 한다.

나 자신, 복 씨의 이러한 문학관이 불만스러운 것은 사실이지만, 이즈음 우리 현실 상황 속에서 복 씨의 지론에 문학인들은 한 번쯤 귀 기울여볼 만하다. 통념적으로 이해되고 있듯이 문학은 실증/분석 정신을 기반으로 하는 과학과는 사뭇 다른 인간의 정서 활동 전반을 다룬다. 흔히 냉철한 이성보다 풍성한 감성이 문학의 본령이라는 생각도 그리하여 자연스럽게 수용된다. 그렇다 보니 문학에서 중요한 것은 오직 '감정'이며, 이를 무절제하게 분출하여 감상적 센티멘털리즘에 이르는 것마저 '문학적'이라는 이름으로 옹호되는 경우도 적지 않다. 심지어 이러한 감상주의는 때로 낭만주의라는 이론적 변호를 받기도 하는데, 이는 매우 잘못된 오해이다. 문학의 본질을 이루는 낭만주의는 자유분방한 영적 활동 속에서 상상력을 통해 환상을 창조하는, 그리하여 끊임없이 기성 질서와 작품에 대한 비판을 행하는 냉정한 예술 행위이다. 여기에는 사물에 대한 직관의 능력이라고 할 수 있는 감수성과 아울러 이를 언어 조직화하는 이성적 추구의 능력이 함께 요구되고, 자연과학의 지식과 태도도 필요하다. 요컨대 인간이 지닌 모든 능력, 그리고 인간에 대한 종합적 이해의 자세가 절대적이다. 훌륭한 문학작품은 이러한 과정에서 생산되며, 훌륭한 작가라면 이러한 지식과 자세를 지녀야 한다. 나아가 모든 문학인의 마음도 이러한 지평을 지향해야 한다.

이른바 세월호 사건으로 온 나라가 뒤숭숭한 가운데, 한국인의 기질론이 여기저기서 회자된다. 정확성이 떨어지고 일의 마무리를 잘못한다는 것은 나로서도 평소 느껴온 우리들의 전형적인 약점이다. 왜 그럴까. 치밀하지 못한 것인데, 말 할 나위 없이 분석적·실증적 능력의 부족 탓이다. 문학, 혹은 문학인과 관련해서 말한다면, 문학은 이와 무관하다는 생각을 혹 갖고 있지는 않은지? 문학은 원래 반분석적, 반과학적이라는 생각에 자부심을 갖고 있다면 복거일 문학을 한번쯤 들춰보아도 좋을 것이다. 찬반을 넘어서—

［『문학의 집 서울』 152호, 2014.］

원고지를 위한 변명

　여전히 나는 볼펜으로 글을 쓴다. 이유는 몇 가지 있는데, 그중 가장 큰 것은 물론 워드프로세서에 적응이 잘 되지 않은 탓일 것이다. 따지고 보면, 잘 적응하지 않으려고 하는 무의식적 보수성이 문제다. 게으르다는 말이다. 생각은 많으면서 손과 글이 따르지 않는다면 그는 공상가일 뿐 이미 문필인은 아니다. 때로 나는, 내가 이 부류가 아닌가 생각하기도 하지만, 50권(번역 등 포함)에 가까운 내 책들은 이런 나를 흔들면서 위로한다. "게으르다니…… 이 정도면 오히려 부지런한 축 아닌가……" 하면서— 그렇다면 나는 볼펜으로 글쓰기에 바빠서 방법적 전환을 시도할 생각을 못 하는 것인지도 모른다. 하여간 나는 오늘도 볼펜으로 원고지 위에 글을 쓴다.

　원고지를 처음 본 것은 육이오로 인한 부산 피난시절의 일이었다. '남일서울피난국민학교' 6학년에 다니던 1952년의 일이었을 것이다. 일사후퇴로 서울집을 떠난 후 피난길에서 가족을 잃은 나는 그야말로 죽을 고비 고비를 넘기며 부산에 당도할 수 있었다. 홀로 한강을 넘고 아무 지리도 모르는 열한 살 소년이 고아 생활 몇 달 만에 부산까지 내려온 것은 지금 생각해도 아득한 기적이었다. 이 과정에서 나는 정말 무수한 죽음 옆을 지나왔고, 그리하여 부산에서 가족을 만났을 때 기쁨보다 서러움이 먼저 터져 나왔다. 부산에선 낮에는 학교에 다니고, 밤에는 신문팔이를 했는데, 어느 날 문득 나는 그동안의 고생담을 글로 쓰고 있는 나를 보았다. 그때 쓰던 종이가 사백 자 원고지였다. 그러나 종이가 귀했던 터라 칸칸이 줄이 그어져 있는 원고지 앞장과 뒷장 모두에 작은 글씨로 글을 써나갔고 '가리방'이라고 부르는 등사판에 의해 인쇄되어 책 모습을 갖추었다. 내 인생 최초의 책은, 말하자면 이때 나온 것인데 '피난민의 설음'이라는 제목의 소설집이었다. 유치한 자전소설이지만 어쨌든 이때 글쓰기에 어떤 보람을 느꼈던 것은 아니었는지 모르겠다.

서울 수복 이후 상경, 서울중학에 진학하여 1, 2학년 동안은 그야말로 광독(狂讀)의 시기였다. 지금의 서울 역사박물관 뒤 경희궁 자리에 있던 학교에서 삼선교 집까지 오가는 길에는 광화문에서 미아리 가는 버스를 이용했는데, 학교와 광화문 사이는 자연히 걸어다니는 길이었다. 그 가운데 서점이 있었다(지금의 새문안교회 옆). 나는 그 서점에 개근하였다. 학교가 파하고 집에 가는 길에 들른 책방에서 보내는 시간이 아마 두 시간쯤 되었을까. 괴테와 도스토옙스키, 춘원과 이상, 최인욱과 방인근은 이때 모두 샅샅이 읽혔다.

그즈음 독후감 형식의 글들이 씌었지만, 모두 볼펜에 의한 것일 뿐 만년필이나 연필은 아니었던 것으로 기억된다. 그럴 것이 부산 피난시절 6학년 때 나는 옆자리 친구와 만년필 만져보기로 다투다가 그 친구가 내 오른쪽 손바닥에 깊은 만년필 상처를 낸 이후 만년필은 내게서 멀어졌다(상처는 지금도 오른쪽 손바닥에 남아 있다).

책은 열심히 읽었지만 문학을 하겠다는 생각은 내게 없었다. 솔직히 문학이 무엇인지도 잘 몰랐다. 고등학교 때도 문예반 비슷한 곳에는 근처에도 가지 않았다. 거기에는 무언가 허세 같은 것이 느껴졌다. '피난민의 설움'이 준 상처가 의외로 깊었다는 것이 정직한 고백일 것이다. 고3 때 이과반을 택했으나 거기서도 나를 이끄는 전공을 만날 수 없었다. 나는 아무 전공적 재능이 없는, 별 볼일 없는 그냥 모범생이었을까. 외국어에 특출한 능력도 없으면서 외국문학과에 들어가 평생 그것을 업으로 삼고 살면서 문학비평을 해온 것은, 그러므로 내 뜻이라기보다는 '그분'의 뜻이 아니었는지 모르겠다는 생각을 언제부터인가 나는 하고 있다.

따라서 나에게는 글쓰기와 연관된 특별한 기억도, 소중한 물건도 없다. 어쩌면 나는 나의 실제 모습보다 훨씬 많은 사회적 대접이나 세계적 평가(『세계인명사전』에 나도 모르게 수록되었으니까)를 누리고 있는지 모른다. 가난과 형극의 소년 시절을 악다물고 버티면서 노력했을 때 희미하게 보였던 지평이 바로 이것이었을까. "인간은 노력하는 한 방황한다"는 파우스트의 잠언이 이제야 실감난다. 나는 그저 원고지 위에 내 필적이나 남길 따름이다.

〔『문학관』 61호, 2014년 봄.〕

사람을 살리는 글

이 세상은 거대한 병원이며 우리들은 모두 입원환자들인데, 그
것도 퇴원의 기약이 없는 환자들이라는 말을 19세기 프랑스 시인
보들레르는 말한 일이 있다. 요컨대 사람들은 모두 죽을 병에 걸려
서 죽어간다는 뜻일 것이다. 그는 또 자신이 살고 있는 도시 파리
를 창녀에 비유하면서도 그 도시를 사랑한다고 했다. 환자로서의
삶을 받아들이고 창녀에 탐닉한 그를 많은 문인들은 매혹적인 시
인으로 평가하고 있으나, 실은 상당한 퇴폐주의자가 아니었을까.
무엇보다 그는 현실을 극복하고자 하는 능동성이 약해 보였다. 시
인 자신은 물론 다른 많은 사람들을 살리는 글을 쓰고자 한 일도
거의 없었다고 한다면 나의 편견일까?

보들레르보다 2백여 년 전의 파스칼은, 그러나 달랐다. 같은 프
랑스 작가였으나 그는 "인간은 갈대일 따름이지만, 그러나 생각하
는 갈대"라고 선언함으로써 인간의 가능성에 대한 긍정적 시선을
보냈다. 유혹과 압력에 흔들리기 쉬운 연약한 존재가 인간임을 스

스로 고백하면서도 그 연약함을 극복하기 위한 노력에 방점을 찍었다. 저명한 신학자 한스 큉의 파스칼론에 따르면, 파스칼은 진리를 이성만으로 인식하지 않고 가슴으로도 인식했다는 것이다. 이때 '가슴'이란 대체 무엇인가. 큉은 이에 대해서 말한다. "센티멘털리즘, 무턱댄 민감성, 감정에의 탐닉? 아니다. 가슴으로 받아들인다는 것은, 합리적 논리적인 것과 반대로 비합리적 정서적인 것을 의미하는 것이 아니라, 인간의 정신적 중심을 의미한다."

문명을 가져왔다는 근대는 이성과 합리성에 기초를 두고 있는 것으로 이야기된다. 사실이다. 그러나 근대의 극복은 그 반대개념으로서 센티멘털리즘이나 감정에의 탐닉으로 이야기되는 경우가 많다. 큉은 그것이 아님을 말하면서, 파스칼의 '정신', 그의 '가슴'을 보여준다. 가슴 아닌 '감정에의 탐닉'은 파스칼이 아닌 보들레르를 낳을 뿐이다. 보들레르는 근대의 질식할 듯한 이성주의에 절망했지만 그 역시 육체라는 물질에 빠져서 근대에 함께 어울렸던 것이다. 정신이 결핍될 때, 결국 죽을 수밖에 없었던 것이다. 실제로 보들레르는 사십대 중반의 나이에 핍절한 생을 끝내야 했다. '가슴'과 정신이 없는 글은 자신을 죽일 뿐 아니라 많은 다른 사람들도 죽일 수밖에 없다는 역사를 보여준다.

그렇다면 사람을 살리는 글은 없는가. 물론 있다. 당연히 파스칼과 같은 글이다. 그는 『팡세』와 같은 생명의 글을 썼는데, 그 성격은 한마디로 내면적인 확실성이 있는 글, 공동체적인 의식이 있는 글, 사랑이 있는 글이다. 글쓴이 스스로도 알 수 없는 난해성으로 얼버무린 글, 무조건적으로 질서를 교란시키는 글, 심지어는 부모를 향하여 음담과 폭언을 담고 있는 글(주로 이즈음 일부 젊은 시인들에게서 나타난다!)들이 난무하는 판에 최근에 나는 파스칼스러운 글을 한 편 발견하였다. 새해 첫머리에 만난 행운이다.

그 글은 막 글을 쓰기 시작한 신인 평론가의 글이라 더욱 반갑고 신선하다. 그 일부는 이렇다. "시에 등장하는 화자들은 타인과의 관계를 통해 슬픔으로부터 벗어나기 위해 누군가를 부르고 구애하는 자들이다. 그들은 인간의 삶이 '너'라는 타인 없이는 경험할 수 없는 세계임을 알고 있다. [……] 우리가 함께 있다는 것이 삶을 가능케 한다. 그리고 도래할 미래를 신뢰하게 한다." 그 미래가 그립다.

〔『창조문예』 204호, 2014년 1월.〕